Das Buch

Die 16jährige Frettchen kommt aus Hamburg nach München, um im Auftrag ihres Vaters einen Deal über die Bühne zu bringen. Doch das Geschäft mit dem Stoff platzt, als sie tatenlos zusehen muß, wie zwei Typen ihren Kontaktmann kaltblütig und brutal ermorden.

Frettchen, die den Ermordeten seit ihrer Kindheit kannte, beschließt, ihn zu rächen und dabei den Deal doch noch abzuschließen. Schließlich hat sie nicht vor, das Geld bei ihrem Vater abzuliefern, sondern sie will mit ihrer Freundin – die wie sie auf der Straße lebt – nach Finnland. Aber München scheint ihr kein Glück zu bringen. In der U-Bahn wird sie von einer Kontrolle ohne Fahrkarte erwischt, und da sie keine Papiere bei sich hat, zieht man die Polizei hinzu. Doch noch vor deren Eintreffen naht Hilfe: Bacio, 17 Jahre alt, bringt sie in Sicherheit. Obwohl Frettchen versucht, ihn wieder loszuwerden, bleibt er bei ihr und steht ihr auch zur Seite, als die Situation brenzlig wird und das Mädchen sich mit der Waffe zur Wehr setzt. Bald werden beide von Killern und der Polizei verfolgt. Eine Hetzjagd durch München beginnt.

Der Autor

Friedrich Ani wurde 1959 im bayerischen Kochel geboren. Nach dem Abitur zog er nach München und begann Hörspiele und Theaterstücke zu schreiben. Nachdem er an der Hochschule für Fernsehen und Film die Drehbuchwerkstatt absolviert hatte, folgten ab 1993 auch Drehbücher für so beliebte Krimiserien wie ›Faust‹, ›Ein Fall für zwei‹ und ›Tatort‹.

Sein schriftstellerisches Werk wurde bereits mit einigen Auszeichnungen bedacht. Der Staat Bayern verlieh ihm 1997 für seinen Roman *Das geliebte süße Leben* den staatlichen Förderungspreis für Literatur.

Seine Romane wie *Abknallen* und der hier vorliegende haben neben den Akteuren eine ganz bedeutende Hauptfigur: Die Stadt München, die mit Liebe, aber auch mit kritischem Blick geschildert wird.

FRIEDRICH ANI

BRENNENDER SCHNEE

Roman

Originalausgabe

WILHELM HEYNE VERLAG
MÜNCHEN

HEYNE ALLGEMEINE REIHE
Nr. 01/10609

Besuchen Sie uns im Internet:
http://www.heyne.de

Umwelthinweis:
Das Buch wurde auf
chlor- und säurefreiem Papier gedruckt.

Redaktion: Bernhard Matt

Printed in Germany 1998
Umschlagillustration: IFA-Bilderteam/Weststock/Selma
Umschlaggestaltung: Atelier Ingrid Schütz, München
Satz: Pinkuin Satz- und Datentechnik, Berlin
Druck und Bindung: Ebner Ulm

ISBN 3-453-13681-0

Ihr habt mich nicht gefragt ob ich
geboren werden will also sagt mir
jetzt auch nicht wie ich leben soll

Graffiti

ERSTER TEIL

1. Kapitel

Sie wagte nicht, sich zu bewegen. Seit dreißig Minuten kauerte sie in der Kälte hinter der Halde, und der Schweiß lief ihr unter den zwei Sweatshirts, die sie unter den zwei Pullovern und dem Anorak trug, den Rücken runter. Obwohl sie Wollhandschuhe und feste Schuhe anhatte, tat ihr die eisige Luft an Händen und Füßen weh.

Sie lauschte. Kein Mucks. Plötzlich rollte ein Kohlenstück auf den Boden und machte ein knackendes Geräusch.

Sie erschrak und duckte sich.

Reiß dich zusammen, du blöde Kuh!

Ich muß raus hier, und zwar zügig, Mann! Ich ekel mich hier drin.

Sie war durch das Kellerfenster eingestiegen, denn ihr Vater hatte ihr geraten, bei diesem Bachmann vorsichtig zu sein. Das Klügste, meinte ihr Vater, wäre, ihn zuerst auszuspionieren, denn man konnte nie wissen, ob er womöglich von den Bullen beschattet wurde, oder von der Konkurrenz. Also wollte sie sich zuerst umsehen, die Lage testen, Rückzugsmöglichkeiten abchecken und dann, wenn es keinen Zweifel mehr daran gab, daß *sie* die Lage unter Kontrolle hatte und niemand sonst, zum Geschäftlichen übergehen. So arbeitete sie nicht zum erstenmal. Aber diesmal würde es das letzte Mal sein.

Und dann waren die Killer aufgetaucht.

Sie hatte Geräusche gehört und instinktiv reagiert, sie war geblieben und nicht auf schnellstem Weg getürmt. Was immer mit Bachmann geschah, sie mußte es wissen, er war ihr Goldesel, von ihm sollte sie zweihundert Mille bekommen, und sie hatte nicht die geringste Lust, darauf zu verzichten, nur weil es brenzlig wurde.

Auf die Ereignisse während der vergangenen halben Stunde hier unten im Keller hätte sie allerdings gern verzichtet. Dabei zu sein, wie zwei kranke Typen einen gefesselten Mann folterten, gehörte nicht zu ihrem Lieblingszeitvertreib.

HCHHCHHCHHCH ... kommt aus dem Mund, HCHHCHHCHHCH, im Rachen steckt eine Kugel, in der Stirnhöhle ein Knochen wie ein verrosteter Nagel, und der Schmerz lodert im Kopf. Schweißnasse Haare im Nacken, rote Rinnsale zwischen den Brustwarzen, HCHHCHHCHHCH. Vor lauter Tränen verschwimmen die Wände, die Decke in der Dunkelheit. Und die Männer. Und die schwarze Faust. Wo die Nase war, ist ein anschwellender, blubbernder Klumpen.

»Versteh kein Wort!« schrie ein Mann. In Wirklichkeit schrie er nicht, sondern sprach normal. Das Gehör des Gefangenen stimmte nicht mehr.

HCHHCHHCHHCH in immer kürzeren Abständen, das Keuchen wurde schneller, und in den nackten Oberschenkeln zuckten die Muskeln. Die Füße, die Hände, der Oberkörper gefesselt an eine rostzerfressene Werkbank.

»Da stinkt's!« schrie ein anderer Mann. Er schrie wirklich, direkt ins linke Ohr des Gefangenen, aus dessen grauer Unterhose Urin tropfte. Leises Ploppen auf dem Steinboden, nicht zu hören wegen des röhrenden Keuchens. Kot klebte an seinem Hintern, und es stank. In einer Kiste im Dunkeln lagen verfaulte Äpfel und verweste Mäuse. Aus den feuchten Wänden strömte Kälte.

Die schwarze Faust taucht plötzlich wieder hinterm Tränenschleier auf und öffnet sich, und Daumen und Zeigefinger stoßen nach vorn, und es knackt wieder, sachte diesmal, der Schmerz ist seltsam erträglich, und zwischen Daumen und Zeigefinger, die jetzt vor den Augen hin- und herpendeln, steckt ein Zahn, ein breiter Vorderzahn. Jetzt prustet er Blut, Speichel und Rotz und bespritzt die schwarze Lederhand, und sie schnappt zu und schlägt den Klumpen im Gesicht zu Matsch.

Der kehlige Schrei war so laut, daß die beiden Männer sich ansahen, amüsiert, und derjenige, der dem Gefangenen ins Ohr geschrien hatte, beugte sich noch einmal nach unten und holte aus dem Mund des Gefangenen einen schwarzen kinderfaustgroßen Hartgummiball, der zwischen Gaumen und Zunge eingeklemmt war. Unmöglich, ihn auszuspucken.

Der Gefangene, in dessen entblößtem Körper tausend winzige Metallsplitter steckten, Überbleibsel von Schleifarbeiten auf der alten Werkbank, schrie mit weit aufgerissenem Mund. Tränen kullerten quer über seine aufgedunsenen Wangen und vermischten sich mit dem Blut, das sein Gesicht und seinen zuckenden Oberkörper bedeckte. Jeden Moment schien die Bauchdecke zu zerplatzen, so heftig war das Auf und Ab, das Hecheln, das Zucken sämtlicher Muskeln und sein rasender Herzschlag.

Der Mann, der sich immer wieder über ihn beugte und zuschlug, die Taschenlampe in der linken Hand und die rechte noch immer geballt, hieß Hannes Zeitler; er war neununddreißig Jahre alt, einsfünfundsiebzig groß und wog selten mehr als fünfundsechzig Kilo. Sein Mitarbeiter Gero nannte ihn Grischberl, was so viel bedeutete wie: kleiner Kerl, dem man erst mal eine verpassen muß, damit er kapiert, wer das Sagen hat.

Tatsächlich jedoch hatte Zeitler das Sagen, und er war es, der jemandem eine verpaßte, wenn er nicht kriegte, was er wollte.

Gero Schmid, dreiunddreißig Jahre, einsfünfundachtzig, neunzig Kilo, seit einem Jahr Mitarbeiter von Zeitler, ließ den Ball in seiner Hand kreisen wie eine chinesische Gesundheitskugel, und Zeitler schüttelte den Kopf.

»Versteh nix. Nix.«

Der Mann auf der Werkbank schrie sich die Lungen wund. Sein Gesicht war eine Fratze. Unter den Schnüren, mit denen er gefesselt war, quoll Blut heraus. Er wollte sich losreißen, aber die Knoten lockerten sich keinen Millimeter.

Die beiden Männer sahen ihn an. Sie standen jetzt nebeneinander, regungslos, mit herunterhängenden Armen und müdem Gesichtsausdruck, wie gelangweilt.

Die schwarze Hand öffnete sich, der Vorderzahn fiel in eine Pfütze aus Blut, und es gab ein leises Platschen.

Schmid steckte den Gummiball in seine Manteltasche, holte einen zweiten, kleineren hervor, zögerte kurz, nickte, beugte sich vor, und der Mann auf der Werkbank hörte schlagartig auf zu schreien. Er keuchte nur noch, und sein Körper bebte. Seine Füße zuckten wie unter Stromstößen. Obwohl seine Augen geschwollen waren, blinzelte er ununterbrochen, und er versuchte krampfhaft, seine Atmung unter Kontrolle zu bringen.

Schmid legte den Kopf schief.

»Woh chast du Gäld?« fragte Zeitler, als wäre er plötzlich ein Pole, der deutsch sprach.

Schmid war ganz Ohr, aber der Mann sagte kein Wort.

Zeitler drehte sich um. Der Lichtkegel der Taschenlampe sprang aus dem Gesicht des Gefangenen und huschte über die buckligen, mit Spinnennetzen bedeckten Kellerwände.

Schmid beugte sich noch weiter hinunter, und ehe der Mann begriff, was geschah, verschluckte er schon den Ball. Schmid preßte ihm den Mund zu, drückte Ober- und Unterkiefer hart aufeinander, streifte mit der flachen Hand über den Hals, spürte den Ball in der Gurgel und drückte ihn tiefer. Dann wandte er sich abrupt ab und folgte Zeitler zur Tür, die offen stand. Der Mund des Mannes klappte auf, und der breiige Nasenklumpen unter seinen Augen explodierte.

Lässig schlenderte Schmid zu der schweren Eisentür, drehte sich noch einmal um und blickte in die Dunkelheit. Dann stieg er hinter Zeitler eine steile, enge Treppe hinauf. Hinter einem Berg Kohlen tauchten die gelben Haare eines Mädchens auf.

Sie schloß die Augen, hielt die Hand davor und dachte fest an einen zugefrorenen Fluß, auf dem Hunderte von Schlittschuhläufern dahinglitten, und der Schnee glitzerte in der Sonne, und die Luft war kalt und rein.

Sie nahm die Hände vom Gesicht und starrte in die Dunkelheit.

Sie wußte, wenn sie versucht hätte, Bachmann zu helfen, wäre sie jetzt genauso tot wie er.

Oder lebte er womöglich noch? Das war das Letzte, was sie ihm wünschte.

Ich ekel mich.

Sie hätte ihm die Ware gezeigt und ein bißchen über ihren Vater geplaudert und erklärt, warum er nicht selber kommen konnte, und er hätte versucht, sie runterzuhandeln, und sie hätte die Beutel mit den bunten

Pillen wieder eingesteckt, und schließlich hätten sie sich geeinigt. Und alle wären glücklich und gut drauf gewesen. Und am Leben.

Immerhin lebst du ja noch, blöde Kuh. Und paß auf, daß das auch so bleibt, kapiert! Shit, Mann! Hätt ich die beiden etwa umlegen sollen? Im Dunkeln? Ich bin eine gute Schützin, aber das wär glatter Selbstmord gewesen. Oder etwa nicht?

Je mehr sie mit sich selber sprach, desto ruhiger wurde sie. Sie erhob sich vorsichtig. Die Tür war nicht zu sehen, so dunkel war es. Die Kälte hockte in ihren Schuhen wie ein Tier und fraß sich in die Haut, durch die dicken Socken hindurch.

Sie hatte keine Angst. Sie hatte sich, als sie oben eine Stimme hörte und eine Tür, die aufgeschlagen wurde, nicht versteckt, weil sie sich vor Killern fürchtete, sondern weil dieser Bachmann der Beginn ihrer Zukunft war, und die würde sie sich von niemandem vermasseln lassen, so wie die Vergangenheit, und wenn man es genau nahm, auch die Gegenwart. Eine viertel Million Deutschmarks. Sie hatte ihrem Vater versprochen, das Geld zu besorgen, es ihm, beziehungsweise seinem Kompagnon, zu bringen und einen hübschen Anteil zu kassieren. Und er hatte ihr vertraut. Damit hatte sie gerechnet, und ihr Trick funktionierte. Ihr Vater saß im Knast, und sein Kompagnon hatte auf dem Kiez zu tun; sie konnten beide nicht raus aus Hamburg und hatten sich auf sie verlassen.

Dabei hatte sie von Anfang an nie die Absicht gehabt, auch nur einen einzigen Schein wieder rauszurücken. Sie wollte sich das Geld holen und dann ab zu ihrer Freundin nach Finnland, der sie seit drei Jahren Briefe schrieb. Sonia war genauso eine Streunerin wie sie selbst, Sonia lebte in Helsinki, und sie,

Frettchen, in Hamburg, in St. Georg, wo sie aufgewachsen war.

Frettchen war ein Spitzname, ihren richtigen Vornamen haßte sie, und wer ihn aussprach, war ihr Feind. Alle ihre Freundinnen hatten solche Namen, Chiko, oder Pluto, oder Languste.

Sie war Frettchen, und einmal hatte sie auch eines besessen. Irgendein verwichster Junkie hatte ihm Rum zu trinken gegeben, und das Tier war jämmerlich verendet. Frettchen hatte es auf einem Rasenstück am Hans-Albers-Platz beerdigt, mit einer Kerze obendrauf und dem blauen Halstuch als Verzierung.

Und ich krieg die Kohle immer noch, das schwör ich! Und dann tschüß!

Der Geruch war unerträglich. Sie mußte würgen und zog ihren langen dunkelgrünen Wollschal, den sie mehrmals um den Hals geschlungen hatte, bis über die Nase. Sie hatte sich immer noch nicht an die Dunkelheit gewöhnt.

Vorsichtig machte sie einen Schritt. Von nebenan, aus einem Raum voller Gerümpel, über das sie bei ihrem Einbruch hinweggestiegen war, fiel diffuses Licht herein.

Etwas tropfte auf den Boden. Die Tropfen landeten in einer Pfütze unter der Werkbank.

Frettchen beugte sich über den stinkenden Leib. Sie sah die aufgerissenen Augen und den offenen Mund. Und eine merkwürdige Wölbung im oberen Brustkorb. Das war der Ball, den Bachmann verschluckt hatte. Sein Gesicht war verschwunden und zu einer rotbraunen Masse mutiert, auf der die Augen wie ölige Steine zu schwimmen schienen. Der Gestank nach Kot, Urin und verfaultem Obst erfüllte den ganzen Keller.

Frettchen drehte sich um und ging nach nebenan.

Bachmann war tot, er hatte es überstanden. Die Männer hatten ihn nicht zum Sprechen gebracht, und vielleicht war das ein gutes Zeichen.

Jetzt vermißte Frettchen ihre Freundin Languste, die immer das Beste aus jeder noch so beschissenen Situation machte, und beschissene Situationen gab es jeden Tag, wenn man auf der Straße lebte und bettelte, inmitten von Leuten, die ihr Hirn in Plastikspritzen mit sich herumtrugen.

Languste hätte sofort gewußt, wie sie die beiden Killer ausmustern könnten.

Erstmal raus hier und was essen.

»Hab keine Angst, dir passiert nichts.«

Sie redete zu ihrem Anorak. Und stolperte über eine Kiste.

»Shit, Mann!«

Sie schob die Kiste mit dem Stiefel beiseite, und etwas fiel raus. Sie bückte sich und hob es auf: eine Handpuppe, ein Kasper. Sie zog ihren rechten Handschuh aus und schlüpfte hinein.

»Guten Tag«, sagte Kasper.

»Guten Tag«, sagte Frettchen.

»Ist Jonathan auch da?« fragte Kasper und klappte die Ärmchen auf und zu. »Joohhnathaan!« Er bewegte den Kopf hin und her und schaute sich um.

Und Jonathan streckte seinen Kopf aus der Tasche des Anoraks.

»Da bist du ja, ich hab dich schon gesucht«, sagte Kasper. »Guten Tag, Joohhnathaan«.

»Guten Tag«, sagte Jonathan. Und schnupperte. Und kroch heraus und Frettchens Arm hinauf. Kasper guckte ihn aus nächster Nähe an.

»Du siehst aber ganz schön zerrupft aus«, sagte er.

»Ich bin ja auch eine Ratte«, sagte Jonathan. »Aber du siehst auch nicht gerade superfrisch aus.«

»Ich bin ein armer Kasper, der im Keller leben muß, ganz allein und in dem schrecklichen Gestank. Du bist ja Gestank gewöhnt, ich nicht.«

Frettchen roch den Gummi der Puppe, und dieser Geruch war der erste, der ihr angenehm war, seit sie sich in diesem Horrorhaus befand.

»Ich komm mit euch mit«, sagte Kasper und verschwand in der rechten Anoraktasche.

Frettchens Hand war warm, und sie streifte den Wollhandschuh über.

Dann kraulte sie ihre Ratte und steckte sie in eine der zahlreichen Anoraktaschen.

Zwischen meterhoch gestapelten Schachteln, Autoreifen und alten Gartengeräten tastete sie sich bis zum Fenster vor. Sie stieg auf ein wackliges, knarzendes Kästchen, umklammerte den Fensterrahmen und zog sich hinauf. Zwängte sich durch die kleine Öffnung und kletterte ins Freie. Dann legte sie das Eisengitter wieder über den Schacht, durch den sie eingestiegen war.

Sie stand in einem Hinterhof – und fünf Meter von ihr entfernt ein achtjähriger Junge mit einer Baseballmütze und einem Fußball unter dem Arm. Er starrte sie an, eingemümmelt in einen dicken blauen Anorak und blaue gefütterte Hosen. Vor Aufregung quoll sein Atem grau aus seinem Mund.

Frettchen ging zu ihm hin, und er ließ sie nicht aus den Augen. So ein Mädchen hatte er noch nie gesehen: Sie hatte einen Ring in der Nase, zwei silberne Knöpfe im linken Ohr und gelbe Haare. Sie war größer und dicker als er, und sie kam aus einem Kellerfenster.

Sie blieb stehen, und er schaute zu ihr hinauf.

»Hi!« sagte sie.

Der Junge drückte den Fußball an seine Hüfte.

»Schau mal!« Frettchen zeigte ihm ihre Ratte.

Sein Mund stand weit offen. Jonathan schnupperte und streckte seinen spitzen Kopf nach vorn, über die Finger hinaus.

Der Junge kniff die Augen zusammen, schürzte die Lippen, zog die Stirn in Falten, verharrte ein paar Sekunden, machte kehrt und rannte weg. Quer über den verschneiten und vereisten Hof zur Straße hin. Dann blieb er noch mal stehen, blickte sich kurz um und flitzte um die Ecke.

Frettchen steckte die Ratte ein und beeilte sich, wegzukommen.

Schillercafé. Diesen Namen hatte einer der beiden Killer erwähnt, als sie die Kellertreppe heruntergekommen waren. Offenbar wollten sie in dem Café jemanden treffen.

Sie würde auch dort sein. Erstens mußte sie unbedingt an das Geld kommen, sonst war der ganze lange Weg umsonst gewesen, und ihr Vater würde seine Leute hinter ihr herschicken, und die würden nicht lange fragen, sondern sie ungefähr genauso behandeln wie die zwei Kerle diesen Bachmann erledigt hatten. So oder so würde ihr Vater sie verfluchen, aber wenn sie die Knete hätte, wäre sie weg, bevor die Dumpfärsche aus den Startlöchern kamen.

Zweitens gab es im *Schillercafé* garantiert eine heiße Schokolade und Fritten, und der Abend war gerettet.

Und Silvester wollte sie mit ihrer Freundin Sonia in Helsinki verbringen, das hatte sie fest vor.

Heute war der dreiundzwanzigste Dezember, einer der kältesten Winter seit Jahrzehnten. In München hatte es jetzt, gegen siebzehn Uhr, minus zwölf Grad. Und es sollte noch eisiger werden, mindestens minus fünfzehn Grad.

Frettchen faltete den kleinen Stadtplan, den sie in einer Autobahnraststätte geklaut hatte, zusammen, setzte ihre bunte Wollmütze auf und machte sich auf den Weg in Richtung Hauptbahnhof.

Die Feiertage hätte sie in einer warmen Wohnung irgendwo im Süden Münchens verbringen können. Doch dann hätte sie dem Fahrer, der sie am Autobahndreieck Hannover-Nord aufgegabelt und in seinem BMW bis nach Bayern gefahren hatte, die gute Weihnachtsfee vorspielen müssen, und darauf verzichtete sie lieber.

Sie war es gewohnt, für sich allein zu sorgen.

Frettchen war sechzehn. Seit drei Jahren lebte sie auf der Straße, nachdem sie sechsmal versucht hatte, von zuhause abzuhauen und jedesmal wieder von ihrer Mutter aufgegabelt worden war; inzwischen hatte sie es aufgegeben, sie zu suchen; bevor Frettchen noch einmal zu ihrer Mutter, die sie verachtete, oder zu ihrem Vater, den sie bemitleidete, zurückkehren mußte, würde sie sich die Kugel geben. Das hatte sie ihrer Freundin Languste geschworen, und der ging es genauso.

Die U-Bahnhöfe waren ihr schon gestern abend aufgefallen. Supersaubere Bänke, keine Kippen oder sonstiger Müll auf dem glänzenden Boden, Abfalleimer, die mit blauen Tüten ausgeschlagen waren, damit man sie hygienischer reinigen konnte; und nachts um eins kamen die Männer mit den Putzmaschinen, kehrten und schrubbten, und nirgends hockten Betrunkene oder Junkies und quatschten die Leute voll. Die Glasscheiben vor den Fahrplankästen glänzten; fehlte nur noch, daß die Verkehrsbetriebe Mausefallen zwischen den Schienen aufstellten.

Sogar jetzt im Winter, da die Fahrgäste schmutzigen Schnee und Schotterreste mit ihren Schuhen ins Untergeschoß trugen, sah man kaum Pfützen oder weggeworfene Taschentücher. An der Haltestelle Untersbergstraße, wo sich Frettchen befand, hockte kein einziger Obdachloser, der sich vor der beißenden Kälte hierher geflüchtet hätte.

Ein klein gewachsener Mann in einem grauen Mantel stubste seine Frau an und nickte in Richtung Frettchen, die an einer Säule voller Plakate lehnte und frierend ihre Knie gegeneinander schlug. Sie rauchte.

»Schaug da die o!« sagte der Mann. »Hächstens vierzehn und scho raucha.«

»Des is doch verboten«, sagte die Frau. Sie musterte das Mädchen mit dem Nasenring, der bunten Wollmütze, der hautengen schwarzen Jeans und dem spekkigen roten Anorak und schüttelte den Kopf.

»Die is bestimmt net von da!«

»Gschwerl!«

Sie schauten sie beide an, und Frettchen bemerkte ihre Blicke. Sie blies Rauch aus der Nase, ließ die Zigarette fallen und kickte sie ins Gleis.

Ich laß mich nicht anglotzen, kapiert?

Sie gab sich einen Ruck und ging auf die beiden zu. Die Frau machte unwillkürlich einen Schritt nach hinten, und der Mann schniefte. Was wollte dieser gelbhaarige Fratz von ihm? Und was die für einen Gang hatte! Wieso konnte dieses freche Luder ihre Beine nicht heben? Die klobigen Schuhe scheuerten über den Boden. Und jetzt nahm sie auch noch ihre Mütze ab und fuhr sich mit der Hand durch die gelben Haare. Sahen aus wie Stroh. Wuchsen wahrscheinlich direkt aus dem Hirn.

»Tag«, sagte Frettchen und blieb vor dem Mann stehen.

Er bemerkte ihre Zahnlücke links oben.

»Haben Sie vielleicht ne Mark für mich?«

Der Mann schaute sie lange an. Er war ungefähr vierzig Jahre älter als sie, aber genauso groß. Hörte nicht auf, sie anzuschauen. Die Frau hielt Ausschau nach der U-Bahn, die auf der Anzeigetafel bereits angekündigt war.

»Eine Mark, bitte.«

Der Mann hatte ein graues, schlecht rasiertes Gesicht, braune Knopfaugen und einen schmalen Mund. Seine Haare klebten ihm kreisförmig auf dem Kopf.

Er nickte. Und schwieg immer noch.

Die U-Bahn fuhr ein.

»Jetzt lassen'S mein Mann in Ruh!« sagte die Frau, ohne Frettchen eines Blickes zu würdigen.

»Haben Sie ne Mark für mich?« fragte Frettchen die Frau, die eine braune Einkaufstasche trug.

Die Bahn hielt an, die Türen öffneten sich, und Leute stiegen ein und aus.

»Wirklich ned!« sagte der Mann und schaute sie immer noch an, während er an ihr vorüberging und mit seiner Frau in einen U-Bahnwagen stieg.

»Zurückbleiben bitte!« sagte der Fahrer ins Mikrofon, und mit einem Satz war Frettchen an der Tür und zwängte sich im letzten Moment hinein.

Das ältere Ehepaar hatte sich nebeneinander hingesetzt, und als die Frau Frettchen bemerkte, blickte sie demonstrativ aus dem Fenster. Der Mann nahm sich eine Zeitung vom Sitz gegenüber und fing an zu lesen. Frettchen blieb bei der Tür stehen. Die Luft war stickig, und es roch nach Schweiß und süßem Parfüm. Sie zog den Schal bis über die Nase.

»Nächsta Hoit: Suibahornstrass!«

Frettchen verstand kein Wort. Sie kraulte Jonathan in der Tasche, und die Ratte wollte herausklettern, aber Frettchen ließ sie nicht. Auch wenn es stank, und die Leute sie schief anschauten, war es besser, hier zu sein als draußen in der Kälte und den weiten Weg bis zum Bahnhof zu Fuß zurückzulegen.

Leere Gesichter, schwankende Körper. Die Bahn donnerte durch den Tunnel. Am Ende des Wagens saßen zwei Männer in Lodenmänteln und mit Trachtenhüten. Solche Gestalten kannte Frettchen von den Postkarten, die sie am Hauptbahnhof gesehen und von denen sie ein paar im Vorbeigehen eingesteckt hatte; ein Geschenk für ihre Freundin. Languste würde sich aus den Dingern einen grellen Joint drehen, das stand fest. Und darauf freute sie sich schon.

Sie war zum erstenmal in München. Irgend jemand hatte ihr erzählt, daß Punks in der Stadt verboten waren und der Oberbürgermeister extra eine Verordnung erlassen hatte. Was hatten die Bayern gegen Punks? Sahen doch selber so aus in ihren Trachtenkostümen, mit diesen komischen Bärten an den Hüten! Einmal hatte sie gemeinsam mit Languste im Fernsehen einen Bericht über das Oktoberfest gesehen, und sie hatten sich schlapp gelacht über diese besoffenen Typen und ihre Blechmusik.

»Fahrscheinkontrolle! Ihren Fahrschein bitte!«

Shit, Mann!

Sie hatte die Kontis nicht einsteigen sehen. Sie trugen die gleiche Kleidung wie alle anderen, Mäntel und Anoraks, Handschuhe, dicke Schals. Das war der Überraschungsmoment, niemand sollte sich rechtzeitig aus dem Staub machen können.

Die Frau, die Frettchen ihren Ausweis zeigte, lächelte.

»Ich hab keine Karte.«

»Dann mußt du mitkommen.«

»Sie sollen mich nicht duzen.«

Die Frau winkte ihrem Kollegen, der mit einer weiteren Kollegin im hinteren Teil die Tickets kontrollierte.

»Nächsta Hoit: Klumbusplootz«, sagte eine Stimme über Lautsprecher.

Jetzt hatten sie sie eingekreist und schauten auf sie runter. Das kümmerte sie nicht. Ihre Hände steckten in den Anoraktaschen, und Jonathan machte sich an der Wolle zu schaffen.

»Hast an Ausweis?« fragte der Mann.

»Sie will nicht geduzt werden.«

»Wie heißt'n du, ha?« fragte die andere Frau.

Die beiden Frauen hatten einen Notizblock in der Hand, und der Mann zog ein Handy aus der Tasche. So was gab's in Hamburg noch nicht, stellte Frettchen sofort fest. Allerdings war es auch schon ziemlich lang her, seit sie das letzte Mal mit der U-Bahn gefahren und auch noch erwischt worden war.

»Schönen Gruß«, sagte sie.

Der Mann sah sie genauso an wie der von vorhin. Ein Blick, kälter als dieser Tag.

Frettchen streckte ihm die Zunge raus, und er starrte sie an. In der Zungenspitze steckte ein Silberknopf. Die zwei Frauen warfen sich einen Blick zu.

»Kommen'S mit, des hamma glei!«

Der Zug fuhr in den Bahnhof ein.

»Los jetzt!«

Die Frau packte sie am Arm und schob sie hinaus. Der Mann, den sie im Bahnhof Untersbergstraße angebettelt hatte, gab seiner Frau einen Stoß in die Seite, und sie lehnten sich befriedigt zurück.

»Ausweis oder Polizei!« sagte der Mann mit dem Handy.

»Polizei«, sagte Frettchen.

»Von mir aus.« Der Mann wählte eine Nummer und hielt sich das Handy ans Ohr. Eine der Frauen hatte ihre Hand immer noch an Frettchens Arm, um sich festzukrallen, falls die Göre abhauen wollte.

»Ja, Aufsichtsdienst? Wir haben hier eine Person,

die sich nicht ausweisen kann. Junges Mädchen, ja. Zwei Kollegen, danke.« Er steckte das Handy ein.

»Bist du a Ausreißerin?« fragte er.

»Bitte?«

»Hörst du schlecht?«

»Sie sollen mich nicht duzen.«

»Sie schaug oo! Na ja, des hamma glei!«

Der Blick des Jungen traf sie wie ein schwarzer Blitz. Er stand auf der anderen Seite des Bahnsteigs; anscheinend beobachtete er sie schon eine Weile. Seine pechschwarzen Haare hatte er zu einem Zopf zusammengebunden, und seine großen schwarzen Augen schienen Frettchen magisch zu fixieren. Sie schaute sofort wieder weg. Und hätte ihn genau beschreiben können: schöne Nase, breiter Mund, hohe Stirn, zirka einsfünfundsiebzig groß, siebzehn oder achtzehn Jahre alt. Er trug einen grünen Bundeswehrparka, schwarze Jeans so wie sie und Springerstiefel. Keine Handschuhe. Auch daran erinnerte sie sich jetzt genau, während sie der Kontrolleurin, die ihr gegenüberstand, in die Augen sah. Die andere Frau legte ihre Hand auf Frettchens Arm und umklammerte ihn fest. Frettchen tat, als bemerkte sie es nicht.

Der Junge setzte sich in Bewegung. Sie registrierte es, ohne hinzusehen. Einige Leute beobachteten die Gruppe um das junge Mädchen. Ein Lautsprecher knackte, und eine Stimme hallte von der Decke.

BITTE BEACHTEN SIE, DASS DAS RAUCHEN AUF DEN BAHNSTEIGEN NICHT GESTATTET IST.

Der Junge stand direkt hinter der Kontrolleurin, die in diesem Augenblick wieder sagte: »Des hamma glei!«

Das klang wie ein Stichwort. Der Junge schubste die Frau, und sie fiel ihrem Kollegen entgegen, der sie auffing und taumelte.

Frettchen rannte los, Richtung Treppe. Die Leute wußten nicht, was los war. Sie glotzten.

Der Junge machte einen Schritt auf die zweite Kontrolleurin zu und verpaßte ihr eine so heftige Ohrfeige, daß ihre Beine einknickten und sie hinfiel.

Dann rannte der Junge ebenfalls los. Keine Verfolger. Alle blickten zu den Kontrolleuren. Der Mann half der Frau aufzustehen und griff wieder nach seinem Handy. Keiner der Umstehenden bot seine Hilfe an. Die beiden Frauen nahmen sich in den Arm, und derjenigen, die gestürzt war, liefen Tränen übers Gesicht. Notizhefte und Kugelschreiber lagen verstreut auf dem Boden. Der Mann telefonierte mit dem Aufsichtsdienst. Die nächste U-Bahn fuhr ein. Einige Leute, die ausstiegen, wunderten sich über das derangierte Trio, aber niemand sagte etwas. Eine der Kontrolleurinnen hob die Hefte und Stifte auf. Der Mann steckte sein Handy ein und stand ratlos herum. Am Ende des Bahnsteigs, gegenüber der Treppe, auf der das Mädchen und der Junge verschwunden waren, tauchten zwei Streifenpolizisten auf.

»Shit, Mann!«

Mit einer Drehung wie beim Eiskunstlauf rutschte sie aus, warf die Arme in die Luft, wollte sich irgendwo festhalten und plumpste in einen Schneehaufen am Straßenrand. Haarscharf schrammte sie an einem geparkten Auto vorbei.

»Shit, Mann!«

Von der U-Bahn-Station aus waren sie die Freibadstraße entlanggelaufen und dann links ab in die Sommerstraße.

Der Junge hatte Mühe gehabt, sie einzuholen.

Jetzt stand er vor ihr, und sie wischte sich den Schnee aus dem Gesicht.

»Was glotzt du so blöde?«

Er hatte keine Ahnung, wieso.

Sie erschrak und steckte hastig die Hand in die linke Tasche ihres Anoraks.

»Alles okay? Komm, mein Süßer, komm ...«

Sie zog die Ratte aus der Tasche, setzte sie auf die flache Hand und streichelte sie. Das Tier schien nichts abbekommen zu haben, es drehte sich im Kreis, huschte den Arm hinauf, um den Hinterkopf herum und den anderen Arm wieder herunter.

»Jonathan«, sagte Frettchen leise und gab ihm einen Kuß.

Jetzt wußte der Junge, wieso er so blöd glotzte.

»Das ist Jonathan«, sagte Frettchen. »Und du? Wer bist du?«

»Bacio«, brummte er, und seine Stimme kam ihr unheimlich tief vor.

»Was is'n das für 'n Name?« Sie setzte die Ratte auf die Schulter und schälte sich aus dem Schnee. Der Arm tat ihr weh, und sie spuckte aus.

»Shit, Mann!«

»Ich wollt bloß sehen, ob alles in Ordnung ist.«

»Klar is alles in Ordnung, siehste doch.«

Sie klopfte sich den Schnee ab und rieb sich den Arm. Es war dunkel und noch kälter geworden.

»Frierst du nicht an den Händen?« fragte sie.

»Nö.«

»Das war echt ne starke Aktion. Jetzt hab ich deinen Namen wieder vergessen. Tschacko?«

»Bacio. Ist italienisch. Heißt Kuß. Und du?«

»Was ich?«

»Wie ist dein Name?«

»Geht dich nix an.«

Bacio stapfte mit den Füßen auf, um den gefrorenen Schnee von den Stiefeln zu klopfen.

»Shit, Mann!«

Sie hatte einen Walkman aus dem Anorak gekramt, das dünne Kabel der Kopfhörer auseinander gepfriemelt und die Start-Taste gedrückt. Kein Sound. Sie schüttelte das Gerät und klopfte mit der Faust drauf.

»Coole Ratte«, sagte Bacio mit tiefer Stimme.

»Jonathan«, sagte sie und betrachtete wütend den Walkman. Und steckte ihn ein. »Also danke noch mal, und tschüß.«

»Bist du aus Hamburg?«

»Bist du Quizmaster?«

»Willst du mit mir was trinken gehen? Irgendwohin, wo's warm ist. Ich kenn eine gute Kneipe.«

»Ich nicht.«

»Da gibt's Suppe und Bier. Und ist nicht so teuer.«

»Ich trink keinen Alkohol.«

»Ich schon. Am liebsten Mäusepisse.«

»Was?« Das Lachen sprang ihr über die Lippen, und sie hatte keine Chance, es zurückzuhalten. Sogleich machte sie wieder ein ernstes Gesicht.

»Du weißt nicht, was das ist, stimmt's? Ich zeig's dir, wenn du willst.«

»Ich hab heut schon genug Mäusepisse gehabt, das schwör ich dir. Shit, Mann!«

Sie spürte die Schmerzen in ihrem Arm.

»Ich lad dich ein. Obwohl du eigentlich mich einladen müßtest, wegen mir hast du einen Haufen Geld gespart.«

»Hab ich dich vielleicht gezwungen?«

»Ich lad dich trotzdem ein.«

»Nein.«

»Doch.«

Die Ratte schlüpfte in die Tasche, und Frettchen hielt sie fest. Ihr tränten die Augen vor Kälte.

Am ganzen Körper zitternd, standen sie in der Sommerstraße und paßten auf, daß der andere nichts merkte.

So verging eine Minute. Ein Auto mit vereisten Seitenfenstern fuhr langsam vorüber, und die Reifen drehten quietschend auf der schneebedeckten Straße durch.

»Ich bin dir überhaupt nichts schuldig«, sagte sie und trat unauffällig von einem Bein aufs andere.

»Weiß ich doch«, sagte er, und wieder verblüffte sie seine rauhe Stimme.

Irgendwie paßte sie nicht zu seinem sanften Gesicht.

»Ich hab Hunger«, sagte er, und da waren wieder diese schwarzen Augen, denen sie nicht entkam, und sie gab sich alle Mühe, wegzuschauen, doch es klappte nicht.

He, was geht jetzt ab? Verpiß dich endlich, du störst, merkst du das nicht, Alter, rutsch ausm Bild, Mann, das wird nichts, ich lauf doch nicht mit dem erstbesten Zopf mit. Und glotz mich nicht so an, kapiert? Mann!

»Okay«, sagte sie. »Du darfst mich einladen. Aber das wars dann, kapiert? Und ich sag, wo wir hingehen. Sonst kannst du die Sache vergessen.«

»Ist mir recht.«

»Das hoff ich für dich. Kennst du das *Schillercafé?*«

»Nö.«

»Das geht ja schon gut los!«

»Vielleicht in der Schillerstraße. Ich kann ja mal im Telefonbuch nachschauen. Wir müssen nur eine Telefonzelle suchen.«

»Bau ja keinen Scheiß, sonst kriegst du Ärger mit mir, und das ist antilustig, das garantier ich dir.«

»Ja. Ich weiß immer noch nicht, wie du heißt.«

»Ich sag dir meinen Namen, wenn wir da sind.«

»Wieso willst du ausgerechnet ins *Schillercafé?*«

»Hör mal …«

»Isja gut. Komm jetzt!«

»Vielleicht geh ich doch besser allein.«

»Du nervst.«

»Und du erst!«

Sie gingen los, Bacio voraus, und Frettchen ein paar Meter hinter ihm. Falls der Typ zudringlich werden würde, wollte sie ihn genauso abservieren wie diesen BMW-Fahrer. Fürs erste war es wahrscheinlich ziemlich okay, nicht allein in diesem Café aufzutauchen. Wer weiß, wozu dieser Zopf da vorn noch zu gebrauchen war! Hauptsache, er laberte nicht dauernd rum. Obwohl, seine Stimme …

Halt die Klappe, blöde Kuh!

2. Kapitel

An den Wänden hingen Hunderte von Schnappschüssen, auf denen die Männer aussahen, als kämen sie gerade aus dem Boxring und hätten einen Sieg davongetragen; prominente und quasiprominente Sportler blickten in die Kamera, Halb- und Unterwelthelden, Filmstars, fröhliche Frauen, grinsende Randfiguren, die versehentlich mit drauf waren. Ein Panoptikum des Milieus und aller umliegenden Ortschaften. Viele Gäste kamen aus dem Pornokino nebenan, tranken ein Bier und einen Korn zur Stärkung und zogen weiter in die nächste Nachtbar.

Allerdings herrschte im Vergnügungsviertel südlich des Hauptbahnhofs einen Tag vor Weihnachten deutlich weniger Betrieb als gewöhnlich. In vielen Lokalen in der Schiller- und Goethestraße saßen die Frauen gelangweilt an der Bar, nippten an ihren Mojitos, die sie sich anläßlich des bevorstehenden Festes leisteten, und redeten über die Kälte und die Rezession. Manchmal schneite ein Betrunkener herein, spendierte einen Piccolo, ließ sich ein wenig befummeln und verschwand wieder. Dann wehte für einen Moment ein eisiger Wind durch die Tür, und die Frauen fröstelten, denn sie hatten außer Netzstrümpfen und einem schwarzen Body nur ein dünnes Lurexjäckchen an, das sie um die Schulter gelegt hatten und jedesmal auszogen, wenn ein Gast hereinkam. Sie stießen mit den Gläsern an, und der Rum, den Lisa, die Barfrau, nicht zu knapp in den Mojito getan hatte, wärmte sie ein wenig.

Im *Schillercafé* befanden sich außer dem Kellner und

dem Barkeeper noch drei weitere Männer, die seit einer Stunde an der Fensterfront saßen, griechisch miteinander redeten und zwischendurch ausgiebig schwiegen. Sie tranken Kaffee und rauchten.

An einem Tisch direkt bei der Treppe, die zu den Toiletten hinunterführte, saßen zwei bärtige Männer in dicken, speckigen Mänteln mit Pelzkragen und tranken Bier. Der eine, ein etwa sechzigjähriger Kerl mit einem ausgemergelten Gesicht, in dem eine Knollennase rot blühte, fuchtelte mit den Händen herum und redete. Redete zu dem Mann, der ihm gegenübersaß ebenso wie zu seinem Bierglas, zum Tisch, zum Fußboden und zur Wand. Grollend kamen die Worte aus seinem Mund, und der andere, ein bulliger Mittvierziger mit einer Pudelmütze auf dem Kopf und funkelnden blauen Augen, verschränkte die Arme vor dem Bauch, blickte zum Fenster, trank, atmete heftig, kratzte sich den Handrücken und ließ die Suada scheinbar unbeeindruckt über sich ergehen. Manchmal warf er etwas ein, dann verstummte der andere irritiert, hustete, wischte sich den Rotz mit dem Ellbogen ab und palaverte weiter.

Der Kellner blätterte in der Zeitung, und der Barkeeper starrte auf einen riesigen Fernseher, wo ein Eishockeyspiel übertragen wurde.

Es war nicht besonders warm in der Kneipe. Vor einer Woche war ein Rohr geplatzt, und die Heizungsanlage lief erst seit heute morgen wieder.

Draußen gingen Passanten mit vollgepackten Plastiktüten vorbei, und manchmal rutschte einer auf dem gefrorenen Gehsteig aus, und die Tüten rollten auf die Straße.

Die Schillerstraße war von einer Eisschicht bedeckt, und darüber lag Schnee. Die Autos tuckerten im Schrittempo dahin, stellten sich schief, wenn der Fahrer zu stark abbremste, und schrammten an den geparkten Autos entlang, die wie überall in der Stadt vereist und eingeschneit waren. Gerade schlingerte ein hellblauer Trabbi vor dem Fenster entlang, und die drei Griechen grinsten. Der Trabbi verschwand aus dem Blickfeld, und der Mann mit der Pudelmütze hinten am Tisch schaute weiter unentwegt zum Fenster.

»Sieh dir das an!«

Plötzlich knatterte wieder diese Stimme aus dem desolaten Gesicht mit der blühenden Knolle.

»Sieh dir das an, Lama!«

Seit jenem Ereignis vor drei Jahren nannten sie ihn Lama, und er haßte diesen Namen. In Wahrheit hieß er Kaspar. Wenn er ehrlich war, klang das auch nicht erhaben.

Lama warf seinem Gegenüber einen blauen Blick zu.

Sein Gegenüber hieß Lallinger. Passender Name für einen Quartalssäufer, der großen Wert auf die Feststellung legte, ein Quartalssäufer zu sein und kein Alkoholiker. Lama hatte den Unterschied nie verstanden.

»Da, die Waden, das ist die Krätze!«

Lallinger hatte seine beiden Hosenbeine hochgekrempelt und zeigte auf die wundgekratzten eitrigen Stellen. Speichel tropfte ihm aus dem Mund und landete auf seinen grauen, abgetretenen Schuhen.

Lama nickte.

Lallinger drehte sich wieder zu ihm um und ließ die Hosenbeine hochgekrempelt.

»Trinkst noch was?« Von allen Fragen dieser Welt im Zusammenhang mit flüssiger Nahrung war diese die überflüssigste.

Lallinger fuchtelte mit seinem linken Arm herum, und der Kellner bemerkte ihn nicht.

»Herr Ober!«

Der Kellner schaute her. Lallinger hob sein Glas.

»Noch zweimal dasselbe?« fragte der Kellner.

Lama stieß einen Seufzer aus. Bei der Olympiade für überflüssige Fragen gehörten Lallinger und dieser Kellner zweifellos zu den Favoriten.

»Is was?« fragte Lallinger.

»Hast du Hunger?«

Natürlich hatte er Hunger, seit Wochen hatte er Magenschmerzen, weil ihm bei jedem Bissen schlecht wurde. Er mußte sich sogar übergeben und ernährte sich von trockenem Brot und Bier wie ein verdammter Mönch; wenigstens behielt er das Zeug bei sich und mußte nicht dauernd auf die Toilette rennen.

»Nein!« sagte er laut.

»Zum Wohl«, sagte der Kellner und nahm die beiden leeren Gläser in die Hand. »Das macht dann noch mal elf Mark.«

»Isses nich wert«, sagte Lallinger.

Lama griff unter seinen Mantel, schob die drei Pullover hoch, die er anhatte, und fummelte in seiner Geldtasche herum, die er an einer Kette um den Hals trug. Er zauberte einen Zehnmarkschein und ein Markstück hervor, legte den Schein auf den Tisch, strich ihn glatt und plazierte die Münze genau in der Mitte. Dann knöpfte er seinen Mantel zu. Wenn ihn einer ausrauben wollte, mußte er ihn schon umbringen.

»Danke«, sagte der Kellner, griff nach dem Geld und knüllte den Schein in der Faust zusammen.

»Prost, Lama«, sagte Lallinger. Sie tranken, ohne sich lange mit Anstoßen aufzuhalten.

Zwei Männer kamen ins Café und setzten sich an einen Tisch in der Ecke. Der größere und kräftigere der beiden, der Kaugummi kaute, sah sich um, als suche er jemanden. Der andere war klein und dürr und wirkte abwesend, als konzentriere er sich auf etwas. Unaufgefordert brachte der Kellner einen Gintonic für den Kaugummikauer und eine Cola für den Dürren.

Gero Schmid und Hannes Zeitler warteten auf ihren Geschäftspartner, und sie wußten, er würde unzufrieden sein.

Zeitler war Infodealer, er beschaffte Informationen aus der Drogen- und Rotlichtszene, untersuchte sie auf ihren Wahrheitsgehalt und verkaufte sie weiter, an Auftraggeber oder auf dem freien Markt. Häufig trieb er auch nur Geld ein oder dealte im Auftrag von jemandem, dem er hundertprozentig vertraute. Vor zwei Jahren hatte er aufgehört zu rauchen, zu trinken und Waffen zu benutzen, und darauf bildete er sich eine Menge ein. Er hatte Gero Schmid auf einem Ausflugsschiff auf dem Ammersee kennengelernt, wo Zeitler eine Verabredung mit einem Informanten aus der Hostessenbranche hatte. Drei Tage später wurde der Zahnarzt Dr. Wieser, mit dem sich Zeitler auf dem Schiff getroffen hatte, tot in seiner Dießener Wohnung gefunden, erstickt an einem verschluckten Gummiball; vorher hatte er noch in Gegenwart zweier Männer, mit denen er sich angefreundet zu haben glaubte, ein paar Informationen ausgespuckt. Vom ersten Moment ihrer Begegnung an hatten Zeitler und Schmid nur ein gemeinsames Ziel: Geld durch Gewalt.

»Was ist denn das was kommt denn da puttputtputtt ahh!«

Lama zuckte zusammen.

Plötzlich wedelte Lallinger mit einer Wurst zwischen den Fingern, grinste und entblößte eine Zusammenrottung schwarzgelber Zähne.

»Debreziner! Debreziner!« knatterte seine Stimme, und Lama kratzte sich den Handrücken und verzog das Gesicht. In seinem Magen wuchsen schon wieder Brennesseln, und wenn er könnte, würde er sie mit beiden Händen ausrupfen, durch die Bauchdecke hindurch bis ins Gedärm. Er holte tief Luft, ließ seinen Mund weit offen, während er zuhörte, oder wenigstens so tat.

»Probieren?« Lallinger schwenkte die Wurst vor Lamas Gesicht hin und her. Dann zog er blitzschnell die Hand zurück, biß ein Stück ab, kaute knackend und schluckte, daß sein Kehlkopf tirilierte. »Die Ungarn essen das. Ich war in Ungarn.«

Er klemmte die Wurst in die rechte hintere Ecke seines Mundes, biß ab, kaute, wieder nur auf der einen Seite, und steckte die Wurst in den Mantel.

»Salamitransport«, sagte er und spuckte aus Versehen ein kleines braunes Stück aus. »Is lange her. ABER VERGESSEN TU ICH NICHTS!«

Er hustete und wischte sich den Rotz mit dem Ellbogen ab.

»Und was sagst du DAZU?« grölte er und knallte ein kleines schwarzes Gerät, das er aus seinem Mantel gezogen hatte, auf den Tisch.

Gero Schmid stand auf, um über die Theke hinweg auf die andere Seite des Lokals sehen zu können, wo die zwei Mäntelmänner saßen. Einen Augenblick lang hielt Lallinger irritiert inne, glotzte in Richtung Schmid, ohne ihn richtig wahrzunehmen, und dann sprudelte es weiter aus ihm heraus. Schmid ließ sich zurück auf den Stuhl fallen und gähnte. Zeitler spielte mit den Fingern.

»Die is vielleicht sowas von erschrocken, die Alte«, grunzte Lallinger fröhlich und sprach zu dem Gerät, das senkrecht auf dem Tisch stand, ein abgeschabter kleiner Kassettenrecorder.

»Weil ich doch den Arm aus dem Gebüsch rausgestreckt hab! Wegen der Geräusche, verstehst du, Lama, we-gen-der-Ge-räu-sche. Aber die Tussi hat sich in die Hosen gemacht, die hat gedacht, ich fotografier ihren Hintern. Sieht das vielleicht wie ein Fotoapparat aus?«

Er schaute den Recorder aus der Nähe an. Der Sabber rann ihm aus dem Mund und tropfte auf seinen Mantel.

»Ich hab nur die Vögel aufgenommen. ICH HABE DER NATUR GELAUSCHT.«

»Schreien'S net so rum«, sagte der Kellner am Tresen und blätterte in der Zeitung.

Lallinger winkte ab. »Und dann ist ihr Alter aufgekreuzt und hat mich an der Schulter gepackt, so am Schlawittel ...« Er streckte den Arm aus und ballte die Faust. Lama nickte. »Und dann hat er mich in das Wirtshaus mitgenommen, da unten an der Isar, weißt schon, an der Isar da unten ...«

»Ja«, sagte Lama. Er hatte einen unangenehmen Geschmack auf der Zunge. Hoffentlich hatte er keinen Mundgeruch, das wäre ihm maßlos peinlich, peinlicher als jeder andere Körpergeruch.

»Stink ich aus'm Mund?«

Lallinger zuckte mit dem Kopf.

»Wasis?« Er wurde langsam betrunken, sein jüngstes Quartal war noch lange nicht zu Ende.

»Stink ich aus'm Maul?«

»Quatsch!«

»Ehrlich?«

»Meine Nase lügt nicht.«

»Na ja.«

Lallinger trank einen Schluck und betrachtete den Walkman.

»›... Sie belästigen hier die Gäste‹. Sagt der Wirt zu mir. ›Und außerdem stinken Sie‹. Die grillen da unten, daß dir schwarz vor den Augen wird, die verpesten die Isar-Auen, aber ich stinke. Ich sag dir was, Lama, beim Rausgehen, da hab ich mir erlaubt, einen Löffel einzustecken, genauer gesagt, zwei Löffel, das hat er nicht gemerkt, der Herr Saubermannwirt. So Löffel kann man immer brauchen, oder?«

Lama nickte, nahm die Pudelmütze ab, kratzte sich am Kopf und setzte sie wieder auf.

»Gestern hab ich die wiedergetroffen«, sagte Lallinger zu seinen Schuhen. Bemerkte, daß seine Hosenbeine noch hochgekrempelt waren, betrachtete sie und schwieg. Ruckartig streckte er beide Arme aus und rollte die Hose runter, stöhnte und ächzte. Dann mußte er rülpsen.

»Vor der Theatinerkirch. Stand die auf einmal da und schmeißt mir einen Fünfer in den Hut, in den da, den da!« Er hielt seinen grauen Hut hoch, den er auf den Stuhl gelegt hatte. »Hab sie erkannt. Sie trug Nerz oder so'n Zeug. Sah gediegen aus, und ihr Macker war auch dabei. Sie haben nichts gesagt, ich auch nicht. Is das nicht ein Zufall? Is ne kleine Stadt. Man trifft sich immer wieder, stimmt's, Lama? Und jetzt paß mal auf.«

Lallinger beugte sich vor und schaltete den Recorder ein. Starrte ihn an. Ein Grinsen schälte sich aus seinem verschrumpelten Gesicht.

Leises Vogelgezwitscher ertönte.

Er drehte lauter. Hundert Vögel sangen und pfiffen im Chor, und die beiden Männer starrten den kleinen Kasten an. Gedankenverloren kratzte sich Lama an der Hand. Der Kellner legte die Zeitung beiseite und schaute her. Die drei Griechen am Fenster unterbrachen ihr Gespräch, und einer zeigte mit dem Finger auf die zwei kuriosen Gestalten bei der Treppe.

Eine Amsel sang ein Lied, und andere Vögel trillerten munter mit.

Zur Seite gebeugt saßen Lallinger und Lama da, als

zöge sie eine Last nach unten. Dem einen lief der Sabber aus dem Mund, dem anderen stand der Schweiß auf der Stirn. Da war ein Knacken in der Aufnahme, und ein Klopfen war zu hören, ein dumpfer Schlag, dann Hundegebell und wieder der Gesang der Vögel.

In dem Moment, als der Barkeeper die Stereoanlage einschaltete und ein Rocksong das Zwitschern zunichte machte, betrat ein junges Paar das Café und zog alle Blicke auf sich. Denn das Mädchen hatte gelbe Haare unter ihrer Wollmütze und einen Ring in der Nase und schleppte einen Seesack auf dem Rücken; der Junge trug Springerstiefel und einen Militärparka. Der Kellner sah sofort, daß die beiden noch nicht volljährig waren, aber er wollte erst einmal abwarten, was sie bestellten und wie sie sich benahmen.

Hastig schaltete Lallinger den Recorder aus und steckte ihn in die Manteltasche.

Bacio und Frettchen setzten sich an einen Tisch an der rechten Wand, und Frettchen ließ den Seesack auf den Boden plumpsen. Die zwei Männer, die am Nebentisch saßen, hatte sie beim Hereinkommen sofort bemerkt. Jetzt warf sie ihnen einen Blick zu, und der größere der beiden musterte sie von oben bis unten.

Sie war sich sicher, er hatte nicht die geringste Ahnung, daß das Mädchen, das er angaffte, eine unberechenbare Zeugin war, die ihm und seinem Kompagnon das Leben versauen würde, und zwar grell. Darauf freute sie sich schon, und sie lächelte.

Unschuldiger hatte in diesem Lokal noch nie ein weibliches Wesen einen Mann angelächelt.

»Wie heißt du?«

»Fängst du schon wieder damit an?«

»Du hast versprochen ...«

»Was wollt ihr trinken?« fragte der Kellner und

warf einen abfälligen Blick auf den ramponierten Seesack und die ausgefranste Wollmütze, die Frettchen auf dem Kopf trug.

»Eine heiße Schokolade!« sagte sie schnell. »Und ham Sie Fritten?«

»Eine Portion?«

»Mit Ketchup.«

»Und du?« fragte der Kellner.

»Ein Korn, und ein Glas Milch und ... und auch eine Portion Pommes.«

»Wir dürfen keinen Alkohol an Minderjährige ausschenken, also was dann?« Der Kellner blickte zum Tisch am Fenster, an dem einer der Griechen ihm gewunken hatte.

»Ich bin achtzehn«, sagte Bacio.

»Dann zeig mir deinen Ausweis.«

»Den hab ich nicht dabei. Ich bin ...«

»Ja«, sagte Frettchen, »das stimmt echt, er ist mein Bruder, ich bin sechzehn, und er ist achtzehn, Ehrenwort ...«

»Laß uns woanders hingehen«, sagte Bacio und stand auf.

»Dann hau ab, ich bleib hier!« schrie Frettchen.

»Los«, sagte der Kellner, »ihr verschwindet alle beide, und zwar ganz schnell! Na los!«

»Leck mich«, sagte Frettchen.

»Gibt's a Problem?« rief der Barkeeper.

»Komm«, sagte Bacio und nahm Frettchen am Arm. Sie riß sich los und sah dem Kellner in die Augen.

»Ich möchte gerne eine heiße Schokolade trinken und Pommes frites essen, okay, Chef?«

Der Barkeeper kam hinter dem Tresen hervor und baute sich vor ihr auf.

»Und? Was is?« Es klang mehr nach einem Bellen. Er trug eine Goldkette am Handgelenk, und unter dem karierten Hemd spannte sich sein Brustkorb. Die weiße Schürze, die er um den Bauch gebunden hatte, wirkte putzig angesichts der hünenhaften Gestalt.

Frettchen antwortete nicht. Solche Typen wie den da kannte sie bis zum Abwinken. Sie waren alle gleich, laut, brutal und lächerlich. Wegen so einem hatte sie ihren Schneidezahn oben links verloren, und sie hatte es nicht bereut; der Typ wollte sie linken und ihr für die Pillen drei Mille weniger zahlen als vereinbart, er glaubte tatsächlich, nur weil sie ein Mädchen war, könnte er mit ihr umspringen wie mit einer seiner blöden Schlampen; kaum hatte er ihr ins Gesicht geschlagen und grinsend zugesehen, wie sie Blut spuckte, steckte schon die Kugel in seinem Bein, und er kroch durch die Lagerhalle, in der sie sich verabredet hatten, und brüllte vor Schmerz und versaute seinen schönen blauen Anzug. Sie hatte aus zwei Metern Entfernung geschossen, anschließend nahm sie ihm die Kohle ab, warf ihm den Beutel mit den Pillen ins Gesicht, denn sie war eine faire Geschäftspartnerin, und trollte sich. Seitdem hinkte er und schwor Rache.

»Kann ich mal Feuer haben?« Sie hatte eine Pakkung Camel aus dem Anorak gezogen und sich eine Zigarette in den Mund gesteckt. Drei Typen standen um sie rum, und keiner war von der alten Schule.

»Bitte.«

Vom Nebentisch ragte plötzlich ein Arm herüber, und ein goldenes Feuerzeug spuckte eine Flamme aus. Frettchen beugte sich vor und nahm sich Feuer.

»Das ist echt nett von Ihnen«, sagte sie zu Gero Schmid, der ebenso wie Zeitler schwarze Lederhandschuhe trug.

»Darf ich dich zu einer Schokolade einladen?« fragte er. Hannes Zeitler verzog keine Miene, es paßte ihm nicht, daß sein Partner anfing, das Mädchen anzubaggern. Sie erwarteten einen wichtigen Gast, und es ging um viel Geld. Und um Mord.

»Klar«, sagte Frettchen.

»Scheiße, ich hau ab!« sagte Bacio. Und hoffte, sie würde ihn bitten, sich wieder hinzusetzen.

»Und tschüß«, sagte sie.

»San deine Ohrn eigfrorn?« reimte der Barkeeper, der begriff, daß er zwecklos sein Hoheitsgebiet verlassen hatte, und machte eine Handbewegung. »Schleich di!«

Bacio wußte, daß er sich selbst ausmanövriert hatte, daß er fehl am Platz war und daß dies sein Zustand war, sein bisheriges Dasein. Auf einmal bildete er sich ein, daß ihn dieses Mädchen, das sich weigerte, ihm ihren Namen zu sagen, hierher gelockt hatte, um mit ihm zu spielen und ihn bloßzustellen. Sie wollte gar nichts von ihm, er war nur dazu dagewesen, sie zu begleiten, von Giesing, wo er sie getroffen hatte, bis zum Hauptbahnhof, wo sie ihren Seesack aus dem Schließfach geholt hatte, bis hierher in dieses Lokal, in das sie unbedingt gehen mußte, ohne ihm zu verraten, warum. Er war wieder einmal der Blödmann, und wie ein bösartiges Tier kroch die Wut in ihm hoch, und es kotzte ihn an, daß er dieses Mädchen aus den Klauen der Kontrolleure befreit hatte; es kotzte ihn plötzlich alles an, dieses Mädchen, dieses Lokal, dieser Tag, und er sich selbst. Er fand sich selber widerlich und drehte sich um, stieß gegen einen Stuhl, trat mit dem Stiefel dagegen, der Stuhl knallte gegen den Tisch, und verließ das Café. Er ging über die Straßenbahnschienen zum Bahnhofsvorplatz und achtete auf nichts. Der eisige Wind stach ihm in die Augen, und er senkte den Kopf. Zum Kotzen zum Kotzen. Er rempelte eine alte Frau an, die sich gerade noch an der aufschwingenden Tür zur Bahnhofshalle festhalten konnte. Drinnen war es warm, und seine Stiefel paradierten über den glitschigen Boden TOCKTOCKTOCK, wie im Stechschritt, und er polterte die Treppe zur Balustrade hinauf, sah sich um, blieb stehen, rieb sich die Augen. Dann marschierte er in den Burgerking und verlangte ein Bier. »Gibts kein«, sagte die tschechische Bedienung, und er schaute sie an, und sie erschrak, und dann fragte er sie noch etwas, und sie antwortete rasch, und er marschierte wieder zurück, genau zu der Stelle, an der er vorher gestanden hatte, griff in die Tasche, holte eine kleine Plastikschachtel hervor, entnahm ihr zwei bunte Pillen und schluckte sie. Er legte den Kopf in den Nacken und verharrte so. Ein paar Meter von ihm entfernt unterhielt sich eine Gruppe Gehörloser in Zeichensprache, und als er sie bemerkte, dachte er im ersten Moment, er sei taub geworden. Darüber mußte er lachen, und er lachte ein paar Sekunden, ohne sich zu bewegen. Dann drehte er sich beschwingt um und sprang die Rolltreppe hinunter. Unten stieß er um ein Haar mit zwei Männern zusammen.

»Grüß Gott«, sagte der eine.

»Ausweiskontrolle«, sagte der andere und zeigte ihm seinen grünen Ausweis. Zivilpolizisten.

»Ja klar«, sagte Bacio. Er langte in die Innentasche seines Parkas, holte seinen Personalausweis hervor und zeigte ihn den beiden.

»Was machen Sie hier?«

»Einkaufen.«

Er bekam seinen Ausweis zurück.

»Sie wohnen in Murnau?«

»Ja.«

»Wiedersehen.« Die Polizisten setzten ihre Runde fort. Und Bacio atmete kräftig durch. Also wußten sie von nichts! Also hatte sein Plan funktioniert! Seine Eltern glaubten, er wäre bei seinem Freund Rudi in Garmisch und würde erst heute abend zurückkommen. Statt dessen war er in München und würde nie wieder, NIE WIEDER, in dieses Kaff zurückkehren; er war abgehauen, und er hatte den ganzen Weg, mehr als siebzig Kilometer, zu Fuß zurückgelegt! Kein Bus, kein Zug, kein Autostop, er wollte diesen Weg mit niemandem teilen, er wollte beweisen, daß er es schaffte – es schaffte, doch noch wegzugehen, nachdem er jahrelang nur davon geträumt hatte. Das Kaff, die Eltern, die ihn zwangen, Klavier zu lernen und schlaue Bücher zu lesen und gesundes Zeug zu essen, die Freunde, die im Skiclub waren und nur Bullshit redeten, die Lehrer, die ihn vollaberten, was für ein begabter Junge er doch sei und wieso er sich nicht mehr Mühe gäbe – das alles hatte er so satt gehabt und war trotzdem nicht losgekommen. Er begnügte sich lieber mit Glückspillen, die man ohne Probleme in bestimmten Lokalen oder auf dem Schulklo bekommen konnte. Vorbei! Vorgestern, nachdem sein Vater ihn wieder einmal angebrüllt hatte, weil er in Geschichte auf drei Punkte stand und vor der Klasse behauptet hatte, die Achtundsechziger wären genauso vernagelt gewesen wie ihre Naziväter, hatte er zwei Pullover, ein Hemd, drei Unterhosen und zwei Paar Socken übereinander gezogen, die zwölfhundert Mark eingesteckt, die er als Aushilfskellner verdient hatte, seine Stiefel geschnürt, den Parka gepackt und war aus dem Haus verschwunden. ›Fahr zu Rudi, komm übermorgen wieder‹, hatte er noch auf einen Zettel geschrieben, den er aufs Bett legte.

Und jetzt war er hier. Er war den Weg allein gegangen, in der eisigen Kälte, in der Dunkelheit neben der Straße, schnurstracks Richtung München, mit keuchendem Atem und Schmerzen in den Füßen und brennenden Augen. Siebzig Kilometer. An einem Kiosk hatte er zwei Tassen heißen Kaffee getrunken und zwei Wurstsemmeln gegessen. Und dann weiter. Über Schneefelder, auf denen Krähen watschelten und mit ihren Schnäbeln ins Eis hackten, über zugefrorene Weiher und durch starre Wälder, die aussahen, als würden sie nie wieder auftauen, so totenschwarz kamen ihm die Bäume vor. Zwanzig Stunden, und zwischendurch in einem Café eine Suppe, Pause für eine halbe Stunde, zwei Pillen, und dann weiter.

Ausgelaugt, aber hellwach setzte er sich jetzt auf die Treppe zum Untergeschoß des Bahnhofs und notierte sich etwas in sein Quartheft. Manchmal schrieb er Gedichte ... *sie konnten seinen Willen riechen/und erbrachen sich/und er war längst verschwunden ...* und grübelte noch einen Moment und steckte das Heft wieder ein.

»Da därf ma fei ned hockn, gä!« brummte ein Mann, der beim Vorbeigehen mit seinem Bein Bacios Schulter berührte, und Bacio sprang auf und kam hinter ihm her.

»Haben Sie irgendein Problem?« Bacio ging neben ihm her. Der Mann hatte einen Lodenmantel an und trug eine dunkelblaue Aktentasche. In seinem Kragen steckte ein grüngepunktetes Seidentuch.

»Is scho recht«, brummte er.

»Wieso rempeln Sie mich an, wieso?«

Der Mann steuerte auf den Kartenentwerter zu, zog seinen Fahrschein aus dem Mantel und behielt ihn in der Hand.

»Ich hab Sie was gefragt!« sagte Bacio.

»Is scho guat.« Der Mann steckte den Schein in den Apparat, bis es klickte, und ging zur Treppe, die zu den S-Bahnen hinunterführte. Dort blieb er abrupt stehen. »Jetzt paß amoi auf, Bürscherl, wenn du di jetz ned glei schleichst, gibts Ärger, des garantier ich dir. Hamma uns verstanden?«

Er warf Bacio den klassischen Soiche-wia-du-soinganz-staad-sei-Blick zu und ging die Treppe hinunter.

»Hey!« schrie ihm Bacio hinterher, und weil der Mann nicht reagierte, ein zweites HEY.

Die Leute eilten an ihm vorbei, und der Mann verschwand in der Menge. Bacio stand breitbeinig da und rührte sich nicht von der Stelle. Jeder mußte einen Bogen um ihn machen, und eine Frau, die ein langes, eingepacktes Geschenk unter dem Arm trug, zischelte: »Ja muaß des sei oda wos!«

Als er endlich Lust dazu hatte, machte er Platz. Jetzt fiel ihm wieder ein, daß er noch etwas Wesentliches vorhatte. Vor lauter guter Laune hätte er es beinah vergessen!

»Der war Experte, mein Bruder, der ist zu Kongressen gefahren, und sein Name ist auf den Einladungen gestanden, AUF DEN EINLADUNGEN.«

»Wo sonst?« brummte Lama. Das Leben war verdammt kurz, und je länger Lallinger laberte, desto kürzer wurde es. Lama kratzte sich den Handrücken, und seine Stimmung hatte den Nullpunkt fast erreicht.

»Manchmal haben wir Fotos gekriegt, da war er dann drauf, mit seinen Kollegen vor einem großen weißen Haus, so wie die Häuser in Spanien oder in Griechenland ...«

»Kenn ich nicht, nie dort gewesen ...«

»Die kennt doch jeder, weiße Häuser, ganz weiß, und blaue Türen und blaue Fenster ...«

»Und blaue Menschen ...«

»Du Deppenhaufen!« lallte Lallinger. Er hatte den Faden verloren und wandte sich der Wand zu. Da hing das Foto einer Schauspielerin, die er in einem früheren Leben gekannt hatte, und er hob seine Hand zum Gruß und beugte sich vor, um ihren Teint zu begutachten. Er studierte ihren Mund. Die Frau hatte den Arm um einen Mann gelegt und lachte in die Kamera. Der Mann hatte eine Zigarette lässig im Mundwinkel hängen.

»Bitte eine Semmel«, sagte Lama zum Kellner.

Das Lokal hatte sich gefüllt, inzwischen waren alle Tische besetzt, ausschließlich von Männern, von denen die meisten ohne Mantel hereingekommen waren und den eisigen Temperaturen mit einem noch eisigeren Gesichtsausdruck trotzten. Einige trugen ungefütterte Sommersakkos in grellen Farben, Stoffhosen und Halbschuhe.

Der Kellner brachte frische Getränke an den kleinen Tisch an der rechten Wand, eine Cola mit Eis und einen Gintonic. Und eine neue Portion Pommes frites mit Ketchup.

Frettchen wischte sich den Mund mit der Hand ab und leckte sich die Lippen.

»Darf ich noch mal sehen?« fragte Gero Schmid und kam mit dem Gesicht näher. Frettchen wußte sofort, was er meinte. Sie streckte ihm die Zunge raus, und nun warf ihr sogar Zeitler einen Blick zu, der immer mehr in sich zu versinken schien und undurchdringlichen Gedanken nachhing.

»Sieht scharf aus«, sagte Schmid.

»Klar.«

Sie aß die Fritten mit den Fingern, tunkte sie in Ketchup und lutschte sie ab. Sie brauchte nicht hinzusehen, um zu wissen, was im Schädel dieses Widerlings vor sich ging. *Du bist der erste, so viel steht fest.* Eine Sekunde lang grinste sie ihn an, und er hob tatsächlich sein Glas und prostete ihr zu. *Ein Wichser weniger.* Sie hatte wenig Zeit. Die Ärsche waren verabredet, und wenn der Oberarsch erst mal dasaß, würde es kompliziert sein, den Typen wegzubringen.

»Komm, trink einen Gintonic mit mir«, sagte Schmid und legte seine Hand auf ihren Oberschenkel. Er trug immer noch die schwarzen Lederhandschuhe. Sie aß ihre Fritten. Die Hand lag da und wurde schwerer, das spürte sie durch die Jeans. Drunter trug sie eine Strumpfhose, und er würde ihr dabei zusehen dürfen, wie sie ihre Jeans runterstreifte, und dann …

»Klar«, sagte sie. Und Schmid klopfte ihr auf den Schenkel, nahm seine Hand weg und winkte dem Kellner. Hob sein Glas und bestellte wortlos. Zeitler nippte an der Cola und blickte zur Tür. Die beiden Männer sahen sich an. Die Scheiße war am Dampfen, und sie mußten sie aus der Welt schaffen, und zwar schnell, heute abend noch. Wenn die Bullen die Leiche fanden, würde es nicht lange dauern, bis sie im *Roten Stier* aufkreuzten und die Bude auf den Kopf stellten. Der *Rote Stier* war ein Nachtclub in der Ingolstädter Straße, und Bachmann war der Besitzer gewesen – bis er vor zwei Stunden einen Gummiball verschluckt hatte. Er hatte versucht, sie zu linken und die Geschäfte über einen anderen Partner abzuwickeln, und sie waren ihm draufgekommen, doch er hatte sein Maul gehalten, und damit hatten sie nicht gerechnet.

»Verdammter Krüppelficker!« sagte Schmid.

Bachmanns Spezialität waren behinderte und verunstaltete Frauen gewesen, einarmige, einbeinige, hinkende, vernarbte, von Verbrennungen gezeichnete Frauen. Manchmal verunstaltete er sie aber auch selber. Und jetzt hatten sie ihn verunstaltet, definitiv.

»Das hat er jetzt davon. Die armen Weiber. Was machen die jetzt? Wer fickt die jetzt?«

»Halt's Maul!« Zeitler saß kerzengerade auf dem Stuhl und kniff die Augen zusammen. Wohin er so angestrengt schaute, war schwer zu sagen. Schmid musterte ihn, nickte und verschränkte die Arme.

Frettchen konzentrierte sich auf ihre Fritten und auf ihren Plan, den sie langsam angehen mußte. Sie wollte hier raus. Raus aus der Kneipe, raus aus der Stadt, raus aus Deutschland. Aber vorher wollte sie klarmachen, daß bei ihr niemand ungestraft einen Freund mißhandelte; Bachmann war ein ausgekochter Typ gewesen und nicht zimperlich, wenn es um seinen Vorteil ging, doch er war auch für sie dagewesen, als sie fünf war und ihre Eltern sich gegenseitig halbtot prügelten; er nahm sie mit auf den Kiez und stellte sie freundlichen Frauen vor, die toll geschminkt waren und eigenartig rochen, er machte Hafenrundfahrten mit ihr und saß mit ihr an der *Strandperle,* wo sie heiße Schokolade trank und den großen Schiffen zuwinkte, die auf der Elbe vorüberfuhren. Nachdem er nach München gezogen war, hatte sie nichts mehr von ihm gehört – bis vor vier Tagen, als ihr Vater sie fragte, ob sie für ihn ein Geschäft abwickeln könnte. Erst hatte sie nein gesagt, wie immer, doch dann nannte er Bachmanns Namen, und sie hatte plötzlich Lust, ihn nach so langer Zeit wiederzusehen; und dann beschloß sie, die Chance zu nutzen und mit der Kohle durchzubrennen, und zwar für immer.

Ihre Hand glitt in die Anoraktasche, und Jonathan nagte an der Fritte, die sie ihm hinhielt. Plötzlich hatte sie feuchte Hände. *Hey, kriegst du jetzt Schiß? Shit, Mann! Wieso denn? Bloß keine Panik schieben.*

»Gintonic.« Der Kellner stellte das Glas auf den Tisch.

»Na also!« Schmid schob ihr das Glas hin, nahm sein eigenes und hielt es hoch.

»Auf Weihnachten, würd ich sagen, oder?«

Sie nahm das Glas, und die Eiswürfel klirrten.

»Los, trinken!« Schmid grinste und wartete darauf, daß sie trank.

Sie nahm einen Schluck, und dann noch einen. Schmid trank sein Glas in einem Zug aus. Dann nickte er wieder.

»Ich hab eine Idee«, sagte er, und Zeitler sah ihn an. Er konnte die Idee seines Kompagnons direkt riechen.

»Laß das sein«, sagte er.

»Was für eine Idee?« fragte Frettchen und leckte sich die Finger. Sie schob den leeren Teller an die Wand. An ihrem Kinn klebte ein roter Fleck. Schmid bemerkte ihn, streckte langsam seinen Zeigefinger aus und wischte ihn ab. Er zeigte Frettchen den Handschuhfinger mit dem Ketchuprest, und sie betrachtete ihn. *Okay, du Arsch, du hast mich gezwungen, Alkohol zu trinken, und ich hasse Alkohol, und wenn mich wer zu was zwingt, der bezahlt dafür. Hast du das kapiert, Supernull?*

»Ich heiß Gero«, sagte Schmid mit leiser Stimme, und sein Finger schwebte vor ihrer Nase.

»Hi«, sagte sie, nahm seine Hand, zog sie zu sich her und schob den Finger in ihren Mund.

Schlagartig erwachte Zeitler aus seiner Meditation. Der Barkeeper drehte den Zapfhahn zu, stellte das Glas, das er in der Hand hatte, auf den Bierdeckel und machte einen Schritt zur Seite, damit er besser sehen konnte.

Frettchen lutschte den Lederfinger ab, behielt ihn einen Moment im Mund und lehnte sich dann zurück. Schmid schmatzte und wandte sich Zeitler zu. Aus unsichtbaren Poren sickerte ein Lächeln in sein zementiertes Gesicht. Er warf Frettchen einen Blick zu. Wenn die Kleine eine Hure war, dann hatten sie schon wieder ein Problem; ihr Auftraggeber verabscheute Huren, vor allem, wenn sie minderjährig waren, und er würde sie auf der Stelle wegschicken; und dann würde sein geiler Kompagnon ihr hinterherlaufen, und die Sache würde noch komplizierter und langwieriger werden. Und wenn die Kleine keine Hure war, dann stellte sich die Frage, wer sie war und was sie wollte; war das Zufall, daß sie sich ausgerechnet an den Nebentisch gesetzt hatte? Und wer war der Typ mit dem Zopf? Wo steckte der jetzt? Im Grunde war es das Einfachste, sie war eine Hure, dann bräuchte man sie bloß wegzuschicken; wenn sie keine Scherereien mit den Bullen wollte, dann blieb ihr nichts anderes übrig als zu verschwinden. Allerdings: eine Hure mit Seesack?

»Komm mit!« Zeitler stand auf.

»Wieso denn?«

»Beeilung!« Er ging zur Treppe, die zu den Toiletten hinunterführte, und Schmid stand auf.

»Bin gleich wieder da. Bestell dir noch einen Gintonic, alles klar?«

Alles klar, Arschloch!

»Was ist los mit dir?« fragte Schmid, nachdem sie die Klos kontrolliert hatten und im Pissoir standen.

»Laß die Kleine in Ruhe. Rosenbaum mag das nicht.«

»Scheiß drauf!« Schmid zog den Reißverschluß seiner Hose auf und pinkelte. »Ist schon Stimmung da unten!« Er grinste seinen glitschigen Schwanz an.

»Schick sie weg, kapiert!«

»Vorher fick ich sie, darauf kannst du wetten!«

»Du fickst niemand jetzt!«

»Ich fick die, und wenn Rosenbaum kommt, sagst du ihm, ich hab schnell was zu nageln und bin gleich wieder da. Ich geh zu Lisa.«

»Du gehst nirgendwohin, bist du taub?«

Schritte waren zu hören. Jemand torkelte die Treppe hinunter.

»Hör mal, Hannes, ich bin nicht schuld, daß die Kohle weg ist. Ich nicht!«

Er wischte sich die Hände an der Hose ab und spuckte auf den Boden. Dann strich er sich die Haare nach hinten und betrachtete sich im Spiegel.

»Wenn du mit ihr abziehst, war das dein letzter Auftrag. Mit Leuten wie dir will ich nicht arbeiten. Du bist ein Risiko.«

»Logisch. He, paß auf, Alter!«

Der Mann, der die Treppe heruntergekommen war, schwankte, fuhrwerkte mit seinem Mantel herum, lehnte sich hustend an die Wand und holte tief Luft. Es war Lallinger. Seine Nase glühte, und er versuchte, nicht umzufallen. Die beiden anderen Männer verließen das Pissoir.

»Also?« sagte Zeitler.

»Ich geh ficken.«

Schmid stieg die Treppe hinauf. Zeitler wartete, starrte auf den Boden und gab sich einen Ruck.

»Lust auf einen kurzen Ortswechsel?« Schmid hatte sich erst gar nicht mehr hingesetzt. Er beugte sich zu Frettchen hinunter, die an der Wand lehnte und ihn ansah.

»Hast du Gummis?« fragte sie.

»Gute Frage«, sagte er.

Sie sahen sich an, und der Barkeeper beobachtete sie. Zeitler setzte sich an den Tisch und beachtete niemanden.

Frettchen stand auf.

»Ich laß den Seesack hier, passen Sie auf ihn auf?« Sie sah Zeitler an, der nicht reagierte.

»Macht der doch«, sagte Schmid.

Zeitler hob den Kopf.

»Beeil dich«, sagte er zu seinem Kompagnon. Schmid zwinkerte ihm zu.

Frettchen bahnte sich einen Weg zwischen den Gästen hindurch, und Schmid folgte ihr so nah er konnte.

»Scheißnutte«, sagte Zeitler, aber niemand hörte ihm zu.

»Das gibt Ärger«, sagte der Kellner.

»Kennst du die?« fragte der Barkeeper.

»Vielleicht eine aus Lisas Blasorchester, ein Nachwuchstalent ...«

»Süßer die Glocken nie klingen ...«

Draußen sagte Schmid: »Wir sind gleich da«.

Sie achteten auf jeden Schritt, denn der Schnee auf dem Bürgersteig war spiegelglatt. Die Luft war eisig, und Frettchen wickelte ihren langen Schal noch fester um den Hals. Im Moment hatte es minus fünfzehn Grad, und am Himmel funkelten winzige Sterne. Kein Auto fuhr. In der Ferne ertönte eine Feuerwehrsirene wie aus einer anderen Welt. Hier in der Schillerstraße gab es keine Geräusche außer dem leisen Knacken des Eises unter den Schuhen. Keine Stimmen, keine Musik. Als wären die Hotels und Bars ausgestorben, deren gelbes trostloses Licht auf die Straße fiel und niemanden anlockte. Obwohl viel Schnee lag, hatte man nicht den Eindruck, daß morgen Heiligabend war. Die Kälte ließ das Leben sogar auf den Weihnachtsmärkten in der Innenstadt gefrieren, und die Menschen liefen vermummt und abwesend aneinander vorbei; niemand hörte den Gesängen schlotternder Kinder zu, die alte Weisen vortrugen und ihre Mützen tief ins Gesicht gezogen hatten; der Duft nach Glühwein und Lebkuchen tränkte die Luft, aber niemand hatte Lust, sie einzuatmen. Seit einer Woche befand sich München in arktischer Erstarrung, und die Aussichten für die nächsten Tage waren niederschmetternd. Die Metereologen rechneten mit minus achtzehn Grad, und das wäre dann ein Jahrhundertrekord.

»Ich hol uns was, was warm macht«, sagte Schmid.

»Okay«.

Er packte ihr Kinn und drückte ihr einen Kuß auf den Mund. Dann griff er ihr zwischen die Beine und stieß sie gegen die nasse Wand.

»Wie heißt du eigentlich?« flüsterte er ihr ins Ohr, und sie roch seinen Atem: Gin und Fäulnis.

»Sandra.«

»Sa-n-dra«, flüsterte er, und die Faust zwischen ihren Beinen packte fester zu. Sie konnte sich nicht mehr bewegen. Er preßte sich an sie und griff wieder nach ihrem Kinn.

»Zeig mir deine Zunge!«

Sie zeigte sie ihm.

»Weißt du, was du damit gleich machen wirst?« Sein Atem stank erbärmlich.

»Was denn?« flötete sie, denn sie wußte, diese Stimmlage ebnete den Weg schneller als jede andere.

Er ließ sie los und betrachtete sie.

»Wie alt bist du?«

»Ich bin noch Jungfrau, wenn dich das interessiert.« Sie sagte das so teilnahmslos wie möglich. Manchmal war es das beste, den Leuten die Wahrheit ins Gesicht zu sagen, sie glaubten sie ohnehin nie.

»Das interessiert mich sehr«, sagte Schmid, kratzte sich zwischen den Beinen und musterte Frettchen von oben bis unten, wie er es in der vergangenen Stunde schon fünfzigmal getan hatte.

»Mir is kalt«, sagte sie.

»Bleib da stehen, verstanden?«

Und ob, du Wichser.

Er verschwand in einer Tür, die direkt neben Frettchen ins Haus führte.

Sie befand sich im Hinterhof einer Bar. Zwei kleine Autos standen nebeneinander vor der Hauswand und waren vollkommen eingeschneit. Auf der anderen Seite des Hofes parkte ein weißer BMW ohne eine Spur von Schnee oder Eis; kam wahrscheinlich direkt aus einer geheizten Garage. An der Durchfahrt hingen Eiszapfen von der Decke. Das elektrische Licht war defekt. Sie machte einen Schritt von der Wand weg und tastete nach Jonathan. Er bewegte sich kaum. Dann langte sie in die Innenseite des Anoraks und fühlte etwas Kaltes aus Metall. Auf dem Bürgersteig kam ein Mann an der Einfahrt vorüber, bemerkte sie, blieb stehen, starrte sie an, und als sie sich umdrehte, verschwand er.

Die Tür ging auf, und Schmid hielt eine Flasche hoch.

»Komm rein, das Bett ist warm.«

»Klar.« *Klar, du Komiker!*

Sie schloß die Tür hinter sich. Im Treppenhaus roch es nach Parfüm, Desinfektionsmittel und Pisse. Schmid stieg eine Treppe hinauf, und sie kam hinter ihm her. Trotz des penetranten Geruchs wirkte das Treppenhaus sauber und frisch geputzt. Nirgends lagen gebrauchte Spritzen herum oder Fixer oder Penner, die einen Ort zum Übernachten gefunden hatten. In St. Georg sähe kein Haus, dessen Hintertür nachts offen stand, lange so sauber aus wie das hier; so ein Schlafplatz würde sich in Windeseile herumsprechen, und dann wär hier schnell das große Schnarchen und Rülpsen und Kotzen. *Is eben München, Stadt der Unschuld!*

»Beeil dich!«

Im zweiten Stock sperrte er eine Tür auf und wartete, bis sie hineinging. Dann sperrte er die Tür von innen zu.

Ein Zimmer, ein breites Bett mit einem Spiegel an der Decke, rotes Licht, modriger Geruch. Auf dem Boden ein abgetretener Teppich und vor dem Fenster ein weinroter Vorhang. Über einer Stuhllehne hingen Handtücher und auf dem Nachtkästchen stand eine Schale mit bunten Kondomen.

»Wir haben eine Stunde Zeit. Hältst du das durch?«

Er grinste und bewegte seinen Unterleib vor und zurück.

»Ich muß mal aufs Klo.«

»Du kannst mir ins Gesicht pissen, wenn du willst.«

Sie schaute ihn an. Das war ein interessanter Gedanke. Er grinste. Dann schraubte er die Flasche auf und trank. Sein Adamsapfel hüpfte auf und ab.

»Trink.« Er hielt ihr die Flasche hin.

»Ich muß erst mal.« Sie verschwand im Badezimmer, einem Verschlag mit einer winzigen Wanne, einer Toilette und einem dreckigen Waschbecken.

Schmid stand vor der Tür und horchte. Kratzte sich zwischen den Beinen.

»Was ist jetzt? Wie wär's? Hast du das schon mal gemacht?« Er nahm wieder einen Schluck, und der Gin lief ihm aus den Mundwinkeln.

»Nein«, rief sie von drinnen.

»Dann wird's Zeit, Baby!«

»Ich zieh mich aus.«

»Das will ich sehen.«

»Warte. Eine Minute. Zieh dich auch aus. Dann legst du dich in die Wanne, und ich stell mich über dich. Okay?«

Er nahm einen Schluck und spuckte auf den Boden.

Dann zog er sich aus. Warf die Sachen auf den Stuhl, trank und riß die Badezimmertür auf.

Sie stand vor der Wanne und schaute ihn an. Sie war nackt. In ihrer linken Brustwarze hing ein silberner Ring. Ihre Haut war weiß und übersät von roten Punkten, Kratzern und Wunden.

Er stierte ihre schwarzen Schamhaare an. Um ihre

Hände hatte sie ein Handtuch gewickelt, das sie vor den Bauch hielt.

»Du hast ja deine Unterhose noch an«, sagte sie ernst.

Als er sie auszog, bekam er eine Erektion.

»Dreh dich um!« sagte er.

»Ich muß erst aufs Klo.«

Seine Erektion wurde stärker.

»Okay. Dann mach's, du kleine Sau, das will ich sehen. Und danach bist du dran, das schwör ich dir.«

»Dann leg dich in die Wanne.«

Er kam auf sie zu, und wieder schnappte seine Faust nach ihrer Scham. Er drückte fest zu, und sie kniff die Augen zusammen vor Schmerz,

»Ich muß ganz dringend«, stöhnte sie.

»Ich auch«, grunzte er.

Während er in die Wanne stieg, hielt er die Hand an ihrer Scham und ließ sie erst los, als er sich hinlegte.

Er hatte eine hängende Brust, und in zwei Jahren wäre sein Busen genauso groß wie ihrer. *In zwei Jahren …*

»Komm her …« Er streckte die Hand aus, und sie kletterte erst mit dem einen, dann mit dem anderen Bein in die Wanne. Sie stand vor ihm, und er griff nach ihrem kleinen Hintern. Sofort wollte er seinen Daumen in sie schieben.

»Noch nicht, bitte.«

Er lehnte sich zurück und streckte die Beine aus.

»Los jetzt, piss mir ins Gesicht, du geile Sau, los, zeig mir deinen Saft, zeig mir, was du drauf hast, los …«

Sie bückte sich, und er beugte sich vor und öffnete seinen Mund. Und grunzte.

»Los jetzt, zeig mir, daß du ein braves Mädchen bist, los jetzt …«

»Ja«, sagte sie, machte die Beine breit und bückte

sich. In dem Moment, als der erste Strahl kam und ihn mitten in die Augen traf, gab es einen dumpfen Knall, und sein Kopf krachte gegen den Wannenrand. Sie hatte mit dem Daumen abgedrückt und durch das Handtuch geschossen. Zum ersten Mal in ihrem Leben mußte sie durch die Beine schießen, und es hatte funktioniert. *Ich bin stolz auf dich, superstolz bin ich.*

Hastig stieg sie aus der Wanne, legte Handtuch und Pistole samt Schalldämpfer auf den Boden, bückte sich vor der Toilette und pinkelte zu Ende. Erleichtert zog sie ihren Slip an, dann Strumpfhose und Jeans und dann alles andere. Sie hatte die Sachen auf einen kleinen Hocker gelegt.

Schmid lag in der Wanne. Die Kugel hatte ihn im offenen Mund erwischt. Blut tropfte aus seinem Kopf, und sein Gesicht war naß von Urin. Sein Penis war nur noch eine sinnlose Schnecke.

Frettchen hatte Lust, ihm eine zweite Kugel zu verpassen, aber mit Munition mußte man sparsam umgehen. *Tote Komiker sind besonders lustig.*

Jetzt wollte auch Jonathan die Umgebung sehen, und sie zeigte sie ihm. Sie drehte den Wasserhahn auf, hielt ihre Hand drunter, und die Ratte trank ihr aus der Hand.

Sie schraubte den Schalldämpfer ab, steckte ihn zusammen mit der Pistole in die Innentasche ihres Anoraks und zog den Reißverschluß zu.

Im Zimmer vor dem Bett stand die Ginflasche, und sie stieß sie um. Die Flüssigkeit verteilte sich über den Boden, und die Flasche rollte bis zur Tür. *Schiefe Gegend.* Sie sah sich noch einmal um, und nichts kam ihr unbekannt vor. Solche Zimmer kannte sie seit ihrer Kindheit – oder wie immer man diese Zeit nennen wollte, in der ihr Vater dauernd ausrastete und ihre Mutter dauernd heulte. Zimmer, in denen niemand länger als ein paar Stunden wohnte, in denen dreckige Geschäfte abgewickelt wurden und die voller dreckiger Unterhosen waren, die kein Mensch wegräumte, weil sie niemanden störten. Zimmer ohne Blumen und Bilder, ohne Heizung und bequeme Sessel. Zimmer zum Verrecken oder zum Überleben für das nächste Zimmer, das genauso aussah. Im Unterschied zu den Zimmern, in denen sie gehaust hatte, war es hier sauberer als in St. Georg, auch wenn es genauso roch. *Is eben München.* Sie ging zum Fenster und schob den Vorhang zur Seite.

Sie blickte hinunter in den Hinterhof, durch den sie hergekommen war, und der weiße BMW war verschwunden. Wahrscheinlich klapperte der Boß seine Läden ab. So einer läßt sich von keinem Winter daran hindern, seine Frauen zu kontrollieren.

Leise sperrte sie die Tür auf, warf einen Blick ins Treppenhaus und schlich hinunter. Sie trat in den Hof hinaus, sah sich um und ging vor zur Straße. Sie wollte zum Hauptbahnhof, um etwas zu holen, das sie dort deponiert hatte, und der kürzeste Weg führte am *Schillercafé* vorbei. Das mußte sie unbedingt vermeiden. Also wandte sie sich nach links, ging bis zur Schwanthalerstraße und dann nach rechts. Nach zweihundert Metern bog sie in eine Seitenstraße ein und stand fünf Minuten später vor einem Schließfach. Den Schlüssel hatte sie in ihrer Hosentasche. Sie nahm eine zusammengerollte Plastiktüte aus dem Schließfach und verstaute sie in den Katakomben ihres Anoraks. In der Tüte waren zwei kleinere Tüten voller kostbarer Smarties.

Jetzt wird das Geschäft abgewickelt, und dann tschüß. Shitstadt. Sag mir lieber, was ich dem anderen Wichser erzählen soll. Hast du gehört, Languste. Ich brauch 'n Tip, und zwar NOW.

Als sie sich umdrehte, stand ein Kahlkopf hinter ihr.

3. Kapitel

»Spionierst du mir nach, paß bloß auf, was is überhaupt mit dir los?«

Im ersten Moment hatte sie ihn gar nicht erkannt. Parka, Springerstiefel, rasierter Schädel, Babyface, das klassische Naziarschloch. Ihr Schrecken hielt sich in Grenzen, erstens wollten diese Kerle nie was anderes von ihr als blöd rumlabern und sie damit aufziehen, daß sie gelbe Haare hatte und angeblich eine Punkerin war. Was sie nicht war, sie hatte nur gelbe Haare und war gepierced, weil sie das so wollte und weil ihr das gefiel und nicht, weil sie irgendwo dazugehören wollte. Solche Unterschiede klarzumachen, war bei Naziärschen, die flüssige Scheiße im Schädel hatten, natürlich komplett sinnlos. Außerdem hatte sie ihren Neunmillimeter-Freund dabei, und wenn der die Geduld verlor, dann war anschließend Schweigen am Elbestrand.

Und dann sah sie seine Augen, schwarze Sonnen, die sie blendeten und die sie in helle Aufregung versetzten und seltsam erregten, und sie erkannte ihn wieder.

»Hallo«, sagte er.

Woher hatte er diese teuflisch-tiefe Stimme?

Woher hast du diese teuflisch-tiefe Stimme, hält ja kein Mensch aus, Mann!

»Hi«, sagte sie knapp und zwängte sich an ihm vorbei, denn er stand nur einen halben Meter vor ihr. Sie ging einfach los, den Gang zwischen den Schließfächern entlang bis in die Halle zu den Gleisen.

»Warte doch!« rief er.

Sie ging weiter, schnurstracks auf Gleis zwölf zu. *He, was soll ich hier? Ich muß in die andere Richtung, Shit, Mann. Was ist?*

»Bleib doch mal stehen, ich … ich hab dich zufällig gesehen, wo gehst du denn hin? Warte doch.«

Bacio stiefelte hinter ihr her, rempelte einen Mann an, der einen Turban trug, und schaute nicht nach rechts und links.

Frettchen blieb stehen. Auf dem Gleis stand ein Intercity. Sie betrachtete die Lok und hatte plötzlich das Gefühl, ein Eisentier glotzte sie an und kam langsam auf sie zu, um sie zu verschlingen.

»Geht's dir nicht gut?« Bacio baute sich neben ihr auf, grauer Atem dampfte aus seinem Mund. Obwohl sie sich keine Mühe gab hinzusehen, bemerkte sie sofort, daß er immer noch keine Handschuhe trug.

»Ich hab dich zufällig gesehen«, sagte er noch einmal, »ich bin hier so rumgelaufen, ich hab mir überlegt, was ich machen soll, ob ich zurück soll in das Café und dich suchen, na ja …«

Er hielt inne, denn sie starrte immer noch die Lokomotive an und schien ihn nicht wahrzunehmen.

»Na ja, also … ehrlich gesagt, so zufällig war das gar nicht …«

»Ach ja«, sagte sie, und es klang nicht nett.

»Nein, also …«

»Du spionierst mir also nach.« Die Lokomotive starrte sie an.

»Nein, nein … ich spionier dir doch nicht nach, ich war zufällig hier …«

»Also was jetzt?«

»Ich war zufällig da, weil … weil … ich war doch beim Friseur …«

»Kann man wohl sagen. Sieht ja total scheiße aus.«

»Find ich nich, also … ich, die Bedienung, die Frau,

das Mädchen beim Burgerking … beim Burgerking, die hat mir gesagt, wo's einen Friseur gibt, da unten nämlich …«

»Mann! Ich hab's eilig, was willst du denn von mir?«

Er kam völlig aus dem Konzept. Sie bewegte sich keinen Millimeter. Er sah sie schräg von der Seite an. Sie hatte einen Mordsumfang, kein Wunder, sie trug die Klamotten einer ganzen Familie am Leib. Ihr roter Anorak wölbte sich mächtig.

»Hast du deine Mütze verloren?«

Shit!

Sie erschrak. Kramte in ihren Taschen und fand die Mütze nicht. *Shitshitshit!* Sie zog sämtliche Reißverschlüsse auf und wieder zu. Ihre Hände flutschten nur so in die Tiefen ihres Anoraks, doch die Mütze blieb verschwunden.

»Vielleicht hast du sie im Café liegen lassen.«

»Halt die Klappe!«

Sie hatte sie doch aufgehabt, als sie mit dem Wichser weggegangen war.

Oder nicht? Sie mußte sie aufgehabt haben! Aber wo war sie dann jetzt? In diesem Zimmer? Hatte sie sie tatsächlich VERGESSEN? *Du bist ja die blödeste Kuh, die rumläuft auf diesem Scheißplaneten. Das darf doch nicht wahr sein! Ich hab meine Mütze noch nie verloren, die ist ein Geschenk von Languste, die hat die mir letztes Jahr zu Weihnachten gestrickt, und wenn ich die verloren hab, dann brauch ich nie wieder nach Hamburg zurück, so eine Scheiße!*

»Hast du sie verloren?«

Endlich schaute sie ihn an. Diese Frage war die Krönung. Ihr Blick irritierte ihn ziemlich, und durch die schnelle Bewegung schaukelte ihr Nasenring hin und her.

Gleich würde sie die Zähne fletschen und ihn anspringen und zerfleischen. Er hatte das dringende Bedürfnis, eine Pille einzuschmeißen.

»Verpiß dich, du nervst! Ich kann's nicht leiden, wenn man mir nachspioniert, das haben schon ganz andere als du versucht, und denen ging's schlecht danach, das steht fest.«

»Was'n los mit dir?«

Er griff in seinen Parka, sah sich um, holte die kleine Plastikschachtel hervor, klappte den Deckel auf und hielt ihr die Schachtel hin.

»Nimm eine, hilft immer.«

Sie sah die bunten Pillen und mußte grinsen.

»Beeil dich doch!«

Sie grinste immer noch. Dann nahm sie eine Pille und schluckte sie. Er nahm sich auch eine und steckte die Schachtel ein.

»Was gibt's da zu grinsen?« Er grinste auch.

»So einer bist du also.«

»Was für einer? Du schluckst die Dinger doch selber. Was ist jetzt mit deiner Mütze?«

Sofort verkrampfte sie sich wieder, und der Anflug von Heiterkeit in ihrem Gesicht war vorbei. Sie dachte nach. Ihre Gedanken, so kam es ihr jetzt vor, zischten durch ihren Kopf wie Feuerwerkskörper. *Die Mütze, Langustes Mütze, he was treibst du gerade, hängst du am Bahnhof rum oder am Steindamm, ich kenn dich, du bist wieder bei Georgios, kann ich verstehen, Shit, die Mütze, ich hab sie aufgehabt, ganz sicher hab ich sie aufgehabt, aber wieso hab ich sie dann jetzt nicht auf, ist doch scheißkalt in dieser Scheißstadt, ich hab's nicht gecheckt, ich hab's einfach nicht gecheckt, ich bin ohne Mütze da raus, die liegt noch da, die liegt noch da, und ich muß sie holen, ich muß die holen, Languste bringt mich um, die macht mich glatt fertig, he, reg dich nicht auf, ich hab sie ja, ich hab sie nicht verloren, echt nicht, ich hab sie, ich hab sie, ich krieg sie wieder, das schwör ich dir, das schwör …*

»Laß mich los, verdammt!« schrie sie.

»Schscht! Das sind Bullen«, sagte er leise und zerrte sie vom Gleis weg.

»Laß das!«

Sie riß ihre Hand los, und er griff wieder nach ihr. Er hielt sie einfach fest.

Die beiden Zivilpolizisten drehten ihre Runde, blieben stehen und kontrollierten die Papiere eines Türken. Der eine sprach in sein Handy.

Bacio zog Frettchen zum Ausgang Arnulfstraße. Hinter den frisch gedruckten Packen warteten die dunkelhäutigen Zeitungsverkäufer mit ihren roten und orangefarbenen Jacken zitternd auf Käufer. Auf dem Vorplatz standen die Taxis Stoßstange an Stoßstange, und die Fahrer rauchten und rieben sich die Hände; einige hatten den Motor ihres Wagens laufen.

Frettchen riß sich erneut los und machte ein paar Schritte von Bacio weg.

»Was is'n los mit dir?«

Mürrisch blickte sie um sich und wäre am liebsten zu einem Taxi gegangen und hätte die Scheibe eingeschlagen. Nur so, ohne Grund, um irgendwas zu tun, damit was passiert, was klirrt und kracht, damit der Arm in Bewegung kommt. Von einer Sekunde zur andern hatte sich ihre Stimmung gewandelt, ihre Augen flackerten, und sie wippte mit den Beinen, als wäre sie kurz davor zu tanzen. Sie ging im Kreis, summte vor sich hin und riß den Mund auf. Die kalte Luft stach ihr in den Rachen, lauter unsichtbare Messer, und sie machte den Mund auf, so weit sie konnte. Der Schmerz gefiel ihr. Sie berauschte sich an den Stichen.

Bacio beobachtete sie und wußte nicht, was er tun sollte. Das war sein Hauszustand. Dastehen und nicht wissen, was tun. Es kotzte ihn an. Er drehte sich um: Die Zivilbullen waren verschwunden. Er tastete nach der Plastikschachtel in der Tasche, öffnete sie unauffällig und holte eine Pille heraus. Schluckte sie und hatte auf einmal höllischen Durst. Vor der Treppe, die zur Bahnhofshalle führte, war ein Schneehaufen, und er bediente sich. Nahm zwei Handvoll Schnee und stopfte sie sich in den Mund. Er kaute den Schnee, und einige Zähne rebellierten, die Kälte drang durch bis zum Nerv, und das war ein bitterer Schmerz. Bacio verachtete ihn. Er schluckte den geschmolzenen Schnee und fühlte sich besser.

Einige Taxifahrer hatten ihm dabei zugeschaut. Er registrierte ihre Blicke und sah nicht weg. Sie schauten sich an. Er sah von einem zum andern. In ihren Gesichtern bewegte sich kein Muskel.

Dann hatte er keine Lust mehr auf dieses Spiel und wandte sich Frettchen zu, die jetzt stehenblieb und zu Boden starrte.

Ich krieg die Mütze wieder, und dann hol ich mir das Geld, das mir zusteht, und dann weg hier, dreiundzwanzig Uhr zehn, umsteigen, scheißegal, bloß weg hier, ich krieg die Mütze, die gehört mir, HAST DU DAS KAPIERT, ARSCHLOCH!

Ruckartig drehte sie sich um die eigene Achse, warf Bacio einen schnellen, weniger mürrischen Blick zu und marschierte auf eines der Taxis zu, das erste in der Reihe, das direkt an der Straße stand. Sie ging drauf zu, und der Fahrer, der drin saß, öffnete die Tür, und bevor er aussteigen konnte, trat sie mit voller Wucht gegen den linken Vorderscheinwerfer. Das Glas zersplitterte, und es gab ein klirrendes Geräusch wie Weihnachten. Dann trat sie den rechten Scheinwerfer ein, und es klang wieder weihnachtlich, diesmal etwas lauter, und dann drehte sie sich um und rannte los. Sie rannte so schnell, daß die Taxifahrer erst mal nur verblüfft zusahen. Der Fahrer des demolierten Wagens stieg aus, ein junger Schwarzer, der eine Lederjacke anhatte und fassungslos die Scherben betrachtete.

Jetzt spurtete einer seiner Kollegen los.

»Die krieg ich!« rief er, und als er den Kopf hob, um zu sehen, wohin das Mädchen rannte, stolperte er über zwei Stiefel und knallte mit dem Gesicht aufs Eis. Es knackte eigenartig. Er rollte zur Seite, und der Schnee war rot von Blut. Er hielt sich die Hände vor die Nase und lag da und spuckte und hustete.

»Nicht so stürmisch«, sagte Bacio und rannte davon.

In die Gruppe der Taxifahrer kam Bewegung. Einer kümmerte sich um den Verletzten, der sich hinkniete und aus dem Mund blutete. Zwei Zähne fielen im Schnee nicht weiter auf.

Vor der *Nordsee* in der Schützenstraße holte Bacio sie ein. Er packte sie am Arm und wollte sie zwingen, stehenzubleiben. Sie machte sich los, aber er ließ sich nicht abschütteln. Er lief neben ihr her und faßte immer wieder nach ihrer Hand. Sie fuchtelte mit den Armen und stieß ihn weg.

»Ich helf dir doch, verdammt, jetzt warte doch ...« keuchte er.

»Hau ab!«

Sie drehte den Kopf und spuckte. Doch er wich aus, und die Spucke landete auf einem Batzen Hundekot.

»Wo ...wo rennst du überhaupt hin ... wenn ... wenn du so weiterrennst, werden die Bullen noch ... jetzt halt endlich an!«

Sie steuerte auf das Stachus-Untergeschoß zu, und kurz bevor sie die Treppe erreichte, überholte Bacio sie und stellte sich ihr in den Weg. Mit gesenktem Kopf rumpelte sie gegen ihn, und er schlang die Arme um sie.

Sie bekam keine Luft mehr. Ihr Körper bebte, und Bacio fürchtete, sie würde hyperventilieren. Das hatte er einmal bei seiner Stiefmutter erlebt, die nach einem Streit mit seinem Vater zusammengebrochen war und erstickt wäre, wenn der Notarzt ihr nicht in letzter Minute eine Spritze gegeben hätte; Bacio war es nicht gelungen, sie zu beruhigen, er war beinah gestorben vor Hilflosigkeit.

Frettchen atmete in heftigen Schüben. Sie wollte etwas sagen, aber sie brachte kein Wort heraus.

»He, he, ganz ruhig, setz dich, setz dich, ich halt dich fest ...«

Behutsam ging er mit ihr in die Hocke.

»Ich, ich, ich ...«

»Ruhig, setz dich, setz dich ...«

Sie setzten sich auf den gefrorenen Boden. Frettchen lehnte sich an die Steinmauer. Ihre Augen waren weit aufgerissen, und sie schnappte ununterbrochen nach Luft. Mit ihrer rechten Hand massierte sie hektisch die Stelle über dem Herzen. Sie knetete ihren Anorak, und ihre linke Hand hatte sie in den Oberschenkel gekrallt. Ihre Beine zuckten.

»Soll ich einen Arzt holen? Da ist eine Telefonzelle, sag doch was ...«

»Nein, n—nein ...« Sie konnte keinen Satz sagen.

Bacio sah zum erstenmal den Knopf in ihrer Zunge.

»M-mein H-Herz ...« stöhnte sie und knetete den Anorak.

»Ruhig atmen, ganz ruhig atmen«, sagte er und kam sich blöde vor. Sie sah ihn an, ihre Lider flackerten.

Plötzlich hatte er große Angst. Angst, daß ihr etwas passierte. Daß er ihr nicht helfen konnte. Daß sie starb. Daß sie in seinen Armen starb und daß er schuld daran war. Er hatte ihr die Pille gegeben, und er wußte doch gar nicht, ob sie das Zeug überhaupt vertrug. Vielleicht hatte sie noch nie in ihrem Leben Drogen genommen, sie war doch erst vierzehn, höchstens fünfzehn. Auch wenn sie wild aussah und gelbe Haare und einen Knopf in der Zunge hatte, er wußte nichts von ihr. Sie war ein kleines Mädchen, das sich verlaufen hatte, ausgerechnet in München, ausgerechnet an diesem Tag, ausgerechnet in seine Arme war sie gelaufen. So ein beschissener Zufall.

Er wollte sie an sich drücken, aber sie geriet in Panik, und er ließ sie sofort los. Er kniete vor ihr. Jeden Moment könnten die Taxifahrer auftauchen, die hinter ihnen her waren. Oder die Bullen.

Sie mußten hier weg.

Ein wenig beruhigte sie sich.

»G-geht's besser, he, ich geh nicht weg, ich geh bestimmt nicht weg, ich hol einen Arzt, wenn du willst, Scheißpillen ...«

Sie schüttelte den Kopf. Und dann lächelte sie, und Bacio, der sie bisher noch nie lächeln sah, strich sich mit der flachen Hand über den kahlen Kopf und freute sich.

»S-sieht ... sieht ...«, stammelte Frettchen.

»Nicht sprechen«, sagte er leise, und seine Augen glänzten schwarz.

Sie versuchte es wieder.

»Sieht ... sieht ...«

Er hielt ihr einfach den Mund zu. Sie roch seine Hand, eine warme Hand, die nach Schnee roch.

Sie drehte den Kopf zur Seite, und seine Hand rutschte ab.

»Sieht ... echt beschissen aus, dein Haarschnitt«, stieß sie hervor und schloß erschöpft die Augen. Sie spürte, wie ihr Blut langsam wieder in geordneten Bahnen zirkulierte.

Bacio hielt seine Hand nah vor ihr Gesicht und traute sich nicht, sie noch einmal zu berühren.

»Was willst du denn hier? Kennst du den Laden?«

»Sei still. Ich frag dich ja auch nicht, wieso du dir deine Haare abgeschnitten hast.«

Sie standen vor dem Hintereingang von Lisas Bar. Die Reifen des weißen BMW, der weggefahren war, während Frettchen im zweiten Stock war, hatte die dünne Schneeschicht schraffiert.

»Ich hab was vergessen, das brauch ich wieder.«

»Du warst schon mal hier?«

Leise schob sie die Tür auf, hielt inne, horchte und zog Bacio hinter sich her in den Flur. Dann schloß sie die Tür und lauschte wieder. Schlagermusik war zu hören, die ihr vorhin nicht aufgefallen war.

»Setz dich auf die Treppe. Wenn wer kommt, machst du den Schizo und schreist so laut du kannst.«

»Wieso Schizo?«

»Du nervst. Mach einfach mal was. Mach einfach mal, was ich dir sage!« *Mach's einfach wie zuhause bei Mama. Mann, siehst du beknackt aus mit deinem rasierten Schädel!* »Setz dich endlich!«

»Und du?«

Sie schaute ihn entnervt an, und es fehlte nicht viel, und sie hätte ihm glatt eine Ohrfeige verpaßt.

»Bin gleich wieder da.«

In der Bar nebenan lachte ein Mann, dann eine Frau, die Musik wurde lauter, und Gläser klirrten.

Frettchen drückte Bacio an den Schultern auf die Treppe, und er setzte sich hin.

»Penn ja nicht ein, kapiert?«

Sie gab ihm einen Klaps auf den kahlen Kopf und stieg in den zweiten Stock hinauf. Unten im Flur brannte eine Lampe und warf mattes Licht auf die Treppe.

Vor der Tür blieb Frettchen stehen. Lehnte ihren Kopf an und schloß die Augen. Drinnen war alles ruhig. Sie drückte die Klinke. Zentimeter für Zentimeter schob sie die Tür auf und trat ein. Es roch noch strenger als vorher, nach Pisse und Dreck. Sie stand im Flur und bewegte sich nicht. *Jetzt mach vorwärts, denk einfach nicht an den Wichser, der ist erledigt, mausetot.* Sie gab sich Mühe, ruhig zu bleiben, aber die Dunkelheit irritierte sie. Sie tastete nach dem Lichtschalter. Der war doch hier irgendwo! *Shit, Mann!* Ihre Hand glitt über die Wand. Plötzlich berührte sie etwas, und es schepperte.

Endlich fand sie den Schalter, und an der Decke ging ein rotes Licht an. Ein Besenstiel war umgekippt und auf einen Blecheimer gekracht.

Ihr Herz fing schon wieder an, den verkehrten Rhythmus zu trommeln. Sie atmete tief durch – und mußte sich fast übergeben. Ihr Magen drehte sich im Kreis wie die Trommel einer Waschmaschine, und sie machte kehrt und verließ das Zimmer. Auf dem Gang beugte sie sich übers Geländer, atmete durch den Mund und hielt sich die Nase zu.

Es ging ihr besser.

Plötzlich hörte sie eine leise, aber kräftige Stimme.

»Was is'n los da oben. He! Hörst du mich?«

Tschacko oder wie der Typ hieß!

»Klappe!« zischte sie, die Hände am Mund.

Auf Zehenspitzen, so weit das bei den klobigen Schnürschuhen, die sie trug, möglich war, ging sie zurück ins Zimmer. Sie bückte sich und hielt nach ihrer Mütze Ausschau. Staub und Gin, Tempotaschentücher unterm Bett, ein verpacktes Kondom, sonst nichts. *Shitshitshit!* Sie suchte im schmalen Flur, doch außer dem Besen und dem Eimer gab es da nur noch einen brauen ekelhaften Lappen, von dem vermutlich ein Teil des widerlichen Geruchs ausströmte; sie wollte es gar nicht so genau wissen und entfernte sich von dem Ding. Also mußte sie im Bad nachsehen, was sie eigentlich vermeiden wollte.

Die Tür war angelehnt, und sie schob sie auf.

»Oh Scheiße!« rief sie und erschrak über ihre eigene Stimme.

Wie ein graues Monster lag die Leiche in der Badewanne, das Gesicht eine farblose Fratze mit offenen Augen.

Und es stank wie in einer Latrine.

Frettchen hielt sich wieder die Nase zu und sah sich um. Unter dem Waschbecken stand ein gelber Plastikeimer, und als sie ihn zur Seite rückte, sah sie ihre Mütze: sie war in den Eimer gefallen. Sie holte sie raus und schüttelte sie.

Zum Glück war kein Wasser im Eimer. Erleichtert drehte sie sich um und beeilte sich, die Wohnung zu verlassen.

Da hörte sie im ersten Stock eine Tür schlagen. Dann eine Stimme.

»Ich wünsch dir frohe Weihnachten«, sagte ein Mann.

»Danke. Ich dir auch«, sagte eine Frau. Sie stiegen die Treppe hinunter.

»Was machst du denn hier?« fragte die Frau. Dann war es einen Moment lang still, und dann schrie Bacio los.

»HILFE HILFE ICH STERBE HILFE AAHH AHHH ...«

Er hatte wirklich eine mächtige Stimme. Beinah hätte sich Frettchen aufs Geländer gelehnt und zugehört.

»Los, weg hier!« sagte die Frau, und Frettchen hörte, wie Bacio mit voller Wucht gegen das Geländer knallte.

»HILFE AAAHH ...«, schrie er.

Ich hab's gehört, und jetzt hau ab, Mann!

»Warte, ich nehm ihn mit nach draußen!« sagte der Mann.

Es gab ein Rumpeln, Bacio stöhnte, und dann war es still. Frettchen stand oben vor der offenen Tür und wartete ab, sorgsam darauf bedacht, sich nicht zu bewegen, weil sonst ihr Anorak raschelte.

Unten wurde eine Tür geöffnet, und Musik drang in den Flur.

»Is Gero noch oben?« rief die Frau, die mit dem Mann aus dem Zimmer gekommen war. Jemand antwortete ihr, aber Frettchen verstand kein Wort. Die Frau schloß die Tür, und nur noch ein dumpfes Brummen war zu hören.

Einen Augenblick blieb Frettchen regungslos stehen, bevor sie den Schlüssel von außen ins Schloß steckte, leise absperrte und ihn einsteckte. Dann schlich sie nach unten.

Ihre Schuhe knirschten. Sie hielt inne. Aber da war nichts. Sie roch an ihrer Mütze, die sie in der Hand hielt: kein Unterschied zu vorher. Sie schüttelte sie aus und setzte sie auf. Das war ein Gefühl wie Weihnachten. *Zufrieden, Alte? Hab dir ja gesagt, ich krieg sie wieder. Ich verlier doch dein Geschenk nicht. Jetzt kann mir nichts mehr passieren.*

Sie hatte das Parterre erreicht und hielt noch einmal inne. Musikfetzen und dumpfe, unverständliche Stimmen. Sie wickelte ihren Schal fester um den Hals und zog die Mütze bis über die Ohren. Nie mehr würde sie dieses Haus betreten, so viel stand fest.

»Da bist du ja endlich, wo warst'n du solange?«

»Hat dir schon mal jemand gesagt, daß man auch nicht klüger wird, wenn man dauernd Fragen stellt?«

Bacio schaute sie an und drehte sich um. Langsam hatte er ihr Gehabe satt. Dauernd rettete er ihr das Leben, und sie behandelte ihn mieser als ihre Ratte. Eingebildete Göre. Wenn er nicht gewesen wäre, dann ...

»Du?«

Sie stand schräg hinter ihm. Er drehte sich nicht um.

Sie stellte sich neben ihn und blickte zu ihm hinauf. Er rührte sich nicht.

»Ich heiß übrigens Frettchen.«

»Was is'n das für 'n Name?«

»Und was ist mit deinem? Tschacko!«

»Bacio!«

»Na und?«

Sie schwiegen. Die Kälte kroch ihnen die Beine hoch und übers Gesicht wie eine stachelige Spinne, und ein leichter eisiger Wind wehte.

Frettchen schaute zu ihm hoch, und er drehte den Kopf. Und in ihrem Bauch fing das Feuer wieder an zu knistern. Und sie wußte immer noch nicht, warum das jedesmal passierte, wenn seine Augen auf sie niederschienen.

»Hast du ne Sonnenbrille?«

»Was?«

Sie machte einen Schritt zur Seite, holte aus und schleuderte den Zimmerschlüssel, den sie mitgenommen hatte, in hohem Bogen in den Hinterhof, wo er auf einem hartgefrorenen Schneehaufen landete, runterrutschte und dahinter liegenblieb.

»Warum hast du dir eigentlich die Haare abrasiert? Sieht total beschissen aus!«

Sie drehte sich um. Und fing zu lachen an.

Er hatte sich eine schwarze Sonnenbrille aufgesetzt

und grinste sie an wie einer von den Blues Brothers. Aber die hatten wenigstens Haare auf dem Kopf.

Sie lachte, und ihr Lachen hallte in der Einfahrt wider. Kriegte sich überhaupt nicht mehr ein. Mit herunterhängenden Armen, die Schultern nach vorne geschoben, stand er da, das schwarze Ding auf der Nase, und alles in allem sah er aus wie …

»Weißt du, wie du aussiehst?« Sie gackerte und lachte und brachte kein Wort heraus. »Du … du siehst aus wie der Supersupertrottel des Jahrtausends …« Sie lachte immer lauter, und er wußte endgültig, daß sie im Komplimentemachen eine volle Null war.

»Haha«, sagte er und verzog keine Miene.

Frettchen kam auf ihn zu, blieb direkt vor ihm stehen, schaute zu ihm hinauf und lehnte für eine Sekunde den Kopf an seine Brust. Und machte sich sofort wieder los und war bereit zu gehen.

Er spürte noch den Druck auf seiner Brust, und es war ein angenehmes Gefühl, doch er kam nicht dazu, es auszukosten oder nachzudenken.

»Wir haben noch was vor!« sagte sie. Und ging schon los.

Da ertönten laute Männerstimmen auf der Straße, und sie blieb abrupt stehen. Jemand rief um Hilfe, und eine Stimme brüllte: »Ihr verschwindet jetzt, sonst passiert was!«

»Was is?« flüsterte Bacio.

Frettchen gab ihm ein Zeichen, sich an die Wand zu drücken und keinen Mucks von sich zu geben.

Sie schlich bis zum Ende der Mauer und streckte vorsichtig ihren Kopf um die Ecke. Vor dem *Schillercafé* lag ein Mann in einem langen Mantel auf dem Boden, und zwei andere schlugen aufeinander ein. Den einen hatte sie schon mal gesehen, es war der Barkeeper. Der andere war ein dicker Kerl mit einer Pudelmütze. Er wehrte die Schläge des Barkeepers geschickt ab, obwohl er träge und langsam wirkte. Doch dann stolperte er über seinen Kumpel und fiel hin. Der Barkeeper versetzte ihm einen Tritt in den Bauch und schrie: »Weil Weihnachten ist, du Scheißpenner!« Dann drehte er sich um, ging in die Kneipe und knallte die Tür zu. Der Typ mit der Pudelmütze, die an seinem Kopf festgewachsen schien, rappelte sich auf und half seinem Freund. Schwankend lehnten sie sich aneinander und kamen nicht von der Stelle.

»Shit, Mann!«

Frettchen dachte nach. Bacio wollte etwas sagen, aber er beherrschte sich. Allmählich fing er an zu frieren. Er hatte Lust, Musik zu hören, irgendwo rumzuhängen, einen Joint zu rauchen, geile Sachen zu denken.

»Paß mal auf«, sagte Frettchen. »Ich muß was Geschäftliches erledigen, das ist dringend, ich muß noch mal in diesen Laden, außerdem steht da mein Seesack.«

Bacio schwieg, und sie wunderte sich einen kurzen Moment.

»Ich möchte, daß du mitgehst, wenn du dich traust. Du sitzt einfach da und hältst die Klappe. Kann sein, daß wir noch woanders hingehen müssen.«

»Wieso?« Er war wieder in seinem Element.

»Dann gehen wir mit. Wenn irgendwer rumzickt, machst du den Schizo. Das klappt immer. Ich hau dann ab, wenn's nicht anders geht.«

»Und wo treffen wir uns dann wieder?«

»Keine Ahnung! Mach dir nicht in die Hose. Wenn die Bullen kommen, zeigst du ihnen deinen Ausweis, wo ist das Problem? Die lassen dich schon wieder laufen. Dir kann nichts passieren, du bist ja ein Eingeborener.«

»Die schicken mich zu meinen Eltern zurück.«

»Na und?«

»Ich bin von zuhause abgehauen, und ich geh da bestimmt nicht wieder hin, darauf kannst du wetten.«

Sie schaute ihn an. Zog die Ratte aus der Tasche und streichelte sie.

»Wie abgehauen?«

»Ich bin einfach weg, ist doch jetzt egal. Ich bin jedenfalls weg, und ich werd bestimmt nicht wieder zurückgehen, auch nicht wegen dir!«

Er starrte vor sich hin. Die Kälte war ihm jetzt egal, alles war ihm jetzt egal, scheißegal. Das beste wäre, hier abzuhauen, die Göre verursachte doch nur Chaos, das war ihm inzwischen klargeworden, die machte irgendwelche Geschäfte, was für Geschäfte? Handel mit illegalem Kinderspielzeug? Er mußte kichern.

»Is was, Blödmann?« flüsterte sie mit finsterem Gesichtsausdruck.

»Ich will jetzt was wissen«, sagte er.

»O Mann! Ich hab's eilig, ich hab keine Zeit für deine Probleme, ich hab nämlich selber genug!«

»Was wolltest du in dem Haus? Was war da oben los?«

»Geht dich einen Scheiß an.«

»Entweder du sagst es mir, oder ich hau ab.«

»Dann hau ab. Du störst doch sowieso total!«

»Was ist mit dem Haus?«

»Ich hab einen Typen erschossen und meine Mütze verloren, die wollt ich wiederhaben. Zufrieden? Mann, kannst du beschissen dreinschauen!«

Sie meinte alles ernst, und er glaubte ihr kein Wort. Damit rechnete sie. Sie kümmerte sich nicht weiter drum, sie mußte ihre Strategie festlegen, und sie hatte nicht mehr viel Zeit, um zu handeln. Ihr Vorteil war, daß niemand aus Lisas Bar sie gesehen hatte; ihr Nachteil war, daß dieser Typ in dem Laden bekannt war, und wenn sie die Leiche fanden, würde es nicht lange dauern, bis die ganze Belegschaft samt Bullen im *Schillercafé* auftauchte, und da hatte jeder mitgekriegt, daß sie mit ihm abgezogen war. *Mach's wie immer, du blöde Kuh, knall ihm den Beutel hin, verlang dein Geld und zisch ab. Dreiundzwanzig Uhr zehn ist Abfahrt. Und schaff dir diesen Dumpfbeutel vom Hals!*

»Wen hast du erschossen?«

»Ich hab's mir überlegt«, sagte sie und lugte um die Ecke. Die beiden Männer standen mitten auf der Straße und versuchten, auf dem Eis die Balance zu halten.

»Ich brauch dich nicht. Ich mach das alleine. Und tschüß.«

Sie ließ ihn einfach stehen und ging los. Jonathan hockte in seiner warmen Höhle und ließ sich schaukeln.

Sie hatte beschlossen, die Sache hinter sich zu bringen, so wie sie es immer getan hatte. Einem Kind tat niemand was, die Typen kauften die Smarties, zahlten einen unverschämt niedrigen Preis dafür und verkauften sie für eine horrende Summe weiter; Kinder waren die besten Zwischenhändler, die es gab, sie wurden selten verdächtigt, selten kontrolliert und nie eingesperrt, sie waren flink und gerissen, denn sie dachten nur an ihren eigenen Vorteil, und gemessen an den Vorstellungen der erwachsenen Dealer waren ihre Wünsche winzig und leicht zu erfüllen; sie brauchten nur ein paar Mark für Essen und Trinken, und wenn man ihnen mehr bezahlte, waren sie einem auf ewig dankbar und riskierten noch mehr und scherten sich einen Dreck um die Polizei und ihre Verwandten, falls sie noch welche hatten.

Ich beeil mich, Sonia, das versprech ich dir. Vielleicht bring ich Languste mit, die is in Ordnung.

»He, Frettchen!« rief jemand.

»He, du!« rief jemand anderes.

Sie blieb stehen. Die eine Stimme kam von hinten, die andere von der Seite. Sie schaute nach links zur Straße. Der Typ mit der Pudelmütze hob die Hand und winkte sie zu sich her. Hinter ihr kam Bacio auf sie zu, und seine Springerstiefel knirschten auf dem harten Schnee. Seine schwarze Brille hatte er eingesteckt.

»Komm mal her, schnell komm her!« keuchte Lama und fuchtelte mit dem Arm.

»Laßsiedoch«, lallte Lallinger.

»Wart doch mal«, rief Bacio.

»Komm her, Mädchen, ich muß dir was sagen.«

Das hatte ihr gerade noch gefehlt: zwei Penner, die sie anmachten, und ein Typ, der rumnervte. Sie hatte es eilig und keine Lust, sich aufhalten zu lassen. Das *Schillercafé* lag nur ein paar Meter weiter. Gegenüber der Kneipe, auf der anderen Straßenseite, stand ein schwarzer glänzender Mercedes, ein Raumschiff aus einer fernen Galaxis.

Plötzlich kam die Pudelmütze auf sie zu, und ehe sie begriff, was der Penner vorhatte, schlang er beide Arme um sie, hob sie hoch und trug sie über die Straße. Sie zappelte mit den Beinen und versuchte, ihn zu treten, aber er hatte eine Mordskraft und ließ sich nicht im geringsten beirren.

»Laß mich los, du Arsch! Du sollst mich runterlassen!«

Er stellte sie hin wie eine Stehlampe und grinste. Sie wollte abhauen, und er schubste sie gegen die Wand.

»Spinnst du oder was?« fauchte sie. Dann tastete sie nach Jonathan, der sich sofort an ihren Daumen klammerte.

»Du kannst Lama zu mir sagen.«

Sie sagte gar nichts.

Bacio kam über die Straße und baute sich vor den beiden Männern auf.

»Was wollen Sie von ihr?«

Lallinger schlotterte und rieb sich den Kopf. Sein Hut war verschollen, und das fuchste ihn dermaßen, daß er haßerfüllte Blicke in Richtung Café warf; vielleicht hoffte er, der Barkeeper würde sie bemerken und sich einschüchtern lassen und den Hut vor die Tür legen.

»Nichts«, sagte Lama.

»Dann gehen wir jetzt«, sagte Bacio und streckte die Hand aus.

»Komm, Frettchen.«

»Mußt du meinen Namen sagen, du Superidiot?«

»Frettchen?« sagte Lama. »Wenn das so weitergeht, können wir bald einen Zoo aufmachen. Wie heißt du denn? Tapir?«

Er grinste Bacio an, der nicht wußte, ob es Frettchen recht sein würde, wenn er noch mal den Mund aufmachte.

»Also, ich bin Lama, das ist Frettchen, und wer bist du?«

Bacio hoffte, Frettchen würde für ihn antworten, aber sie schwieg. Sie wollte hier weg, und zwar sofort.

»Bacio«, sagte er. Frettchen schüttelte den Kopf.

»Bacio?« Lama lachte holprig. »Was ist das für ein Tier?«

Lallinger glotzte weiter haßerfüllt zum Lokal und knurrte vor sich hin. Sein Mund ging auf und zu wie bei einem Fisch.

»Das ist kein Tier«, sagte Bacio.

»Macht nichts. Und was wollt ihr in dem Laden?«

Bevor Bacio darüber nachdenken konnte, daß er genau das auch schon lange wissen wollte, sagte Frettchen: »Geht Sie überhaupt nichts an. Und tschüß.«

Sie versetzte Lama einen Stoß, warf Bacio einen Blick zu, den er sofort als gemein empfand, und ging über die Straße. Lama kam hinter ihr her und hielt sie fest. Ohne innezuhalten schlug sie mit dem Fuß aus wie ein Pferd. Doch er wich aus, und ihre Überraschung darüber, daß seine Reaktionsfähigkeit nicht zu seinem wabbeligen Äußeren paßte, nutzte er, um ihre Handgelenke zu packen und fest zu drücken.

»Du Schwein!« schrie sie.

»Du gehst da nicht rein, das ist kein Laden für dich.«

Sie versuchte, erneut nach ihm zu treten, aber der Schmerz in ihren Handgelenken lähmte sie.

»Laß los, du perverses Schwein!«

Endlich kam ihr Bacio zu Hilfe.

»Jetzt lassen Sie das Mädchen los, verstanden!«

»Halt dich da raus. Du gehst da nicht rein, das sind lauter Arschlöcher da drin ...«

»Genau!« schrie Lallinger aus der Entfernung.

»Genau!«

Er ballte die Faust und streckte sie gen Himmel. So verharrte er, und sein Mund klappte lautlos auf und zu.

»Ich möchte, daß du da nicht wieder reingehst«, sagte Lama und sah Frettchen in die Augen.

»Du stinkst aus'm Maul«, sagte Frettchen.

Also doch! Lallinger hatte ihn angelogen! Dieses Aas!

»Entschuldigung. Also ... Frettchen ... du bist eine Ausreißerin, das seh ich, aber das ist mir egal, ich bin auch ein Ausreißer, scheiß drauf. Aber die da drin, das sind Arschlöcher und Betrüger und Verbrecher, Kriminelle, die dich fertigmachen werden, die werden dir wehtun, und niemand wird dir helfen. Also, halt dich fern, verstanden? Such dir eine andere Kneipe, ist mir egal, welche, aber nicht die, verstanden? Verstanden?«

»Bist du von der Heilsarmee?«

Sie zerrte an seinem Griff und trat wieder zu. Diesmal erwischte sie ihn am Schienbein, und er ließ sie los.

»Du kannst mich mal, du Penner! Ich geh hin, wo ich will, und du hältst mich bestimmt nicht auf! Kümmer dich um dich selber!«

Sie rieb sich die Handgelenke und hätte am liebsten zugeschlagen. Doch sie hatte Wichtigeres vor. Kein Blick mehr für niemand, und sie ging schnurstracks auf das Café zu, zog die Tür auf und verschwand.

»Das ist Scheiße!« sagte Lama.

»Wieso haben Sie sie nicht festgehalten?« fragte Bacio.

»Du kannst vielleicht blöde Fragen stellen.«

»Mein Huuut isschwunden«, brummte Lallinger.

»Du gehst jetzt da rein und holst sie raus«, sagte Lama zu Bacio.

»Ich?«

»Ja du? Hast du Schiß?«

»Nö.«

»Worauf wartest du dann?«

»Okay.«

»Wir müssn losgehn, sssonst gibs nix mehr zu essen«, knurrte Lallinger, und sein Mund schnappte auf und zu, und nichts kam heraus.

»Ja«, sagte Lama, »wir haben eine Verabredung. Kennst du die Theatinerkirche? He!«

Bacio beobachtete das Café. Trotz des großen Fensters konnte er Frettchen nicht sehen.

»Ja oder nein?«

»Was?«

»Die Theatinerkirche, kennst du die?«

»Ja.«

»Da treffen wir uns, ein paar Freunde von uns. Du

holst jetzt deine Freundin da raus, und dann kommt ihr zu uns, da gibts was zu essen und zu trinken, lauter nette Menschen, jedenfalls die meisten ...«

»Wir müssn jetz loos ...«

»Ja, ich komm schon. Hast du das kapiert ... Bacio ... was soll das überhaupt heißen? Bacio ...«

»Das ist italienisch«, sagte er gelangweilt. Zudem hatte er Schiß, da drüben reingehen zu müssen.

»Theatinerkirche«, sagte Lama.

»Ich bin ja nicht taub.«

»Sieht aber so aus.«

Auf einmal ging Lallinger los und steuerte, wie ferngelenkt, die Bayerstraße an. Obwohl er Schuhe mit abgetretenen Ledersohlen anhatte, die bei jedem Schritt rutschten, behielt er das Gleichgewicht, und er wurde immer schneller.

»Wo rennt der denn jetzt hin? Lallinger!«

Lama kratzte sich den Handrücken und sah Bacio an.

»Los, geh rein! Und wehe, du bringst sie da nicht heil raus. Bist du auch ein Ausreißer?«

»Wieso?«

»Hab ich mir gedacht.«

Lama deutete mit dem Kopf zum Café und schlitterte dann seinem Freund hinterher.

Bacio zögerte. Wollte nach seiner Plastikschachtel mit den Smarties greifen, ließ es jedoch bleiben. Ging nachdenklich über die Straße und blieb vor der Tür des Lokals stehen. Drehte den Kopf. Vorne an der Straße hakte sich Lama bei seinem Freund unter und schaute her. Schaute und schaute. Bacio atmete tief durch. Dann trat er ein.

Das Café war verraucht und voll besetzt. Von allen Seiten Stimmen und Musik aus dem Lautsprecher. An einem Tisch rechts an der Wand saß Frettchen zusammen mit zwei Männern. Den einen kannte Bacio, der andere war nicht derselbe wie vorher. Frettchen saß mit dem Rücken zur Tür. Jetzt hatte ihn der Barkeeper bemerkt, und er legte das Handtuch weg. Bacio kam sich wie ein Superidiot vor. Er wollte umkehren, aber dazu war es zu spät. Und daran war er, wie immer, selber schuld.

4. Kapitel

»Wer ist das?« fragte der Mann, den Bacio nicht kannte, ein rothaariger Hüne, der sogar im Sitzen riesig wirkte. Er hatte ein blasses breitflächiges, nichtssagendes Gesicht und einen Silberblick. Er trug einen grauen weiten Anzug, darunter ein schwarzes Sweatshirt, und schwarze glänzende Schuhe. Nichts an seiner Kleidung deutete darauf hin, daß es draußen minus achtzehn Grad hatte.

Bacio stand neben dem Tisch und wartete darauf, daß Frettchen ihn eines Blickes würdigte.

»Verschwinde«, sagte der Rothaarige.

Jetzt hob Hannes Zeitler, der die ganze Zeit in seine Cola gestarrt hatte, den Kopf, und Bacio machte unwillkürlich einen Schritt zurück. Seine Haut fing zu jucken an, und schlagartig war sein Gesicht von roten Flecken übersät, er konnte es nicht sehen, da nirgends ein Spiegel hing, aber er spürte es, und er traute sich nicht zu kratzen. Wie in der Schule, wie beim Klavierunterricht, wenn er mit einemmal nicht mehr weiter wußte und Schweißausbrüche bekam. Immer, wenn er unter großem Streß stand, blamierte ihn sein Körper noch zusätzlich, und das verunsicherte ihn doppelt, und er stotterte und brachte keinen vernünftigen Ton mehr raus. Seine Mitschüler kicherten, und seine Lehrer schickten ihn zum Psychologen. Und wozu? Er mußte trotzdem in den verdammten Unterricht und zu dieser verknöcherten Klavierlehrerin, die an seinen Fingern herumknetete und ihm einredete, er wär was Besonderes. Aber er war bloß ein feiges Arschloch, das sich nicht wehrte.

Er ballte die Fäuste. Der Juckreiz im Gesicht war unerträglich. Er ballte die Fäuste so fest, daß sich die Fingernägel ins Fleisch gruben.

»Verschwinde einfach und laß uns in Ruhe«, sagte der Rothaarige.

Mit seinen Blicken nagelte Zeitler Bacio an eine unsichtbare Wand, die hinter ihm war und ihm den Rückzug abschnitt.

»N-nein«, sagte er leise und hustete kurz.

»Bitte?« fragte der Rothaarige.

Der Barkeeper stellte ein Glas Gintonic vor Frettchen hin und baute sich dann vor Bacio auf, legte den Kopf schief und betrachtete das gerötete Gesicht des Jungen.

»F-Frettchen ...« stotterte Bacio.

»Bitte?« sagte der Rothaarige, und sein Silberblick verwirrte Bacio.

»Di kenn i!« sagte der Barkeeper. »Du bist der Typ, der grod erst da war, stimmt's oder stimmt's? Hob i net g'sogt, du soist di schleicha, und zwar auf Dauer. Hob ich des g'sogt oder hob ich's g'sogt?«

»N-nein ...«

»Doooch. Und wiaso bist du dann trotzdem do? Un no dazua mit so oaner dermaßen beschissnen Frisur, ha? Wiaso?«

Er versetzte ihm einen Stoß gegen die Schulter, aber Bacio machte eine schnelle Drehung, und der Schlag traf ihn nicht voll.

»Host du denkt, i kenn di nimmer? Host du des denkt oder host da's denkt?« Er verzog seinen Mund und schüttelte den Kopf. »Geht der extra wega mir zum Friseur! Du bist vielleicht kaputt! He Benni, kennst'n?«

Benni war der Kellner. Er stellte gerade mehrere leere Gläser auf den Tresen und hatte keine Zeit, lange herzusehen.

»Wer soll das sein?« sagte er, »mach mir mal einen Wodka auf Eis.«

»Wia oid bist'n du?« fragte der Barkeeper, »derfst du überhaupts scho a Glatzn trogn, ha?« Er war nahe daran, stürmisch loszulachen.

Bacio bemühte sich krampfhaft, den Kerl mit dem Killerblick nicht aus den Augen zu lassen. Der Barkeeper verdeckte ihm die Sicht.

»Und jetza schleich di!«

Bacio hörte ein Geräusch, eine Stuhllehne krachte gegen die Wand, und dann wurde der Barkeeper zur Seite geschoben, als wäre er ein Federgewicht, und Hannes Zeitler stand vor Bacio. Wie in Zeitlupe sah Bacio seine Hände auf sich zukommen, kräftige, braungebrannte Hände, und er konnte keinen Schritt tun. Er war festgenagelt. Sein ganzer Kopf juckte, an seinen Armen kribbelte es, und er hatte das Gefühl zu erstikken. Zeitler packte ihn im Gesicht und quetschte seine Backen zusammen. Vor Schreck brachte Bacio keinen Ton heraus. Der Griff wurde immer stärker und der Schmerz unerträglich. Er kniff die Augen zusammen. In dünnen Rinnsalen floß Blut den Hals hinunter.

Bacio wimmerte. Seine Knie wurden weich, und er sackte zu Boden. Doch Zeitler hielt ihn weiter fest. Noch ein paar Sekunden, und er hätte einen Fetzen Wange in der Hand, dachte Bacio. Er stöhnte. Und weinte. So einen Schmerz hatte er noch nie gespürt, einen Schmerz, der nicht nachließ, sondern immer noch schlimmer wurde. Die Beine angewinkelt, kniete er vor Zeitler und schaute mit aufgerissenen Augen zu ihm hoch. Sprechen war unmöglich, atmen war unmöglich, sterben war unmöglich.

»Laß ihn los!«

Frettchen war aufgestanden und hatte sich herumgedreht.

»Er tut dir nichts. Er ist mein Bruder. Du sollst ihn loslassen.«

»Warum denn?« fragte Zeitler. Er stand aufrecht da, hielt Bacio vor sich fest und schaute auf ihn hinunter wie auf ein Stück Abfall.

»Wir ham's kapiert, daß du der Stärkere bist«, sagte Frettchen.

Der Rotschopf sagte nichts. Er trank Mineralwasser und beobachtete Frettchen aus den Augenwinkeln.

Zeitler ließ los. Bacio plumpste auf den Boden und landete auf den Knien. Seine Hände schnellten hoch zum Gesicht und tasteten es ab. Es war glühend heiß. Und der Schmerz hörte nicht auf, er hockte in den Zähnen und höhlte sie aus, Millimeter für Millimeter.

Er wischte sich die Tränen aus den Augen.

»Komm her, setz dich hierhin. Was willst du denn hier?« Frettchen half ihm beim Aufstehen, und er ließ sich auf einen Stuhl fallen. Die Gäste, die zugesehen hatten, schenkten ihm noch einen unwichtigen Blick und kümmerten sich dann wieder um ihre eigenen Angelegenheiten. Niemand meinte, der Junge wäre unschuldig an dem, was ihm zugestoßen war.

»Warum bist du bloß zurückgekommen?« fragte Frettchen.

Bacio schnappte nach Luft. Er bewegte seinen Kiefer hin und her und hielt sich ein leeres Bierglas, das auf dem Tisch stand, an die Wange, um sie zu kühlen. Es nutzte nichts.

»Blödmann«, sagte Frettchen. Sie setzte sich wieder an den Nebentisch, ebenso wie Zeitler, der wirkte, als wäre er nie aufgestanden.

»T-tschuldigung, ich w-w—, der Penner hat gesagt, i-...«, murmelte Bacio.

»Sei einfach still. Ich hab was zu erledigen ...« Sie

beugte sich zu ihm hin. »Ich kann dich vielleicht doch noch gebrauchen.«

Bacio lächelte zaghaft.

»Aber nur, wenn du keinen Scheiß baust, kapiert?«

Bacio nickte. Er machte einen erbärmlichen Eindruck.

»Was trinken?« fragte der Kellner.

»J-ja ... Mäuse ... ein Glas Milch und einen Korn, einen d-doppelten ...«

»Minderjährige kriegen keinen Alkohol.«

»Ich ... ich bin achtzehn, bitte ...«

Der Kellner nickte und verschwand.

Der Barkeeper stand wieder hinter dem Tresen, spülte Gläser, zapfte Bier und grinste vor sich hin.

Frettchen wandte sich Zeitler und dem Rotschopf zu. *Mitarbeiter des Monats bei McDonalds*, dachte sie bei seinem Anblick. *Shit, Mann, das sind die gefährlichsten, die so aussehen.*

»Hör zu, Mädchen«, sagte der Rotschopf, »wir haben hier was zu besprechen, und da können wir dich nicht gebrauchen, möglicherweise später. Also, wo ist Gero, der Mann, den du abgeschleppt hast.«

»Das war anders, er wollte was von mir. Er hat gesagt, er muß noch was erledigen, ihm ist plötzlich was eingefallen, mittendrin, er meinte, er muß einen Typen besuchen, der ihm und euch was schuldet, mehr hat er nicht gesagt. Wir haben ja was anderes zu tun gehabt.«

»Wo wart ihr?« fragte Zeitler.

»Keine Ahnung. Irgendwo in der Nähe. Die Straße rauf, über die ... die ... wie heißt die große Straße da vorn?«

»Schwanthaler?« fragte der Rotschopf.

»Genau.«

»Über die Schwanthaler drüber?« fragte Zeitler skeptisch.

»Ja klar, noch ein ganzes Stück, keine Ahnung, wie der Laden heißt, wir sind zum Hintereingang rein und wieder raus.«

»Und Gero?«

»Hat sich 'n Taxi gewunken.«

Die beiden Männer sahen sich an.

»Scheiße«, sagte Zeitler.

»Ist ja merkwürdig«, sagte der Rotschopf.

»Er hat gesagt, ich soll dir ...« Sie meinte Zeitler. »... ausrichten, daß es nicht lang dauert. Ne Stunde höchstens. Ich glaub, es ging um Kohle, um viel Kohle.«

»Und wieso glaubst du das?« fragte Zeitler. Er war das personifizierte Mißtrauen.

»Weil er gesagt hat, der Typ schuldet ihm, also euch, noch was. Es klang irgendwie nicht so, als würde er ihm noch einen Drink schulden, Mann!«

»Das stinkt!« sagte Zeitler und stand auf. Wieder krachte der Stuhl gegen die Wand.

»Du bleibst hier, wir haben zuerst was zu besprechen.«

»Ich will wissen, wo Gero steckt. Das gefällt mir nicht. Und die Kleine nehm ich mit.«

»Setz dich. Gero kommt schon wieder. Er ist impulsiv. Das Ficken hat ihn eben inspiriert ...«

»Kann gut sein«, sagte Frettchen.

Der Rotschopf musterte sie. Sie hatte die Wollmütze auf und ihren Anorak nicht ausgezogen. Wie ein aufgeplustertes rotes Huhn saß sie da, und ihren Augen entging nichts.

»Also«, sagte der Rotschopf, »du hast die Botschaft überbracht, und jetzt hau ab.«

»Ich hätt was für Sie.«

Auch wenn der Rotkopf aussah wie ein dämlicher Mitarbeiter des Monats, so hatte er absolut das Sagen, wenn es um die Aufteilung der besten Burger ging;

das war ihr sofort klargewesen, noch bevor sie sich hingesetzt hatte.

Sie kramte in ihrem Anorak, man hörte ein Rascheln, und vom Nebentisch beobachtete Bacio jede ihrer Bewegungen. Wenn er sich fest auf Frettchen konzentrierte, achtete er weniger auf den brennenden Schmerz in seinem Kiefer und das pelzige Gefühl, das sich immer mehr ausbreitete.

Frettchen legte ihre Hand, unter der sie etwas versteckt hatte, auf den Tisch.

»Erste Ware aus Holland. Eigentlich wollte ja mein Vater das Geschäft abwickeln, aber der hat im Moment Probleme, aus seiner Wohnung rauszukommen. Also hat er mich geschickt. Unser Abnehmer war aber leider nicht mehr fähig, was abzunehmen. Sie kennen ihn, er arbeitet auch mit Ihnen zusammen. Bachmann heißt er. Klingelt's?«

Die Männer sahen sich an. *Hosen runter, ihr Wichser. Karneval ist vorbei.*

Sie hob ihre Hand schräg hoch, so daß nur der Rotschopf sehen konnte, was sich darunter befand. Ein durchsichtiger Plastikbeutel voller blauer, roter und grüner Pillen.

»Das sind neunhundert Stück«, sagte Frettchen leise. Nur der Rotschopf neben ihr verstand, was sie sagte. Zeitler hörte nichts, zumal hinter ihm die Musik aus dem Lautsprecher dröhnte.

»Macht zweihunderttausend. Cash auf die Hand. Das sicherste Geschäft Ihres Lebens. Ich fahr wieder nach Hamburg, und Sie sind der Glückspilz.«

Der rothaarige Glückspilz schüttelte den Kopf. Seit fünf Jahren versorgte er den bayerischen XTC-Markt, und er hatte es schon mit einem Haufen Spinner zu tun gehabt, die mit ihm ins Geschäft kommen oder selber den großen Reibach machen wollten. Nach kurzer Zeit waren sie alle wieder zu Mama zurückgekehrt, ziemlich verängstigt und manchmal ordentlich lädiert; zwei oder drei von ihnen schliefen inzwischen bis zum Jüngsten Tag, weil sie nicht eingesehen hatten, daß sie auf dem Terrain die Verkehrten waren. Und dann mischten auch noch die Osteuropäer mit, die ihre Waren aus Polen bezogen, und zwar tonnenweise und zu Dumpingpreisen. Die Polizei verschärfte die Kontrollen an den grünen Grenzen ebenso wie vor den Discotheken und Rave-Tempeln, und mittlerweile bildeten sich sogar schon ein paar Kids ein, sie könnten ihre Kumpel ausnehmen und auf eigene Rechnung arbeiten. Lausige Welt, sagte er sich jeden Tag, wenn er in den Spiegel schaute und seine glatte jugendliche Haut bewunderte. Immerhin war er siebenundvierzig Jahre alt, von denen er sechs in Santa Fu in Hamburg verbracht hatte, angeblich wegen Freiheitsberaubung und Totschlags. Alles Quatsch. Er wollte den Typ zur Vernunft bringen, und als er nicht parierte, sperrte er ihn in den Keller und redete ein ernstes Wort mit ihm. Kein Mensch konnte wissen, daß der Armleuchter einen schwachen Kreislauf und einen derart empfindlichen Magen hatte. Es war keine vertane Zeit in Santa Fu, er schloß einige zukunftsträchtige Freundschaften, lernte viel über den Gebrauch amerikanischer Schußwaffen und las sämtliche Zeitungen und Zeitschriften, die er in die Finger bekam. Er war bestens darüber informiert, was auf dem Weltmarkt geboten war; und nachdem er dem legendären Kiezkiller Ronny Hajek zur Flucht verholfen hatte, avancierte er zum König von Santa Fu. Nach seiner Entlassung vermittelte ihm der untergetauchte Hajek den einen oder anderen Deal, und er fühlte sich wohl an der Elbe. Überhaupt Hamburg: brauchbare Stadt, weitläufig, weltoffen, leicht zufriedenzustellende Kunden, Abnehmer an allen Ecken und Enden und in jeder Altersstufe, kooperationsbereite Polizisten, billige Hilfskräfte aus aller Herren Länder, die jede Art von Kurierdienst übernahmen. Aber irgendwann ging einem dieses beschissene Wetter auf die Nerven, und er zog nach München, wo er eine Menge Kontakte angeleiert hatte. Seitdem war er Geschäftsführer einer Konditorei im Westend, deren Leckereien sogar in den Zeitungen gerühmt wurden. Mit dem Konditor Franz Hajek verband ihn eine langjährige Freundschaft, die noch aus alten Hamburger Tagen herrührte. Er war ein unbescholtener, steuerzahlender Bürger, der seiner Freundin schöne Geschenke machte und Weihnachten gern gemeinsam mit ihr ›Stille Nacht, Heilige Nacht‹ sang. Und daran würde sich auch in diesem Jahr nichts ändern.

»Geh nach Hause, Mädchen«, sagte er.

»Was gibt's da zu flüstern!« sagte Zeitler und beugte sich vor. Frettchen beachtete ihn nicht.

»Zweihunderttausend«, sagte sie, »Sie verdienen das Doppelte daran, das steht fest.«

»Wo hast du das Zeug her?«

»Sag ich doch, von meinem Vater.«

»Und wie heißt der?«

»Maier.«

»Paß auf, du Klugscheißerin, wenn du wen suchst zum Verarschen, dann geh zu deinem Bruder am Nebentisch. Der steht da drauf.«

»Tut er nicht.«

Bevor sie reagieren konnte, packte Zeitler ihre Hand und hielt sie fest, während er mit der anderen Hand das Päckchen an sich nahm und einsteckte.

»Okay, wo ist das Problem?« sagte er, lehnte sich zurück und blickte zum Tresen. Im Fernsehen lief ein Football-Spiel. Er schaute zu, reglos, entspannt, abwesend.

»Es gibt kein Problem«, sagte Frettchen. Zeitler hatte es gehört, und etwas an ihrer Stimme beunruhigte ihn. Aber er zeigte keine Reaktion.

»Haben Sie noch mehr davon?« fragte der Rotschopf und nippte an seinem Mineralwasser. *Du hast bald ausgenippt, das steht fest. Shit, Mann, ich muß raus hier, sonst erstick ich.*

»Ich würd Sie gern allein sprechen.«

Der Rotschopf dachte nach. Wenn diese Hure nicht völlig durchgeknallt war, dann gehörte sie zu den gerissensten Huren, denen er jemals begegnet war, vor allem in diesem Alter. Ihre Augen sahen nicht so aus, als wäre sie total zu, und so wie sie daherredete, schien sie ihre Sinne alle beisammen zu haben. Wo hatte sie diesen verdammten Stoff her? Rannte mit einem prallen Beutel durch die Gegend! So verrückt mußte jemand erst mal sein!

»Du warst bei Bachmann?« sagte er. Er war sich noch nicht sicher, was er tun sollte. Vielleicht war es das beste, auf die Rückkehr von Gero zu warten. Lange konnte der ja nicht mehr weg sein. Eigenartige Nummer. Zu welchem Typen mußte er so dringend? Bachmann war doch schon tot.

»Ja«, sagte Frettchen. Ihr Hals war trocken, aber sie hatte keine Lust mehr auf Gintonic. *Wie spät isses eigentlich? Um zehn nach elf geht mein Zug, und da sitz ich drin.*

»Ham Sie mal eine Uhrzeit?«

»Was?«

Zeitler warf ihr einen Blick zu, und der Rotschopf schaute auf seine goldene Armbanduhr.

»Zehn nach neun.«

Noch zwei Stunden! Das mußte reichen.

»Danke.«

»Also was war bei Bachmann?«

»Nichts war. Der war tot. Lag im Keller und blutete wie ein Schwein. Das hat vielleicht gestunken! Er war ein Freund meines Vaters.«

»Und wieso ist dein Alter nicht selber gekommen?«

»Sag ich doch, weil er im Moment Schwierigkeiten hat, sein Zuhause zu verlassen. Machen Sie keine Geschäfte mit Kindern?«

»Nein«, sagte der Rotschopf.

»Echt? Und wo verkaufen Sie dann Ihren Stoff? Im Altersheim?«

Der Rotschopf fühlte sich glatt erwischt. Zeitler wandte sich vom Fernseher ab. Die Musik hinter ihm machte ihn langsam sauer.

»Alles klar bei dir?«

Frettchen hatte sich umgedreht und sah Bacio an, der ein großes Glas Milch und ein kleines Glas Korn vor sich stehen hatte. Sein Gesicht war puterrot, und seine Hände zitterten.

»Du hast ja einen Ausschlag«, sagte sie.

»Na und?« sagte er patzig. Dann goß er den Korn in die Milch, rührte mit dem Finger um und hob das Glas.

»Was soll das denn sein?«

»Mäusepisse«, sagte Bacio und nahm einen Schluck. Er mußte husten und spuckte die Hälfte wieder aus. Er stellte das Glas hin und drehte sich zur Seite. Er wollte nicht, daß Frettchen ihn ansah. Er schämte sich. Wieso saß er eigentlich immer noch hier? Wieso hing er immer noch an dieser eingebildeten Ziege dran? Die glotzte ihn bloß dauernd an und lachte ihn wahrscheinlich aus. Und hatte blöde zugesehen, als dieses Arschloch ihn vor allen Leuten gedemütigt hatte. Er war bestimmt nicht von zu Hause abgehauen, um sich in aller Öffentlichkeit verarschen zu lassen. Dieser Penner war schuld! Er hatte ihn dazu gebracht, noch mal hier reinzugehen und den Idioten zu spielen. Blödsinn. Er hätte nicht reingehen zu brauchen, oder? Scheiß auf den Penner! Er war freiwillig reingegangen, und was hatte er bewirkt? Daß ihn jetzt alle Leute für einen Schwächling hielten, einen Superidioten. Wenn er ausgetrunken hatte, würde er weggehen und sich in den Zug setzen und nach Berlin fahren. Berlin war die einzige Alternative. Dort würde ihn niemand finden. Er hatte genug Geld, um hier wegzukommen. Er trank einen Schluck, und der Alkohol war angenehm. In fünf Minuten war er hier raus, unwiderruflich.

»He, noch fünf Minuten, dann bin ich soweit. Dann gehen wir, alles klar?«

Sie drehte sich wieder herum, und die Männer, die sich schweigend angesehen hatten, wandten sich ihr zu.

»Dieser Bachmann war also tot«, sagte der Rotschopf.

»Ja, mausetot. Im Keller. Ich bin also wieder abgehauen. Mit einem Toten kann man schwer handeln.«

»Wie bist du überhaupt ins Haus gekommen?«

»Durch den Keller.«

»Und warum hast du nicht einfach geklingelt? Wenn Herr Bachmann schon so ein guter Freund ist?«

»Mein Vater hat gesagt, ich soll auf der Hut sein. Erst mal die Lage checken. Das hab ich getan. Sie schulden mir übrigens noch Geld«, sagte sie, ohne eine Miene zu verziehen. Sie sagte es so nebenbei, wie nur möglich. Dadurch kam der arrogante Unterton, den sie manchmal so sehr an sich schätzte, erst richtig zur Geltung.

Zeitler registrierte alles.

»Und dann hast du also das Haus wieder verlassen und bist hierher gekommen«, sagte der Rotschopf. »Wieso ausgerechnet hierher?«

»Hat mir mein Vater gegeben, die Adresse.«

»Dein Vater. Was für ein fürsorglicher Vater. Jetzt erklär ich dir mal was, Mädchen, hör gut zu. Weder ich noch mein Freund hier haben irgendwas mit Drogenhandel zu tun, wir sind Geschäftsleute, die ganz normale Geschäfte abwickeln, und wir treffen uns jeden Abend hier im Café. Sei froh, daß wir nicht von der Polizei sind, die sitzt nämlich gleich um die Ecke. Hast du das verstanden, Kleine? Du bist an die Falschen geraten, schönen Gruß an deinen Vater, er hat keine Ahnung.«

»Hab ich verstanden. Kann ich dann den Beutel wiederhaben?«

Sie streckte ihre Hand aus. Zeitler schüttelte den Kopf und grinste seinen Partner an.

Frettchen hielt ihren Arm ausgestreckt über den Tisch.

Der Rotschopf sah sie von der Seite an. In der verrauchten schlechten Luft des Lokals fürchtete er zunehmend um seinen jugendlichen Teint und rieb sich über die Wange.

Schweigen am Tisch.

Mit der Handfläche nach oben hielt Frettchen ihren Arm unbeweglich über den Tisch, und Zeitler starrte sie an. *Du bist schon tot, du bist überhaupt nicht mehr anwesend, das ist dein Pechtag heute, und tschüß.*

Udo Jürgens sang ›Siebzehn Jahr, blondes Haar‹, die Gäste unterhielten sich laut, und ihre Stimmen ergaben einen wabernden Sound. Nur an zwei Tischen herrschte Schweigen. Bacio trank sein Glas aus und hielt es an die Wange, und nebenan saßen drei Erstarrte.

Der Rotschopf beendete das Schweigen.

»Besser, du haust jetzt ab.«

»Erst den Beutel.«

»Was für einen Beutel?«

Na endlich! Das mußte ja kommen. »Was für einen Beutel?« *Was für Idioten! Kein Wunder, daß dieser Bachmann sie übers Ohr gehauen hat. Hätt sich nur nicht erwischen lassen dürfen.*

»Ich versteh nicht, wieso Sie sich dieses Geschäft entgehen lassen. Sie sitzen an der Goldquelle, Mann!«

Sie schaute den Rotschopf an, denn der Deal lief über ihn und über sonst niemand.

»Zweihunderttausend, und Weihnachten ist gerettet. Ich nehm das Zeug aber auch wieder nach Hamburg mit. Ich hab genug Freunde, die drauf warten. Kann ich jetzt den Beutel wiederhaben?«

»Gib ihn ihr«, sagte der Rotschopf, und ein seniles Lachen kroch aus seinem jugendlichen Mund.

Gewonnen, ihr Wichser. Ich hab's gewußt.

Zeitler griff in die Tasche seines Jacketts und zögerte. Sie hielt seinem Blick ungerührt stand, denn solche Blicke hatte sie schon in der Volksschule gelernt. Die bedeuteten gar nichts; wenn man in den Kopf, der dazu gehörte, ein Loch bohrte, floß Wasser raus; man konnte das Loch natürlich auch reinschießen. Es gab immer eine Möglichkeit, die Angst zu bannen. *Ganz genau, Languste.*

Sie beugte sich über den Tisch und hielt ihre Hand auf. Zeitler legte das Päckchen drauf, und sie verstaute es, noch während sie sich über den Tisch beugte, in ihrem Anorak.

»Jetzt würd ich Sie gern allein sprechen«, sagte sie noch einmal.

»Gehen wir zu meinem Wagen«, sagte der Rotschopf.

»Einen Moment noch«, sagte sie, stand auf und kniete sich neben Bacio. Mißmutig sah sie ihn an. Sie packte ihn am Kragen seines Parkas und zog ihn zu sich herunter.

»Paß auf, Bacio, ich möchte, daß du mir hilfst. Machst du das?« flüsterte sie.

»Nö.« Er flüsterte nicht.

»Bitte. Ich geb dir Geld …«

»Hab selber welches …«

»Nicht so viel, wie du dann hast, Bacio.«

Sie suchte seinen Blick, und als er sie ansah, marschierten in ihrem Bauch wieder die Ameisen los. Das Kribbeln war aufregend und unangenehm und schmerzhaft und einmalig.

»Laß mich in Ruhe.«

»Du mußt mir helfen, diese Arschlöcher fertigzumachen. Bitte hilf mir. Nur das eine Mal noch.«

»Das kenn ich schon.«

»Du bist feige.«

»Bin ich nicht.«

»Doch.«

»Nein.«

»Dann hilf mir. Du bist schließlich mein Bruder.«

»Gar nicht wahr.«

»Doch, du bist mein Bruder, und ich mag dich gern.«

Das war die Wahrheit, und sie erschrak ein wenig darüber. Sie wollte ihn eigentlich nur einsülzen, damit er endlich mitspielte, doch jetzt begriff sie, daß sie ihn wirklich gern hatte. Das warf sie fast aus der Bahn. Was war los mit ihr? Seit dieser Typ aufgetaucht war, passierte irgend etwas mit ihr, und sie konnte es nicht kontrollieren. Und das haßte sie, wenn sie was nicht kontrollieren konnte.

»Okay«, sagte er.

Sie erhob sich. Die Beine taten ihr weh, und sie schwitzte.

»Du nimmst meinen Seesack, und wenn ich sage, du sollst rauskommen, kommst du, kapiert?«

»Ja. Und du?«

»Nimm einfach den Seesack und tu, was ich dir sage. Und bau keinen Scheiß.«

Er saß schon wieder in der Falle. Aber er konnte ihr einfach keinen Wunsch abschlagen. Warum eigentlich nicht? Wieso brauchte sie bloß anzutanzen, irgendwas anzuschaffen, und er gehorchte? Wieso?

Er schaute zum Nebentisch. Der Rotschopf war aufgestanden, der andere saß immer noch da und glotzte. Als er ihn bemerkte, wurde Bacio so wütend, daß er am liebsten einen Stuhl genommen und ihn auf seinem Schädel zertrümmert hätte. Mit großer Anstrengung unterdrückte er seinen Haß. Er mußte sich um Frettchen kümmern, die jetzt an ihm vorbeikam und ihm zulächelte und dann auf die Straße hinausging. Der Rotschopf folgte ihr. Das Arschloch blieb sitzen, und Bacio stand auf, ging um den Tisch herum, holte den Seesack, der an der Wand lehnte, warf dem Arschloch nicht den geringsten Blick zu, und stellte den Seesack neben seinen Stuhl. Dann setzte er sich wieder hin und behielt die Tür im Auge.

Seltsamerweise freute er sich plötzlich darauf, Frettchen zu helfen. Welchen Wahnsinn auch immer sie aushecken mochte.

Der schwarze Mercedes hatte keine Zentralverriegelung, und der Rotschopf sperrte die Beifahrertür auf und ließ Frettchen einsteigen.

Der Wagen, der einige Meter vom *Schillercafé* auf der anderen Straßenseite stand, war innen und außen picobello gepflegt. Es roch nach Leder und poliertem Holz, kein Stückchen Papier lag herum, nicht der geringste Krümel. Frettchen traute ihren Augen nicht: Ihre Schuhe standen auf einem Teppich mit rotschwarzem Muster, einer Art orientalischer Brücke.

Der Beifahrersitz war verstellt, und als sie sich anlehnen wollte, kippte sie nach hinten, weil die Lehne schräg stand. Mit einem Ruck richtete sie sich wieder auf und bemühte sich, gerade sitzen zu bleiben.

Der Rotschopf schlug die Fahrertür zu und starrte durch die Windschutzscheibe. Dann drehte er ihr den Kopf zu; in der Dunkelheit wirkte sein Gesicht nicht mehr breit und weich, sondern kantig und kalt.

»Übrigens, ich bin Knut«, sagte er tonlos und legte die Arme aufs Lenkrad. Es sah aus, als würde er es sich gemütlich machen und geduldig auf etwas warten.

»Machen wir's kurz, du hast mir was anzubieten? Dann zeig's mir, und ich werde darüber nachdenken, was wir tun werden.«

Womit denkst du denn so? Mit Wasser?

»Ich möchte erst wissen, wieviel Sie bezahlen.«

»Red nicht rum, zeig mir, was du anzubieten hast.«

»Das wissen Sie doch, Sie haben das Päckchen gesehen. Oder sind Sie farbenblind?«

Es sah aus, als würde er lächeln. Aber es waren nur ein paar Muskeln, die zuckten.

»Wie alt bist du?«

»Sechzehn«, sagte sie. Die meisten, mit denen sie es bei ihren Geschäften zu tun hatte, beruhigte diese Zahl kolossal. In den Tropfsteinhöhlen ihrer Gehirne fing es an zu knirschen, und sie dachten daran, wie leicht es war, heutzutage ein Mädchen verschwinden zu lassen; irgendein Perverser würde in Verdacht geraten, und bis die Umstände geklärt waren, gab es keine Spuren mehr. Die Kinder waren selber schuld, dachten sie, was mischten sie sich in Dinge ein, die sie nicht verstanden und die sie nichts angingen in ihrem Alter. Sechzehnjährige, die mit Marihuana oder Crack oder Ecstasy dealten! Lausige Zeiten waren das!

»Sechzehn«, wiederholte er.

»Genau«, sagte sie, griff in ihre Tasche und holte die beiden prall gefüllten Plastikpäckchen hervor. Sie hielt sie hoch, damit er sie besser sehen konnte. Er machte keine Anstalten, sie näher unter die Lupe zu nehmen, und Frettchen steckte sie wieder ein.

»Und dein Vater hat dir also gesagt, du sollst das Zeug hier in München verkaufen.«

»Bachmann und er kennen sich schon lange. Ich mach das, weil mein Vater keine Zeit hat.«

»Warum nicht?«

»Weil er im Knast sitzt, warum sonst?«

Die Phase der absoluten Wahrheiten hatte wieder begonnen, und sie empfand ein seltsames Glücksgefühl bei der Vorstellung, daß es nicht mehr lange dauern würde, bis das Geschäft abgewickelt war.

»Wie spät ist es?«

»Was?« sagte er. Dann schaute er auf seine goldene Uhr.

»Fünf vor zehn.«

»Gut. Das reicht. Mein Zug fährt nämlich bald. Haben Sie das Geld?«

»Du bist ja lustig, denkst du, ich lauf mit Hunderttausendern rum? Du spinnst ja.«

»Ich hab gedacht, München ist eine reiche Stadt. Da laufen alle Leute mit Hunderttausendern rum.«

»Du bist eben noch jung.«

Mit einer schnellen Bewegung machte er sich vom Lenkrad los, beugte sich zu ihr hinüber und öffnete das Handschuhfach.

»Entschuldige, ich brauch da was …«

Er fummelte darin herum, dann klappte er den Deckel scheppernd zu, packte ihr linkes Handgelenk und legte ihr Handschellen an. Er versuchte, auch noch ihre rechte Hand zu erwischen, doch sie wehrte sich und schlug ihm ins Gesicht. Er schlug zurück und traf sie auf der Nase. Sie zuckte zusammen, und Tränen stiegen ihr in die Augen. Sie zappelte so heftig und trat mit den Beinen nach ihm, daß er ihre rechte Hand nicht zu fassen kriegte, also gab er es auf und fesselte nur ihre linke ans Lenkrad.

»Und jetzt bleib hier sitzen und rühr dich nicht. Ich hab jetzt nämlich genug von dir.«

Ansatzlos verpaßte er ihr eine Ohrfeige, und ihr Kopf knallte aufs Armaturenbrett. Es kam ihr vor, als hätte sie einen Schlag von einem Boxer abbekommen. Sterne tanzten vor ihren Augen, und in ihrem Kopf breitete sich ein übles Brummen aus.

»Hast du verstanden?« schrie er und schlug ihr mit voller Wucht auf den Hinterkopf.

Sie beugte sich nach vorn und wollte den Kopf auf ihre linke Hand legen, die ans Lenkrad gefesselt war. Die Handschellen schnitten ihr ins Fleisch. Kurz bevor ihre Stirn den Handrücken berührte, schlug er wieder zu, wieder auf den Hinterkopf, und ihr Kopf krachte aufs Lenkrad. Die Mütze rutschte ihr vom Kopf und fiel zwischen die Pedale.

»Verstanden?« sagte er nah an ihrem Ohr.

Sie nickte.

»Wenn du einen Laut von dir gibst, mach ich dich gleich hier fertig. Hast du das verstanden?«

Sie wollte nicken, aber er packte sie an den Haaren und zog ihren Kopf nach hinten. Er sah ihr ins Gesicht, und dann ließ er sie los. Sie bewegte sich nicht. Den Kopf im Nacken wartete sie ab, was er mit ihr anstellte.

Er riß die Tür auf, stieg aus und knallte sie zu.

Frettchen schnitt Grimassen, um ihr Gesicht zu entspannen. Sie bewegte den Kopf hin und her und blickte in den Rückspiegel. Blut floß aus ihrer Nase, und sie schmeckte es auf den Lippen. Sie bückte sich. Ihr Kopf schien zu platzen, es brummte und wummerte, und sie atmete schwer. Sie streckte ihren rechten Arm aus und angelte sich umständlich die Mütze. Lehnte sich zurück, holte Luft, beugte sich nach vorn, hielt den Kopf nah ans Lenkrad und setzte die Mütze mit beiden Händen auf.

Dann öffnete sie ein Stück den Reißverschluß ihres Anoraks, griff in die Innentasche, zog den kleinen Reißverschluß auf, holte den Schalldämpfer hervor, steckte ihn in den Mund, griff wieder in die Tasche und nahm die Pistole heraus. Währenddessen behielt sie die Straße und das Café im Auge.

Knut war ins Café zurückgegangen und flüsterte Zeitler etwas zu, der daraufhin aufstand und einen Fünfzigmarkschein auf den Tisch legte. Dann verließen sie das Lokal.

Bacio sprang auf, kratzte sich im Gesicht, suchte nach seinem Geld, fand in der Hosentasche einen Zwanzigmarkschein und knallte ihn auf den Tisch. Er war in Panik. Er hatte den beiden zugesehen, wie sie sich etwas zugeflüstert hatten, und hatte nichts getan. Jetzt riß er den Seesack an sich und quetschte sich zwischen den Gästen hindurch nach draußen. Der Barkeeper schaute ihm hinterher, und der Kellner war sofort am Tisch, um das Geld einzustecken.

Als Bacio vor der Tür ankam, sprang der Motor des Mercedes an, und er spurtete über die Straße. Rutschte aus, verlor die Balance und fiel hin. Der Seesack rollte über die Schneedecke. Im Vorbeischlittern griff er nach dem Seesack und schleuderte ihn gegen den Mercedes. Dann riß er die Fahrertür auf und versuchte, Knut zu packen. Dieser stieß ihn weg, und Bacio rutschte wieder aus. Knut fesselte Frettchen an den Griff der Beifahrertür, so daß ihr linker Arm jetzt wie eine Sperre vor ihrem Oberkörper entlangführte. Sie konnte sich kaum rühren, doch das war ihr egal.

Bacio kam wieder auf die Beine und nahm einen neuen Anlauf, Knut aus dem Auto zu zerren. Da ging die hintere Tür auf, und Zeitler stieg aus. Seine Arme schnellten nach vorn, packten Bacio an der Schulter und stopften ihn wie einen Sack ins Wageninnere. Bacio riß die Arme hoch, trat mit seinen Springerstiefeln gegen die Lehne des Fahrersitzes und stemmte die Hände gegen das Fenster. Er lag quer auf der Rückbank. Als er sich umdrehte, tauchte Zeitlers Kopf über ihm auf, und dann gab es ein dumpfes Geräusch, und Bacio verlor das Bewußtsein. Zeitler hatte ihm mit der Handkante ins Genick geschlagen.

»Fahr endlich los!« sagte Zeitler, packte Bacio, setzte ihn aufrecht hin und lehnte ihn in die Ecke.

»Den Seesack!« sagte Knut.

Zeitler stieg aus, hob den Seesack auf, trug ihn zum Kofferraum und lud ihn ein.

Ein vereistes und zugeschneites Auto fuhr im Schrittempo vorüber; der Fahrer hatte ein winziges Loch an der Scheibe freigekratzt, durch das er, den Kopf über dem Lenkrad, hindurchstarrte. Zeitler beugte sich über den geöffneten Kofferraum und wartete, bis das Auto verschwunden war.

»Wir müssen Gero finden«, sagte er, nachdem er wieder eingestiegen war und die Tür zugeknallt hatte.

Knut fuhr los. Auf den Scheiben des Mercedes hatte sich eine dünne Eisschicht gebildet, und die Heizung lief auf vollen Touren. Kalte Luft strömte aus dem Gebläse.

An der Schwanthalerstraße hielten sie sich links, fuhren über die Sonnenstraße in Richtung Briennerstraße und dann über die Ludwigstraße weiter stadtauswärts. Die wenigen Autos, die unterwegs waren, glitten gemächlich dahin. Ab und zu tauchte ein vermummter Fahrradfahrer auf, peste über die Kreuzungen und scherte sich nicht das Geringste um die Wetterverhältnisse und die anderen Verkehrsteilnehmer.

In den Restaurants auf der Leopoldstraße warteten die Kellner auf versprengte Gäste. Wie überdimensionale braune Rutenbüschel ragten die Pappeln links und rechts des Boulevards in den Himmel. Die Buden auf dem Weihnachtsmarkt an der Münchner Freiheit lagen verlassen im Dunkeln.

Die Nacht war still und sternenreich.

»Wo fahren wir hin?« fragte Frettchen, aber die Antwort interessierte sie nicht, *scheißegal, ihr Leichen,* sie mußte sie lediglich in Sicherheit wiegen und die sechzehnjährige Spinnerin spielen, die sich in der verkehrten Wirklichkeit verlaufen hatte.

Knut schwieg.

Frettchen wandte sich um und sah den leblosen Bacio, der am Fenster lehnte, den Kopf auf der Schulter.

»Warum ham Sie das gemacht?« fragte sie nach hinten.

Zeitler schwieg.

Sie überquerten den Frankfurter Ring, kamen an einer Nachtbar mit einem roten Stier über dem Eingang vorbei und passierten das Bordell *Leierkasten* mit den roten Neonleuchten in den Fenstern; sie ließen den Euro-Industriepark links liegen und bogen nach ein paar hundert Metern rechts in die Kollwitzstraße ein. Eingeschneite, schmucklose, dreistöckige Häuser mit Flachdächern; vereinzelt waren Lichter zu sehen. Auf einigen der kleinen Balkone standen mickrige Christbäume, die von kerzenförmigen elektrischen Lichtern beleuchtet wurden.

Rechts verbargen sich Einfamilienhäuser hinter einer von Schnee überwucherten Hecke, die bis zum militärischen Sperrgebiet am Ende der Straße wuchs. Der Mercedes fuhr nach links in eine Seitenstraße, wo er an der nächsten Ecke anhielt.

»Sind wir da?« fragte Frettchen.

Knut schwieg, dann sagte er: »Ich denk schon.«

»Wohnen Sie hier?« fragte sie.

»Spinnst du? Ein Freund von uns wohnt hier. Um diese Zeit schläft er schon, aber wenn wir ihn aufwekken und erklären, worum's geht, ist er bestimmt gleich hellwach.«

Vom Rücksitz kam ein leises Stöhnen. Bacio erwachte aus seiner Ohnmacht.

»Gerade rechtzeitig«, sagte Knut. »Ich geh dann mal.«

Er warf einen Blick nach hinten: Bacio hatte die Augen geöffnet und blinzelte. Er glotzte vor sich hin wie ein Junkie.

»Beeil dich, wir müssen uns noch um Gero kümmern«, sagte Zeitler.

»Der sitzt wahrscheinlich jetzt im Schiller und wartet auf uns.«

»Hoffentlich.«

Knut stieg aus und ging zu einem blau angestrichenen Haus mit weißen Türen. Er sah sich um und klingelte. Frettchen beobachtete ihn. Jemand öffnete die Tür, und Knut trat ein. Die Tür wurde geschlossen.

Bacio drehte langsam den Kopf. Zeitler schaute ihm in die Augen, und er zuckte zusammen.

»Geht's wieder?« fragte Frettchen.

»Hm?« machte Bacio. Er wollte den Kopf weggdrehen, um Zeitler aus dem Blickfeld zu bekommen, doch es gelang ihm nicht. Sein Kopf war aus Blei.

»He!« sagte Frettchen.

»Halt die Klappe!« sagte Zeitler.

»Ich will wissen, wie's dir geht«, sagte Frettchen.

Da beugte sich Zeitler nach vorn und schlug ihr patschend auf den Hinterkopf.

»Hörst du schlecht?«

»Entschuldigung«, sagte Frettchen.

»Frettchen ...«, sagte Bacio leise. Sein Blick hing immer noch in Zeitlers erstarrtem Gesicht.

»Ja, genau, du bist also wieder fit, das ist gut, weil ...«

Sie brach mitten im Satz ab. Es war vollkommen still, im Wagen und draußen. Nur ein leisches Rascheln war zu hören, ein dezentes Knistern, das irgendwo herkam.

»Ruhigbleiben«, sagte Zeitler. *Genau die ideale Losung für die Ewigkeit.*

Frettchen drehte sich zu ihm herum und schoß ihm zwischen die Augen. Zeitlers Kopf zuckte nach hinten, und aus dem kleinen Loch in seiner Stirn rann dunkles Blut. Sein Körper blieb sekundenlang starr sitzen, bevor er in Zeitlupe nach links kippte.

»Setz ihn ordentlich hin«, befahl Frettchen. »Beeil dich, Mann!«

Bacio war so erschrocken, daß er ihre Worte nicht hörte.

»Mann, träumst du oder was? Setz den Arsch hin! Na los! Wir sind noch nicht fertig. Kannst du schießen?«

»Was ... was kann ich, ich ...?«

»Mann! Setz ihn hin, der andere Typ kommt gleich zurück!«

In diesem Moment ging die Haustür auf, und Knut kam heraus.

»Scheiße, bist du bald fertig!«

»J-ja ... ja ...« Er schob Zeitler in die andere Ecke der Bank. Er traute dem Frieden nicht, er hielt es für möglich, daß der Typ jede Sekunde aufwachte und ihn erwürgte.

»Der ist tot, verdammt! Hier, nimm die Wumme und halt sie auf seinen Kopf! Auf den Kopf, kapiert?«

Sie drückte ihm die Pistole mit dem Schalldämpfer in die Hand. Er hatte noch nie eine Schußwaffe in der Hand gehabt, abgesehen von einem verrosteten Schrotgewehr, daß seine Freunde und er mal im Murnauer Moos gefunden hatten.

»Fertig? Du brauchst nur abzudrücken, kapiert?«

Sie setzte sich hin und blickte durch das Seitenfenster. Knut kam auf sie zu. Bacio umklammerte den Pistolengriff mit beiden Händen.

Knut riß die Fahrertür auf und sah sofort, was geschehen war.

»Bitte schließen Sie die Handschellen auf, sonst drückt mein Bruder ab, und er ist der beste Schütze im Verein«, sagte Frettchen.

Bacios Hände zitterten, und er paßte auf, daß sein Zeigefinger keine Dummheit machte.

Knut sah seinen toten Freund an. Dessen Augen waren geschlossen, und unaufhörlich floß Blut aus der runden Wunde.

»Es ist besser, Sie sperren die Handschellen jetzt auf.«

Knut überlegte. Sein Zorn wuchs ins Unermeßliche, weniger deshalb, weil sein Partner Zeitler sich vorzeitig verabschiedet hatte, denn der war in jüngster Zeit sowieso immer unberechenbarer und egozentrischer geworden; Knut Rosenbaum war wütend, weil er die Göre unterschätzt hatte und weil er, wenn er es sich recht überlegte, die falsche Entscheidung getroffen hatte; er hatte gedacht, das Mädchen wollte ihn austricksen, verarschen, und dabei hatte sie es ernst gemeint. Ein ausgekochtes, hinterhältiges Luder! Wollte die doch glatt zwei Päckchen Pillen verkloppen, an Leute, die sie gar nicht kannte, und verlangte zweihundert Mille dafür, fairer Preis, wenn man die Gewinnspanne betrachtete. Ja, er hatte sie unterschätzt, und das war ihm seit zehn Jahren nicht mehr passiert. Hatte er sich also von einer Sechzehnjährigen in die Eier treten lassen!

»Wird's bald?«

Frettchen zerrte an den Handschellen.

Knut beugte sich zu ihr hinüber, und sie roch sein süßliches Parfüm. *Wichser, das hättst du nicht gedacht oder?* Er holte den Schlüssel aus seinem Jackett und sperrte das Schloß auf.

»Her damit!«

Er gab ihr den Schlüssel, und sie kurbelte das Fenster runter und warf ihn raus.

»Setz dich hin und fahr los!«

»Was?«

Knut schaute sie fassungslos an. »Drehst du jetzt durch?«

»Das bin ich doch schon, wie du siehst. Fahr los, sonst drückt mein Bruder ab, er hat gar keine andere Wahl.«

Knut zögerte, und Bacio schwitzte. Der Schweiß lief ihm in Strömen über das Gesicht.

»Merkst du nicht, daß du keine Chance hast?« sagte Knut. Der Knopf an seinem Jackett war aufgegangen, und er trug nichts weiter darunter als das schwarze Sweatshirt.

»Is Ihnen eigentlich nicht kalt?« fragte Frettchen.

»Wollt ihr mit einer Leiche spazierenfahren?«

Knut wartete darauf, daß sein Spezl Hans den Kopf zur Tür rausstreckte, und dann mußte gehandelt werden, und zwar ordentlich.

»Entsorg den Typen, Bacio!« sagte sie, »bevor er die schöne Karre total versifft.«

Bacio saß einen Moment stumm da, dann gab er ihr ohne Aufforderung die Pistole, stieg aus, ging um den

Mercedes herum, öffnete die Hintertür und schleifte Zeitler ins Freie. Ließ die Leiche in den Schnee plumpsen.

»Wir fahren ohne Leiche. Steig wieder ein, Bacio. Wie war doch gleich dein Name?« sagte sie zu Knut.

Knut sagte keinen Ton. *Cooler Typ, bei so einem Wetter im Hemd rumzulaufen, is ne Leistung. Shit, Mann!*

Jonathan war aus der Anoraktasche gesprungen und schlich um ihre Schuhe. Sie hielt die Pistole weiter auf Knut gerichtet, während sie sich bückte und das Tier ihren Arm raufflitzte. Es kroch um ihren Nacken, sie hielt es fest und kraulte es mit dem Zeigefinger.

»Das ist Jonathan, mein bester Freund, wir sind seit einem Jahr zusammen, stimmt's Jonathan?«

In der Haustür tauchte der runde Kopf eines Mannes auf. Frettchen riß die Beifahrertür auf, sprang raus und drückte ab. Die Kugel durchschlug den Türrahmen, und der Mann warf die Tür zu.

»Glück gehabt!« sagte Frettchen und setzte sich wieder ins Auto.

»Du bist verrückt«, sagte Knut.

An einem der Häuser auf der anderen Seite öffnete jemand ein Fenster.

»Wos is'n da los?« schrie ein Mann mit heiserer Stimme.

»Gib Gas!«

Knut machte die Fahrertür zu, steckte den Schlüssel ins Schloß und ließ den Motor an.

»Und wohin?« Er mußte Zeit gewinnen. Er hatte Hans von der Göre berichtet, und Hans hatte erklärt, es wäre kein Problem, die beiden zu beseitigen, sein Hobbyraum sei wie immer perfekt in Schuß für solche Fälle. Manche nannten ihn Kadaverhans, ein Spitzname, den er haßte und nicht los wurde. Er war ein Spezialist, ein Zerkleinerer; Knut hielt ihn für einen Psychopathen, der eines Tages alle seine Auftraggeber in Stücke hacken würde und anschließend sich selbst. Bis dahin allerdings konnte man auf seine professionellen Dienste nicht verzichten, denn er war der Beste. Sein Handwerk hatte er im Schlachthof gelernt, wo er als Jugendlicher sein erstes Geld verdient hatte. Heute arbeitete er in einer großen Gärtnerei in Unterhaching und verstand viel von Böden, Düngemitteln und landwirtschaftlichen Nutzmaschinen. Zudem war Kadaverhans ein fabelhafter Griller, er rührte alle Saucen selber an und servierte immer das saftigste Fleisch. Knut erinnerte sich an fulminante Grillfeste an der Isar ...

»Wir fahren zu dir, Kohle holen! Los geht's!«

Knut schaltete den Motor aus.

»Ich hab Geld bei mir«, sagte er.

Frettchen stieg aus, machte die Tür leise zu und stieg hinten wieder ein. Das ging zu schnell, und Knut war zu verblüfft, um die Situation für sich zu nutzen.

Sie richtete die Pistole auf seinen Hinterkopf.

»Zeig her, die Knete.«

Er griff in die Innentasche seines Sakkos und holte seine Brieftasche hervor.

Er hielt Frettchen fünf Tausendmarkscheine hin.

»Reicht das?«

Sie riß ihm die Scheine aus der Hand und steckte sie ein.

»Nein! Und jetzt fahr los!«

»Nein!« sagte er. Er hatte von dieser verrückten Schlampe endgültig die Schnauze voll. Er warf einen Blick nach draußen. Alles war ruhig. Hans ließ sich nicht blicken. Was immer passierte, auf ihn war Verlaß.

»Laß uns abhauen«, sagte Bacio.

»Spinnst du? Wenn du Schiß hast, dann steig aus und hau ab. Verpiß dich!«

»Schrei mich bloß nicht an!« Er spürte etwas Feuchtes an der Hand und sah hin. Sie war voller Blut. Auf der Rückbank hatte sich eine kleine dunkelrote Pfütze gebildet. »Und wenn die Bullen kommen? Und wenn uns jemand gesehen hat?« Er war nervös und wippte mit den Beinen. »Laß uns abhauen, Frettchen, ich möcht hier weg.«

»Dann geh doch!« blaffte sie.

»Ich will, daß du mitkommst.«

»Laß mich in Ruhe.«

Ihre ständigen Stimmungswechsel ärgerten ihn.

»Du führst dich auf wie eine Diva.«

»Geht dich das was an, Feigling?«

Sie zielte auf Knuts Gesicht.

»Losfahren, Arschloch!«

Knut griff zum Zündschlüssel, der im Schloß steckte, und tat, als wollte er den Motor wieder anlassen. Dann drehte er sich blitzschnell herum, packte die Pistole und riß sie ihr aus der Hand. Frettchen blickte ihn verdattert an. Doch bevor er die Waffe benutzen konnte, griff Bacio ein.

Mit beiden Fäusten schlug er Knut seitlich ins Gesicht. Eine Faust traf sein Auge, die andere die Nasenwand. Behende wie eine Wildkatze sprang Frettchen über den Sitz und biß ihm in die Hand. Er schrie auf und ließ die Waffe fallen. Bacio hämmerte weiter auf ihn ein, nie zuvor hatte er so etwas getan, und er war verblüfft, wie einfach es war. Knuts breites Gesicht war ein lascher Punchingball.

Frettchen hatte die Pistole.

»Gib's ihm!« schrie sie, »mach ihn alle, das Arschloch!«

Plötzlich ging ein Ruck durch Knuts Körper, und er stürzte sich auf Frettchen.

Seine Finger krallten sich in ihre Haare, und sie dachte, er würde sie alle auf einmal ausreißen.

Bacio schlug ihm die Fäuste in den Nacken, aber er zerrte immer weiter an Frettchens Haaren, blutüberströmt und mit eisigen Fingern. Sie versuchte sich zu befreien, aber sie schaffte es nicht.

»Tu doch was, mach ihn da weg!« schrie sie.

»JA JA JA JA!« schrie Bacio und trommelte auf ihn ein wie jemand, der zum erstenmal im Leben seine Aggressionen los wurde.

Knut zog ihren Kopf immer näher zu sich her, und wenn er ihn zwischen seinen Knien hätte, würde er ihn zerquetschen. Er handelte instinktiv und ignorierte das Trommelfeuer in seinem Nacken.

Frettchen zappelte, und die Pistole rutschte ihr aus der Hand. Sie mußte sie wieder aufheben, und das Zerren auf ihrem Kopf wurde immer brutaler. Knut drückte sie unter das Armaturenbrett, sie wehrte sich mit aller Kraft, aber er war stärker, er hatte Hände wie eiserne Klauen. Sie sah seine gespreizten Beine, und er drückte sie noch ein Stück tiefer, so daß die Ratte, die sich in der Tasche festgekrallt hatte, herausfiel und erschreckt unter den Sitz kroch.

Ihr Kopf hing zwischen seinen Knien, und er brauchte nur noch seine muskulösen Beine zuschnappen zu lassen, und sie wäre erledigt.

Da drückte sie ab.

Die Kugel zerfetzte seinen Bauch.

Sie roch den Stoff der Hose, und kurz bevor die Knie ihre Schläfen erreichten, klappten die Beine auseinander.

Sie stieß die Fahrertür auf und hechtete ins Freie.

Bacio schlug immer noch auf Knut ein, der sich die Hände an den Bauch hielt.

»Hilf mir!« schrie sie, »hilf mir endlich!«

Bacio sprang aus dem Auto, und gemeinsam schleiften sie Knut ins Freie. Der Schnee, auf dem er lag, färbte sich rot. Er hob den Kopf und wollte sich aufstützen, aber seine Hände rutschten auf dem gefrorenen Schnee ab; stöhnend versuchte er es noch einmal. Dann bäumte er sich mit zitterndem Oberkörper auf und schüttelte sich. Streckte den linken Arm in die Luft, drehte sich um die eigene Achse, verlor den Halt und fiel auf den Rücken. Über sich, von der Straßenlampe hell beschienen, sah er ein blaues Schild mit weißer Schrift: ›Wundtstraße‹. Er konnte es genau lesen. Wundtstraße. Merkwürdiger Geschmack, den er auf einmal im Mund verspürte, wie von Metall. Er leckte mit der Zunge nach der Flüssigkeit, die seine Zähne umspülte. Es war Blut. Er mußte würgen, wollte sich übergeben, und hatte keine Kraft mehr.

»Und jetzt weg hier!« sagte sie. Mit einem Satz war sie im Wagen, schob den Fahrersitz nach vorn und drehte den Zündschlüssel.

Bacio stand draußen und beobachtete den sterbenden Knut, dessen Finger sich in den Schnee krallten.

»Steig ein, Mann!«

In einem erleuchteten Fenster im Haus gegenüber lehnten ein Mann und eine Frau.

»Die Bolizei is scho unterwegs!« rief der Mann.

»Des hättst jetz net sogn soin«, sagte seine Frau.

Von ihrem Fenster im dritten Stock aus sahen sie, wie der glatzköpfige Junge ins Auto sprang und der Mercedes mit durchdrehenden Reifen lospreschte. Zwei Männer lagen reglos im Schnee.

»Um Goods Wuin, di san tot, di zwoa, sixt des«, sagte die Frau.

»Di Bolizei dawischt di an da nächstn Eckn«, sagte der Mann.

Sie bemerkten nicht, wie aus einem Seitenausgang des blauen Hauses ein Mann trat und eng an der Mauer entlang zu seinem Auto, einem blauen Golf, eilte.

5. Kapitel

Amadeus törnte sie an. Amadeus war für sie der größte und genialste, der grellste Komponist aller Zeiten.

»Find ich nicht«, sagte Bacio und hielt sich am Haltegriff fest, an dem noch die Handschellen baumelten.

Der Mercedes schlitterte über die Autobahn, und Frettchen trat aufs Gas.

Die Straße war vereist und von Schotter übersät.

In voller Lautstärke dröhnte Musik aus den Boxen, die hinter der Rückbank angebracht waren.

»Das ist Papageno, der da singt!« schrie Frettchen und trommelte aufs Lenkrad.

Die Heizung lief, und langsam wurde es heiß.

Sie fuhren auf der A 9 zurück in die Stadt. Die Tachonadel schwankte zwischen achtzig und neunzig Stundenkilometern, und der Mercedes schnurrte über die linke Spur. Frettchen überholte einige dahinkriechende Fahrzeuge und ließ das Fernlicht an, auch wenn ihnen auf der anderen Seite der Leitplanke ein Auto entgegenkam. Sie streckte ihre Beine so weit sie konnte und hatte Mühe, die Pedale zu erreichen. Zum Glück war sie geübt im Autofahren und wußte genau, wie sie sich hinsetzen mußte, damit sie auch noch was sehen konnte. Ein paar Hamburger Crashkids nahmen sie manchmal auf eine Spritztour mit, auch wenn sie nicht zu ihrer Clique gehörte; sie revanchierte sich mit Smarties zum Sonderpreis oder Pappe von bester Qualität.

»Fahr langsamer«, sagte Bacio und drückte sich in den Sitz. Die Hitze und ein unbestimmtes Schwindelgefühl trieben ihm den Schweiß auf die Stirn.

»Hast du nicht gehört, fahr langsamer!«

»WAS? ICH VERSTEH NICHTS, HÖR DOCH DER MUSIK ZU!«

Geigen und Trompeten donnerten, und ein Mann und eine Frau sangen irgend etwas von raschem Mut und schnellen Füßen …

»Fahr langsamer, verdammt!«

Graue Bäume und Sträucher flogen vorbei, eingeschneite Häuser, liegengebliebene Autos.

»Du blöde Kuh!«

»WAS IS?«

»WO WILLST DU ÜBERHAUPT HIN?«

»WAS?«

»UND WIESO KANNST DU AUTOFAHREN? WIE ALT BIST DU ÜBERHAUPT?«

»ICH BIN SECHZEHN. UND DU?«

»SIEBZEHN. WO FÄHRST DU JETZT HIN, VERDAMMT?«

»NACH HAMBURG.«

»NACH HAMBURG? DU BIST JA TOTAL ÜBERGESCHNAPPT! NACH HAMBURG!«

Er hielt sich die Ohren zu. Wenn er jetzt nicht sofort eine Pille einwarf, drehte er noch durch.

Der Wagen schlingerte. Bacio prallte mit der Schulter gegen die Tür. Frettchen schaltete vom vierten in den dritten Gang, und der Wagen wurde abrupt langsamer. Die Hinterräder scherten aus, und Frettchen mußte gegenlenken. Diesen Fahrstil beherrschte sie meisterhaft.

»Wenn du aussteigen willst, steig aus!« rief sie. »Spring raus. Na los!«

»Ich steig nicht aus. Du hast sie nicht alle! Hamburg! Da kannst du lange fahren. Das ist die ganz falsche Richtung!«

»WAS?«

Sie latschte auf die Bremse, und das Auto schleuderte zur Seite. Frettchen riß das Lenkrad herum, nahm den Fuß von der Bremse und gab wieder Gas.

Der Mercedes rutschte quer über die Autobahn.

»Shit, Mann!«

»Was machst du denn? Scheiße!«

»Wo ist die nächste Ausfahrt?«

»Keine Ahnung! O Gott!«

Der Wagen rutschte auf die Leitplanke zu, und Frettchen steuerte dagegen – oder tat, was sie für Dagegensteuern hielt. Sie kurbelte am Lenkrad wie am Steuerrad eines Schiffes, und das wuchtige Auto schwang hin und her.

In einiger Entfernung kam hinter ihnen ein anderes Fahrzeug näher, dessen Fernlicht in den Mercedes leuchtete.

»Was isn das fürn Arsch?« schrie Frettchen und ging vom Gas runter.

Der Mercedes schrammte an der Leitplanke entlang, der linke Frontscheinwerfer zersplitterte und eine Schneefontäne spritzte auf die Windschutzscheibe.

»Shit Shit Shit ...«

»Da ist eine Ausfahrt!« Bacio klopfte mit der Faust an die Scheibe. »Da rüber, du mußt da rüberfahren ...«

»Ich weiß, wo ich hinfahren muß, Shit ...«

Jetzt sah auch sie das Schild, das die Ausfahrt nach Schwabing anzeigte. Als die Kühlerhaube für Sekunden genau in Richtung Ausfahrt stand, drückte Frettchen das Gaspedal durch. Der Motor heulte auf, die Reifen quietschten auf der gefrorenen Fahrbahn, und der Wagen schoß von der Autobahn in die Kurve der Abzweigung.

»Hm hm hm hm ...«, kam es laut aus den Boxen, während der Mercedes auf die nächste Kurve zuraste, wo er gegen die Leitplanke knallte. Bacio und Frettchen klammerten sich an alles, was sie zu fassen kriegten.

Auch der rechte Scheinwerfer zerbrach in hundert Scherben. Jetzt hatte der Mercedes kein Vorderlicht mehr. Bremsen war zwecklos. Wie von einem Seil gezogen, glitt das Auto auf die dreispurige Schenkendorfstraße, drehte sich zweimal um die eigene Achse, krachte wieder gegen die Mittelleitplanke, und die Stoßstange brach an der Seite ab. Plötzlich sprang die Ratte aufs Armaturenbrett und wieselte an der Windschutzscheibe entlang.

Frettchen schaltete in den zweiten Gang, das Getriebe röhrte, und der Motor starb ab.

Kurz vor der Abzweigung zur Leopoldstraße kamen sie auf der linken Spur zum Stehen.

Der Kotflügel war an beiden Seiten eingedrückt, die Farbe abgesplittert, und die Stoßstange hing verbeult herunter.

Niemand hatte das Manöver bemerkt, außer dem Fahrer eines Wagens, der hundert Meter hinter dem Mercedes die Ausfahrt genommen hatte und sich nicht weiter um den Unfall zu kümmern schien.

Im Innern des Mercedes konnte auch von Unfall keine Rede sein.

»Großartig«, sagte Bacio und wischte sich den Schweiß aus dem Gesicht.

»Halt die Klappe, Blödmann, und steig endlich aus. Du nervst! Komm zu mir, Jonathan, na komm, komm ...«

Hysterisch rannte die Ratte vor der Scheibe hin und her, sprang Bacio, der zusammenzuckte, auf die Beine, von dort auf den Boden und verschwand unter den Sitzen.

»Hab keine Angst. Jonathan, komm zu mir ...«

»Scheißratte.« Bacio zog den Reißverschluß seines Parkas auf und suchte sein Plastikschälchen mit den Glücksreserven.

»Du blödes Arschloch!« schrie Frettchen und drehte den Kassettenrecorder ab. Dem Vogelhändler blieb die Luft weg.

»Hau bloß ab, du! Niemand beleidigt meine Ratte, und du schon gar nicht! DU SCHON GAR NICHT!«

Mit einer ruckartigen Bewegung beugte sie sich über Bacios Beine und stieß die Beifahrertür auf.

»Hau ab! Steig sofort aus! Los!«

Bacio suchte seine Pillen.

»Hast du kaputte Ohren? Du sollst aussteigen, und zwar NOW!«

Bacio hatte das Schälchen gefunden. Aber er machte es nicht auf, sondern ließ es wieder in die Tasche gleiten. Dann sah er sie an.

»Du bist verrückt, und ich hab keine Lust, mit einer Verrückten zusammenzusein ...«

»DANN RUTSCH AUS'M BILD!«

»Mach ich.«

Er zog den Reißverschluß seines Parkas bis zum Kinn hoch und blies in die Hände.

»Mach's gut, Frettchen. Ich ... ich ...«

»Abgang, Alter!«

In ihrem Blick lag nicht die geringste Spur von Versöhnung.

Er seufzte und drehte sich zur Seite, um auszusteigen. Wahrscheinlich war es das klügste, den Weg allein weiterzugehen. So wie er hergekommen war. Allein bleiben, das war das sicherste, die Kontrolle behalten, darum ging es, später würde man sehen. Später, wenn der Winter vorüber war und niemand mehr nach ihm suchte. Er wollte den ersten Zug nach Berlin nehmen und dort untertauchen zwischen all den Türken und Osteuropäern, untertauchen und nicht mehr auffindbar sein. Was für eine wunderbare Vorstellung! Nichts wie weg hier.

»Ciao«, sagte er und setzte einen Fuß nach draußen.

Da hielt ein Auto neben ihnen an, und der Fahrer kurbelte das Fenster runter.

»Kann ich euch helfen?« fragte der Mann. Er hatte ein rundes Gesicht mit einem Schnauzbart und eine schwarze Lederjacke und schwarze Lederhandschuhe an. Das Auto war ein blauer Golf.

»Nein«, sagte Frettchen und ließ den Motor an. Legte den Gang ein, und das Getriebe grüßte zurück.

»Ich glaub schon«, sagte der Mann und richtete einen Revolver auf Bacio.

»Verflucht!« rief Bacio, duckte sich, zog blitzschnell sein Bein zurück, schlug die Tür zu, und der Mercedes brauste los.

»Fahr schneller!« rief er, immer noch geduckt, von unten.

»Sag mir nicht, wie ich fahren soll!«

Frettchen fuhr bei Rot über die Ampel. In der Kurve verlor sie die Kontrolle, und der Wagen drehte sich. Doch der Belag auf der Leopoldstraße war weniger rutschig als der auf der Autobahn, und sie brachte die Kiste wieder in die Spur.

Der blaue Golf kam hinter ihnen her, doch der Abstand vergrößerte sich.

»Ist er hinter uns?« rief Frettchen.

Bacio drehte sich um und schaute durch die Heckscheibe.

»Weit weg.«

»Wenn er aufholt, ist er tot.«

Sie hob ihre Pistole hoch, die sie zwischen ihre Beine auf den Boden gelegt hatte, und hielt sie ihm hin.

»Kapiert?«

Er schaute die Pistole an, als hätte er sie noch nie gesehen.

»Nimm sie endlich, oder soll ich mit einer Hand fahren?«

Sie verzog keine Miene, und er nahm die Pistole und legte sie auf seinen Schoß.

»Du hast zwei Menschen erschossen«, sagte er. Rechts neben der Straße parkten Autos, die vom Schnee verschüttet waren.

»Drei«, sagte sie.

Er sah sie an, aber sie sagte nichts weiter. Er wollte auch gar nicht mehr wissen. Im Moment.

»Scheiße«, sagte er dann. »Da vorn sind Bullen. Scheint'n Unfall zu sein.«

Einige hundert Meter hinter der nächsten Kreuzung blinkte ein Blaulicht, und mehrere Fahrzeuge blockierten die Straße.

Sie mußten abbiegen, wenn sie mit ihrem demolierten Schlitten ohne Licht nicht direkt in die Arme der Polizei rauschen wollten. Wenigstens könnte die ihnen den Führerschein nicht abnehmen, sie hatten ja keinen.

An der Ampel hielten sie an.

»Rechts oder links?« fragte Frettchen.

»Rechts«, sagte Bacio.

Die Ampel schaltete auf Grün, und Frettchen fuhr nach links, in die Dietlindenstraße. Die Araltankstelle an der Ecke war hell erleuchtet, und aus der Gaststätte gegenüber kamen zwei Männer, die sich verwirrt umsahen und dann beide gleichzeitig ausrutschten und hinfielen.

»Wieviel Uhr?« fragte Frettchen.

Bacio schaute auf seine Armbanduhr, die er an der rechten Hand und mit dem Zifferblatt nach unten trug.

»Zehn nach elf«, sagte er.

»Shit!«

Frettchen schlug auf das Lenkrad ein, und der Wagen geriet ins Schlingern.

»Paß auf!« sagte Bacio.

»Du hast ja null Ahnung, worum's überhaupt geht.«

»Stimmt.«

»Willst du jetzt endlich aussteigen?«

»Ich möcht mal mit dir reden.«

»Ich aber nicht mit dir. Ich unterhalt mich mit Jonathan, wenn's mir langweilig ist, kapiert?«

»Ich möcht dir doch helfen.«

»Klar, will jeder.«

Die Ampel an der Ecke Biedersteinstraße war rot, und Frettchen fuhr drüber.

»Sag mir lieber, wie ich auf die Autobahn komme. Is sowieso alles Scheiße hier, ich fahr wieder nach Hause.«

»Wo is'n dein Zuhause?«

»Mein Zuhause?«

Sie strich sich die Mütze glatt und schniefte. Rotz tropfte auf ihren Nasenring. He, wo hast'n du gesteckt, ich hab mir schon Sorgen gemacht, wird Languste sagen, und Chiko fällt ihr um den Hals und knutscht sie ab und parfümiert sie mal wieder mit einer Ladung Eau de Shit. Los erzähl, wird Pluto sagen, der in seinem ganzen Leben noch nie aus St. Georg rausgekommen ist, aber vielleicht klappt's ja noch eines Tages, er ist ja erst elf. Und sie erzählt ihnen die ganze Geschichte, den kompletten Münchenwahnsinn, und sie reichen die Pfeife rum und stopfen die Lungen aus, und es wird gelacht, und Languste hat die Idee: Schlittenfahren auf der Alster!, und sie werden losziehen, und natürlich hängen sich ein paar Typen dran, die zu blöde sind, daß ihnen selber was einfällt, und sie besorgen sich noch rasch einen Schlitten in einem Haus, das Languste schon gecheckt hat, die Hintertür ist offen, weil das Schloß kaputt ist, und im Flur steht der Schlitten rum, und keiner fährt damit, und sie holen das Ding und wandern durch die Stadt, die Sonne scheint, und die Leute glotzen bescheuert, und Pluto zeigt ihnen den Stinkefinger, aber es ist nicht ganz klar, ob er weiß, was das bedeutet. Die Alster ist voll besetzt, tausend Leute, die spazierengehen und Schlittschuhfahren, aber Schlittenfahren ist besser. Pluto muß ziehen. Natürlich fällt er auf die Schnauze. Das ist ja der Witz dabei. Dann muß er wieder ziehen und fällt wieder hin. Languste ärgert ihn solange, bis er beleidigt abzieht, und sie lachen sich kaputt und lassen sich von einem anderen Typen ziehen, einem älteren, und die Leute müssen ausweichen und schrein rum, daß das eine Frechheit ist. Und dann gibt's Redbull, das Languste durch ihre genialen Beziehungen zu ihrem Supermarkt-Georgius umsonst kriegt, und zwar dosenweise, und sie schlucken das pappsüße Zeug, und sie erzählt noch mal die Geschichte mit dem Arschloch in der Nachtbar und wie sie ihm mitten in den Mund geschossen hat, und Languste findet das ekelhaft, daß einer sich anpinkeln läßt, und sie wird sagen: Das hat er jetzt davon, und sie stoßen mit den Dosen an, und runter damit. München is ne lustige Stadt, wird sie sagen und hoffen, daß sie zum letztenmal da gewesen ist.

»Is mir egal, ob du mit mir redest«, sagte Bacio, drehte sich um und schaute durch die Heckscheibe.

»Scheiße! Der Typ ist wieder da!«

Er meinte den blauen Golf, der plötzlich hinter ihnen aufgetaucht war.

Frettchen trat auf die Bremse, und der Mercedes schlitterte an den Straßenrand und landete in einem Schneehaufen.

Sie öffnete die Tür, nahm die Pistole von Bacios Schoß, beugte sich hinaus und zielte. Der Golf kam näher – und blieb stehen.

Frettchen schoß. Der Schalldämpfer schluckte das Geräusch, und man hörte nur ein schrilles Pfeifen. Die Kugel zerschlug die Windschutzscheibe und hinterließ ein kleines Loch und einen Kreis geborstenes Glas.

»Und tschüß!«

Sie warf die Tür zu, klemmte sich die Pistole zwischen die Beine und gab Gas. Die Reifen drehten durch, und der Motor machte einen Heidenlärm.

»Beeil dich!« rief Bacio und behielt den Golf im Auge. Nichts rührte sich. »Du hast ihn getroffen!«

»Quatsch nicht, schieb lieber an!«

»Was? Spinnst du? Ich geh doch jetzt nicht raus!«

»Soll ich vielleicht schieben oder was?«

Die Hinterreifen steckten im Schnee fest und gruben sich immer tiefer hinein.

»Jetzt mach schon!« rief Frettchen und ging endlich vom Gas. »Dir passiert schon nichts, ich paß auf, echt!«

Sie lächelte ihn an. Ihr Nasenring wackelte, und im dürftigen Licht, das sie umgab, wirkte ihr Gesicht sanft und weich. Langsam dämmerte es Bacio, was mit ihm geschah, jedesmal wenn er sie intensiv ansah. Aber es war keine Zeit, darüber nachzudenken. Wieder mal. In der Gegenwart dieses Mädchens blieb nie Zeit zum Überlegen, entweder man machte mit oder man verpißte sich. Sie ließ einem keine Wahl. Das gefiel Bacio. Und er öffnete die Tür. Warf einen vorsichtigen Blick nach hinten in Richtung des blauen Fahrzeugs und stapfte durch den Schnee bis zum Heck des Mercedes.

Die Fahrertür stand einen Spalt breit offen, Frettchen richtete ihre Pistole auf den Golf und hielt gleichzeitig mit der linken Hand das Lenkrad fest.

»Los jetzt! Schieb!« rief sie.

Und er preßte seine Hände auf den Kofferraum und stemmte sein ganzes Gewicht dagegen. Viel war das nicht. Er wog um die sechzig Kilo, aber er hatte Kraft. Und Zorn. Und einen Willen. Und er wollte hier weg und nicht sterben.

Er schob so fest er konnte.

Frettchen hatte in den zweiten Gang geschaltet, drückte behutsam aufs Gaspedal und ließ den Golf nicht aus den Augen.

»Ich kann nicht mehr«, keuchte Bacio.

»Mach weiter und quatsch nicht!«

Er hämmerte seine Stiefel in den Schnee, hackte das Eis auf und drückte die Absätze in die Mulden.

In der Ferne tauchte ein Lieferwagen auf, näherte sich dem Golf und hielt neben ihm an. Der Fahrer beugte sich zum rechten Seitenfenster hinüber und starrte hinaus. Er bemerkte das Loch in der Scheibe und einen Mann, der wie erstarrt auf dem Beifahrersitz saß. Er kurbelte das Fenster nicht runter, sondern überlegte, ob er die Polizei rufen sollte. Das war sein Fehler. Bevor er auch nur einen klaren Gedanken fassen konnte, erwachte der andere aus seiner Erstarrung, drehte sich herum, und dann krachte ein ohrenbetäubender Schuß. Die Scheibe zersplitterte, und die Kugel zerfetzte dem Fahrer des Lieferwagens das linke Auge.

Der Motor des Kombi tuckerte vor sich hin, Kadaverhans duckte sich auf seinem Sitz und wandte sich wieder dem Mercedes zu.

Niemand hatte etwas gehört. Abgesehen von Frettchen, der nichts entgangen war.

»Schieb!«

»Tu ich ja!« Die Hände an die Kante des Kofferraums gepreßt, stemmte sich Bacio mit aller Macht gegen den Wagen, schnaufte durch den offenen Mund, und die eisige Luft verursachte ihm Zahnschmerzen. Den Schuß und das Zersplittern des Autofensters ignorierte er erst einmal.

Minimal bewegte sich der Mercedes vorwärts. Bacio prustete und keuchte. Die Räder fanden Halt, und Bacio schob noch fester an.

Mit einem Ruck landete der Wagen auf der Straße.

Frettchen zog die Fahrertür zu.

»Los jetzt! Beeil dich! BEEIL DICH!«

Bacio rutschte aus, konnte sich gerade noch an der Karosserie festkrallen, griff nach der Tür und sprang in den Wagen.

»Gut gemacht!« sagte Frettchen, sah in den Rückspiegel und stellte fest, daß der Golf ihr nicht folgte.

Bacio kramte nach seinen Pillen.

»Da runter!« rief Frettchen sich selber zu, riß das Lenkrad nach rechts, und der Mercedes schleuderte eine schmale, gewundene Straße hinunter, durchpflügte die Schneehaufen rechts und links und schoß auf einen Platz zu, auf dem unter einer dicken Schneeschicht Bänke und Tische standen.

Es war ein Biergarten mit Kastanienbäumen und einer Schenke. Außerdem gab es ein altmodisches Kinderkarussell.

»He, das sieht ja lustig aus!« rief Frettchen.

Der Wagen streifte einen Metallpfosten, wurde gegen eine Bank geschleudert, und Bacio fiel sein Plastikschälchen aus der Hand.

»So ein Mist, verdammt!«

Er bückte sich und donnerte mit dem Kopf gegen das Handschuhfach. Wie bei einem Slalom schlingerte das Fahrzeug zwischen den Tischen hin und her, säbelte einen Papierkorb und mehrere Sträucher um und …

»Was ist das denn?« rief Frettchen und beugte sich vor, um besser sehen zu können.

»Was? Was?« stammelte Bacio, denn er wußte, was das war. Mit seinem Vater und seiner Stiefmutter war er ein paarmal hier gewesen und hatte sich gelangweilt und Steine nach den Ruderern geworfen, die grölten und lachten.

Die weiße Fläche, die Frettchen sah und auf die der Mercedes in hohem Tempo zusteuerte, war ein zugefrorener See, der Kleinhesseloher See im Englischen Garten.

»W-weißt du, was das ist … ?« stotterte Bacio und umklammerte das weiße Plastikschälchen.

»Sag's mir endlich, Mann!«

»Das ist ein See!«

»Echt? Voll kraß!«

Der Winter hatte die Unterschiede zwischen Ufer und Wasser aufgehoben, alles war eine einzige weiße glatte Ebene ohne Absperrungen und Begrenzungen.

Frettchen schaltete den Motor aus.

»Du hast sie nicht mehr alle …«, sagte Bacio und blickte mit großen Augen hinaus. Wenn er nicht augenblicklich was einwarf, dann würde er total ausflippen. Doch das hatte er sich schon vor einer Stunde gesagt. Oder vor zweien? Die Zeit spielte keine Rolle mehr. Und der Ort. Und die Vergangenheit.

»Isja grell!«

Frettchen riß das Lenkrad von einer Seite zur anderen, und der Wagen drehte sich im Kreis wie ein Koloss, der tanzen lernte.

Sie schlug mit der flachen Hand auf die Kassette, und Musik donnerte los.

»AMADEUS!« brüllte Frettchen, »DU BIST DER GRÖSSTE! HUIIII …«

Sie kurbelte das Fenster runter und hielt ihren Kopf raus.

Sich langsam im Kreis drehend, kam der Mercedes zum Stehen, langsam wie die Arie, die gerade gesungen wurde, langsam wie in einem Traum.

Dann stand der Wagen still. Mitten auf dem See, vor einer kleinen Insel mit winterschwarzen Bäumen und Sträuchern. Laut und kraftvoll verkündeten die drei Knaben das Himmelreich, und die Boxen auf der Rückbank vibrierten.

Frettchen stieg aus, nahm ihre Mütze ab, und ihre gelben Haare leuchteten seltsam. Sie drückte die Mütze an sich, legte den Kopf in den Nacken und betrachtete den Himmel, ein Meer voller winziger Sterne.

»Ist das nicht wunderbar?« sagte sie leise.

Sie gingen über den See, jeder für sich, sie umkreisten einander und sprachen kein Wort. Aus dem Mercedes, an dem Frettchen alle vier Türen weit geöffnet hatte, erklang Opernmusik.

Sie waren die einzigen Menschen weit und breit. Vielleicht waren sie die einzigen in der ganzen, ausgestorbenen Stadt. Vielleicht die einzigen im Universum. Verloren und frei, verzaubert von überirdischer Musik, geborgen in sich selbst, in immerwährender Gegenwart.

»Willst du noch eine?« rief er ihr zu.

»Nein«, rief sie zurück.

Er wollte auch keine mehr. Aber wenn sie noch eine genommen hätte, hätte er es auch getan.

Er trug seine schwarze Sonnenbrille und stapfte über die weiße harte Fläche, zog einen weiten Bogen um Frettchen und das schwarze Auto und breitete die Arme aus, um loszufliegen, wenn es so weit war.

»Hast du dich schon mal umbringen wollen?« fragte Frettchen, die plötzlich hinter ihm aufgetaucht war und ihm nun auf Schritt und Tritt folgte. Er marschierte in immer größeren Kreisen und Ellipsen, und sie blieb bei ihm. Schräg hinter ihm. Und schlurfte mit ihren Schnürschuhen über den Schnee.

»Ich wollt mal ertrinken«, sagte er, »bin vom Fünfmeterbrett gesprungen, obwohl ich gar nicht schwimmen kann …«

»Wieso nicht?«

»Was?«

»Wieso kannst du nicht schwimmen?«

»Weiß ich nich, is doch egal.«

»Ich kann schwimmen.«

»Das glaub ich. Wahrscheinlich genauso wie Autofahren.«

»Bin ich vielleicht nicht gut gewesen? Wir sind heil hier angekommen oder nicht, Blödmann!«

»Ja, aber ich wollt gar nicht hierher.«

»Ich schon.«

Trotzig preßte sie die Lippen aufeinander und hatschte hinter ihm her. Wie automatisch. Sie dachte nicht darüber nach. Ihr Kopf war wie leergefegt, kein Chaos, keine schlimmen Bilder, nur Musik, Amadeus-Musik.

Um ein Haar wäre sie auf ihn draufgerumpelt, denn er war unvermittelt stehengeblieben. Sie konnte gerade noch abbremsen.

»Is was?« fragte sie finster.

»Hörst du überhaupt zu, wenn dir jemand was sagt?«

»Was ist das denn für eine Scheißfrage? Willst du mal Lehrer werden oder was? Von deinen ganzen Scheißfragen, die ich mir schon den ganzen Tag anhören muß, ist das wohl die beschissenste. ›Hörst du überhaupt zu, wenn ich dir was sage?‹ Shit, Mann! WOZU DENN? Deinen Blödsinn kenn ich schon! Und der steht mir bis hier oben, bis hier oben steht mir der!«

Sie drehte sich um, ging aber nicht weg.

»Ich wollt dich nicht kränken, echt nicht.«

Hm hm hm hm hm hm hm hm hm … erklang es laut aus dem Auto.

»Ich … ich bin dann aber nicht ertrunken, weil … weil, der Typ, irgend so ein Urlauber, der hat mich gesehen, und der ist dann auch in das kalte Wasser gesprungen, war ja schon November, und der hat mich dann rausgezogen. Ich, ich hab, hab schon eine Menge Wasser geschluckt gehabt, das ham sie mir dann wieder ausgepumpt, im Krankenhaus, und meine Stiefmutter war auch da und hat geheult, und mein Vater hat dauernd mit dem Arzt gesprochen, und dann …«

»Dein Vater, was macht er?«

»Was? Mein Vater? Der ist Lehrer.«

»Hab ich's doch gewußt!«

»Gar nichts hast du gewußt.«

»Doch, du redest dasselbe blöde Zeug wie ein Lehrer, stimmt's etwa nicht? Hab ich selber gehört. ›Hörst du eigentlich nie zu, wenn ich dir was sage‹, genauso redest du, also lüg nicht rum, ich durchschau immer, wenn einer lügt.«

»Ja. Auf welche Schule gehst du denn?«

»Spinnst du? Seh ich aus, als würd ich auf eine Scheißschule gehen? Seh ich so aus, Mann? Ich brauch keine Schule, is mir egal …«

»Was willst du denn mal werden?«

»Tierpflegerin und du?«

»Automechaniker.«

Sie hatten sich die Wahrheit um die Ohren gehauen, und jetzt schwiegen sie, überrascht von ihrer Offenheit, vom Verrat, den sie begangen hatten, weil sie jemandem Wildfremden etwas derart Intimes erzählt hatten.

Die Musik klang aus, und es war vollkommen still auf dem See.

Im Innern des schwarzen Wagens brannte gelbes Licht, und sie sahen beide hin. Bacio dachte an seinen Vater, der nicht die geringste Neugier für ihn aufbrachte, für seine wahren Stärken, für sein Schreiben zum Beispiel und sein literarisches Wissen, er konnte fünf Gedichte von Hölderlin auswendig und drei von Georg Trakl. Und er dachte an seine Mutter, die starb, als er vier Jahre alt war; sie hatte ihn so genannt, Bacio, sie sagte, das sei italienisch und bedeute Kuß. Sie war Italienerin, und ihr Grab lag in einer Stadt, die Civitavecchia hieß. Er war schon öfter dort gewesen, mit seinem Vater und dessen Frau Elisabeth, die immer wollte, daß er Mutter zu ihr sagte, doch das tat er nicht. Seine Mutter war tot, und Elisabeth war eine Lehrerin, die ihm verklickern wollte, daß Körnerfressen gesund und Fastfood ungesund war und daß er keinen Zucker essen durfte und keine Pommes, und daß man Verständnis haben mußte für die Fremden und Armen im Land und daß die toskanische Landschaft zu den schönsten in Europa zählte. Wen interessierte das? Und sie zwang ihn zum Klavierunterricht, weil musische Bildung angeblich eine lebenslange Bereicherung war. Na und? Er hörte den ganzen Tag Musik, und von den Tindersticks zum Beispiel hatte Elisabeth noch nicht mal gehört, sie dudelte Bach und Vivaldi, und das ging ihm dermaßen auf den Geist. Sie hatte geheult, nachdem er ins Wasser gesprungen war, und er hatte nie verstanden, warum. Warum sie heulte. Er war ein fremder Junge für sie, und sie war eine fremde Frau für ihn, von Anfang an gewesen, und daran hatte sich nie was geändert. Er wollte sterben, weil er keine Lust mehr auf diesen Streß hatte, und weil er es nicht mehr ertrug, jedesmal Ausschlag und schrecklichen Juckreiz zu bekommen, wenn er mit etwas nicht klarkam, wenn ihn irgend jemand unter Druck setzte. Er haßte Druck, er haßte seinen Körper, den er nicht unter Kontrolle hatte, und er haßte die Psychologen, zu denen ihn Elisabeth schleppte, weil sie ihn heilen wollte. Sie verabreichte ihm homöopathische Kugeln, aber die halfen ihm nicht. Er sollte Klavier spielen, um seine Nervosität zu verlieren. Dabei wurde er immer nervöser, wenn er spielte und sie ihm zuhörte und ihn lobte, wie gut er den Mozart schon könne. Fuck Mozart.

Frettchen dachte merkwürdigerweise an einen Hut. An einen Hut, den sie nie gesehen hatte, den Hut, von dem der Penner geschwafelt hatte, auf der Straße vor diesem Café, er hatte ihn da drin vergessen gehabt. Sie hatte auch den Mann nie zuvor gesehen. Und den anderen, der sie davon abhalten wollte, wieder reinzugehen. Blödmann. Wieso mußten sich Männer andauernd in ihr Leben einmischen? Sie war selbständig, sie konnte selber für sich sorgen, oder nicht? Und ob! Sie hatte ein mieses Geschäft gemacht, okay, sie hatte fünftausend Mark eingenommen, das war lächerlich. Aber dafür hatte sie auch alle Smarties noch sicher in ihrem Anorak gebunkert. Und ihrem Vater würde sie die bestimmt nicht zurückgeben. Oder seinem Kumpel, diesem Schniekeschmieri, keine Ahnung, wie er wirklich hieß, er hieß so, weil er so aussah, sie nannten ihn alle so, auch Languste, sie hatte mal Stoff von ihm gekauft, für einen beschissenen Preis, er war ein Megawichser, auch wenn er in Anzug und Krawatte rumlief, er war hinter den kleinen Mädchen her, und eines Tages würden die Bullen ihn in der Elbe finden, soviel stand fest, und er würde eine Plastiktüte überm Kopf haben und in seiner eigenen Kotze erstickt sein. Sie scheuchte das Bild weg und dachte an Sonia, die in Helsinki schon auf sie wartete, weil sie doch Silvester zusammen feiern wollten. Und Frettchen würde da sein! Hundertpro würde sie da sein, und sie würden Redbull saufen bis zum Abheben und aufs Meer rausschauen, und niemand würde was von ihr wollen oder hinter ihr her sein, kein Bulle, kein Arschloch wie Schniekeschmieri, sie wäre ganz frei, und dann würden sie durch die Gegend fahren, mit irgendeinem geliehenen Auto und sich die Elche ansehen, Jonathan hatte ja auch noch nie einen Elch gesehen, genauso wenig wie sie, Elche waren Supertiere, und die waren stark und mutig. Irgendwas würde immer los sein da oben in Finnland, und ihr Vater konnte ihr gestohlen bleiben, sollte er doch im Knast bleiben, das war sowieso der sicherste Ort für ihn, und sie hätte ihre Ruhe vor ihrer Nervmutter, die dauernd versuchte, sie zu finden und mit ihr zu reden. ZU REDEN! Was die Leute immer reden wollten, wozu denn? War sowieso alles klar, alles war ganz klar. Sie lebte auf der Straße, und sie war eine Kriminelle, so klar war das. Erst reden sie dir die ganze Zeit ein, daß du kriminell bist, und dann wirst du es eben. Weil's dann schon egal ist, ist doch logisch. Was mußte man da lange labern. Die Leute in Finnland redeten wenig, hatte sie gehört, das war schon mal ein Pluspunkt, darauf freute sie sich, stille Typen, stille Elche. Und dann würde sie mit Sonia eine Pfeife rauchen und den Qualm zu den Elchen rüberwedeln, damit die auch was davon hatten und sich leichter taten bei ihren langen Märschen durch die Gegend. Aber jetzt mußte sie erst mal aus dieser beknackten Stadt raus, und zwar NOW. Und dieser Typ, Bacio, der konnte den Wagen entsorgen, oder machen, was er wollte. Egal. Es war höchste Zeit, sie würde nicht den Zug nehmen, sondern den Daumen. Das war sicherer, auch wenn die Straßen beschissen waren. Garantiert waren die Bullen schon hinter ihr her, und nicht nur die, mit Sicherheit auch die anderen Wichser, die ganz schön blöd aus der Wäsche schauten, weil ihre Kumpels lauter Löcher im Leib hatten, die da gar nicht hingehörten. Keiner wußte, wer sie war, und das war entscheidend, und keiner würde ihr auf die Schliche kommen, solange dieser Bacio keinen Scheiß baute und …

»Da ist jemand!«

Er zeigte zum Biergarten, wo eine schwarze Gestalt zwischen den Bäumen herumschlich.

»Wir hauen ab!« sagte sie und lief los.

Er kam hinter ihr her und schaute weiter hinüber zum Ufer. Der Mann kam näher zum See und hob die Arme, hielt sie waagerecht, und Bacio konnte nicht erkennen, was er tat, aber er ahnte es. Der Mann zielte mit einer Waffe auf sie.

Frettchen sprang ins Auto und warf den Motor an. Bacio schlug die Hintertüren zu, schlitterte am Wagen entlang und ließ sich auf den Beifahrersitz fallen.

Als der Motor aufheulte, krachte ein Schuß. Die Kugel ging ins Leere.

Frettchen schaltete, das Getriebe schepperte, und sie gab Gas.

Der Mercedes drehte sich. Ein zweiter Schuß krachte und traf ein Rücklicht. Klirrend zersprang das Glas.

Der Wagen kam in Fahrt, doch Frettchen hatte Mühe, ihn zu lenken. Die Reifen scherten aus, und man hätte meinen können, der Mercedes führe einen rhythmischen kuriosen Tanz auf.

»Das Arschloch kann nicht mal schießen«, sagte Frettchen, die Hände ums Lenkrad gekrallt und den Kopf hin und her wiegend, als spiele noch Musik.

»Der Typ im Kombi vorhin sieht das, glaub ich, anders«, sagte Bacio.

»Klar sieht der das anders, der is ja auch tot, da verändern sich die Dinge.«

Der Mercedes brauste über den See, knatterte über einen Schneehügel, der den See vom Ufer trennte, und jagte in voller Fahrt über die verschneite Wiese.

»Superwagen!« rief Frettchen und klopfte anerkennend aufs Armaturenbrett.

»Wie müssen ihn irgendwo abstellen, wir haben kein Licht mehr.«

Doch Frettchen konnte alles sehen. Die Landschaft strahlte hellweiß, und da war keine Ampel und kein Hindernis, das sich ihr in den Weg stellte. Bis auf eines. Es war blau und groß und kam von rechts.

Ohne es zu merken, waren sie auf der Straße gelandet, die durch den Englischen Garten hindurchführte, und ein blauer Linienbus fuhr direkt auf sie zu.

Frettchen riß das Lenkrad herum, und der Mercedes wirbelte im Kreis. Der Busfahrer war so überrascht, daß er aufs Bremspedal drückte und seinen Fuß nicht wieder wegnahm. So geriet auch der Bus ins Rutschen, und die beiden Fahrzeuge trudelten bedrohlich aufeinander zu.

»Shit shit shit!« schrie Frettchen.

»Laß das Lenkrad los und geh runter von der Bremse!« schrie Bacio.

»Mach ich doch!« Sie hob ihre Arme hoch und zog die Beine an. Er traute seinen Augen nicht.

»Was machst du denn da? Spinnst du? Was soll'n das?«

»Ich hab das Lenkrad losgelassen und den Fuß weggenommen!« rief sie und hing schräg auf ihrem Sitz, während der Mercedes ungebremst auf den Bus zuschoß.

Die Fahrzeuge schrammten aneinander vorbei, es klirrte und zischte, der Busfahrer drückte auf die

Hupe und versuchte verzweifelt, sein riesiges Gefährt auf der Straße zu halten. Doch der Mercedes erwischte den Bus ein zweites Mal laut scheppernd am Heck, schleuderte über die Straße und landete im Gesträuch.

Mit einer halben Drehung rutschte der Bus auf die nächste Haltestelle zu. Tatenlos mußte der Fahrer zusehen, wie sein Bus gegen das Wartehäuschen krachte und zwischen zwei Baumstämmen zum Stehen kam. Der einzige Fahrgast, ein junger Mann, der auf der Rückbank saß, purzelte durch den Gang und blieb an einer Haltestange hängen. Der Fahrer saß steif auf seinem Sitz und holte tief Luft; seine Hände zitterten, und er starrte abwesend nach draußen.

»Wos wor'n dös?« murmelte der junge Mann, rappelte sich auf und rieb sich die Schulter.

Der Busfahrer starrte in den Rückspiegel, unfähig, sich zu bewegen. Im Rückspiegel sah er zwei Gestalten, die aus den Büschen auf die Straße wankten und zu ihm herschauten. Kleine, verschwommene Gestalten.

»Wos'n bossiert?« murmelte der junge Mann, und der Busfahrer erschrak über die Stimme. Er wollte sich umdrehen, aber seine Muskeln funktionierten nicht. Er wollte etwas sagen, aber seine Stimme war nicht mehr da. Seine Beine fingen von selber an zu wippen.

»Is nichts passiert«, sagte Frettchen und wandte sich ab.

»Woher willst du das wissen?«

»Das spür ich. Also, ich finde, unsere Wege sollten sich jetzt trennen. Wird zu gefährlich für dich. Wenn jeder für sich ist, ist es leichter, sich zu verstecken, kapiert? Geht's dir gut?«

Bacio wollte gerade antworten, da merkte er, daß er nicht gemeint war.

Frettchen streichelte ihre Ratte, die sie irgendwo im Auto wiedergefunden hatte und die offensichtlich durch nichts aus der Ruhe zu bringen war. Wobei das schwer zu beurteilen war bei so einem Vieh. Nie im Leben wäre Bacio auf die Idee gekommen, sich ein Nagetier zuzulegen.

Jonathan krabbelte über ihre Schulter, und sie holte ihren Seesack aus dem Kofferraum. Klappte den Kofferraumdeckel zu, steckte die Ratte ein und schulterte den Seesack.

»Und tschüß«, sagte sie.

Er stand vor ihr und hatte wieder einmal keine Ahnung, was in ihr vorging.

»Ich laß dich nicht weggehen«, sagte er.

»Das hat schon mal jemand versucht. Extrem gescheitert, kann ich dir sagen. Mach's gut.«

»Wo willst du denn hin? Es ist mitten in der Nacht, und bald sind überall die Bullen. Du mit deinem Seesack ...«

»Kann dir doch egal sein.«

»Ist es aber nicht.«

»Aha, und wieso nicht?«

»So halt.«

Sie schwiegen.

»Ich hab Hunger«, sagte er, »ich sterb gleich, so Hunger hab ich. Ich hab sonst nie Hunger, wenn ich mir was einschmeiß.«

Sie blickte ihn kurz an. Und blieb an seinen Augen hängen. Es war zum Heulen! *Shit, Mann!* Sie hing fest, nichts zu machen, total blöde. Und in ihrem Bauch war die Hölle los. *Ich mag das nicht, ich haß das!*

»Hast du keinen Hunger?«

»Nein«, sagte sie sofort.

Die Lüge des Tages. Aber der Blödmann merkt sowieso nichts. Ich dreh gleich durch.

»Du lügst, du hast auch Hunger, das weiß ich genau.«

»Haha.«

»Und ich weiß auch, wo wir was zu essen kriegen. Is genau die richtige Zeit. Die Kneipe hat bis in der Früh auf. Das wird dir gefallen. Da sucht uns niemand.«

»Mich sucht sowieso niemand.«

»Mich schon. Wahrscheinlich.«

»Wieso?« Sie sah ihn mißtrauisch an. In ihrem Bauch herrschte der blanke Aufruhr. *Sowas hab ich noch nie erlebt, Shit Shit Shit!*

»Ich bin doch von Zuhause abgehauen, und wie ich meine Alten kenne, hetzen die die Polizei hinter mir her.«

»Dann darfst du dich eben nicht erwischen lassen, ist doch ganz einfach.«

»Ich laß mich auch nicht erwischen. Da können die lange suchen.«

»Morgen bist du wieder zu Hause, das wett ich.«

»Du bist gemein.«

»Vergiß es. Also ...« *Er soll sich verpissen, er soll sich verpissen, er soll sich verpissen, er soll sich ...*

»Also los, wir gehen die Seitenstraßen. Is'n Stück hin, aber nicht so weit, Hauptsache, wir kommen hier weg, von diesem Scheißauto. Komm ...«

Er hielt ihr die Hand hin.

Sie schaute extra an ihm vorbei.

Dann griff er nach ihrem Seesack, und sie hielt ihn fest; dann ließ sie ihn los, und er schwang ihn sich über die Schulter.

Denkst du, ich halt Händchen mit dir? Ausgerechnet mit dir, Blödmann?

Er nahm ihre Hand, die kalt war wie Schnee. Seine war warm, und sie ließ sie los und ballte die Faust. Er gab nicht auf und umfaßte ihre kleine Faust mit seiner warmen Hand; sie kam nicht aus. Kam einfach nicht aus. Auf einmal hatte sie Herzklopfen, und das Herz schlug ihr bis in den Bauch, und da war sowieso schon der Teufel los. *He, hilf mir, Languste! Sag mir, was da abgeht, was is los mit mir? Shit!*

Sie trottete neben ihm her und kam sich vor, wie irgend so eine bekiffte Göre, die in irgend so einen bekifften Trottel verknallt war und den Verstand verloren hatte.

Sie war noch nie verknallt gewesen, und das würde sich auch nicht ändern. Schon gar nicht in München, wo sie überhaupt nicht hingehörte.

Shit, Mann!

ZWEITER TEIL

1. Kapitel

Wie sie es geschafft hatte, um diese Zeit ein persönliches Gespräch mit dem Dezernatsleiter in dessen Büro zustande zu bringen, war den Beamten der Mordkommission, die auf dem Flur und im Vorzimmer auf Anweisungen warteten, ein Rätsel. Jedenfalls hatte Elisabeth Taube zunächst das Revier in ihrem Heimatort Murnau in helle Aufregung versetzt, weil sie behauptete, ihrem Sohn sei etwas Schreckliches zugestoßen; anschließend bestand sie so lange darauf, mit der Vermißtenstelle der Münchner Kripo telefonieren zu dürfen, bis man ihr den Wunsch gewährte. Vermutlich hätte sie sonst nie mehr zu reden aufgehört. Und schließlich brachte sie den diensthabenden Kommissar dazu, seinen Chef, Kriminaloberrat Franz Paulig, ins Dezernat an der Bayerstraße zurückzubeordern. Und Paulig kam. Denn die Beschreibung, die Elisabeth Taube von ihrem Sohn gegeben hatte, paßte in etwa auf einen jungen Mann, den Zeugen gemeinsam mit einem Mädchen im *Schillercafé* und im Stadtteil Milbertshofen gesehen haben wollten. Allerdings hatte der Jugendliche keine langen, zum Zopf gebundenen schwarzen Haare, wie Elisabeth Taube ihn beschrieben hatte, sondern eine Glatze. Die übrigen Angaben stimmten überein: Größe, Kleidung, Schuhe, Augenfarbe. Vor zwei Stunden war Paulig von zu Hause losgefahren, nachdem ein Kollege ihn darüber informiert hatte, daß in einer Bar beim Hauptbahnhof eine männliche Leiche und vor einem Haus in Milbertshofen zwei männliche Leichen aufgefunden worden waren; nach ersten Untersuchungen handelte es sich bei der

Tatwaffe um eine Neun-Millimeter-Pistole. Ein Ehepaar sagte aus, es hätte einen schwarzen Mercedes wegfahren sehen, in den ein Jugendlicher mit Glatze eingestiegen war; er sei aber nicht selber gefahren. Die Aussagen der Leute aus dem *Schillercafé* blieben vage, wie immer, wenn die Polizei in diesen Lokalen im Vergnügungsviertel aufkreuzte; angeblich kannte niemand die beiden Männer, mit denen das Mädchen und der Junge verschwunden waren. Inzwischen wußte Paulig Bescheid; Lisa, die Wirtin, hatte ihm den Namen genannt, nachdem sie den Toten im zweiten Stock entdeckt hatte; und sie wußte auch, mit wem dieser Gero Schmid regelmäßig um die Häuser zog.

Vor einer halben Stunde erhielt Paulig einen Anruf, daß eine vierte männliche Leiche gefunden worden war, auf der Zufahrt zum Mittleren Ring in Schwabing. Seiner extremen Kopfverletzung nach zu urteilen, war dieser Mann mit einer anderen Waffe erschossen worden, mit einem Revolver; die linke Gesichtshälfte des Toten war vollkommen zerfetzt. Die Experten von der Spurensicherung fanden eine Menge Glassplitter im Schnee, die von zwei verschiedenen Fahrzeugen stammten. Und in einiger Entfernung vom Tatort entdeckten sie eine Patronenhülse, die mit denen von den Fundorten der beiden anderen Leichen identisch war.

Ausgerechnet an Heiligabend ging in der Stadt ein Killer – oder eine Killerin – um, und Franz Paulig wußte, wie das Abendessen, zu dem seine Frau Jana auch Waltraud, die beste Freundin des Ehepaares, sowie ihre beiden Schwestern und deren Ehemänner eingeladen hatte, verlaufen würde: verkrampft und wenig besinnlich.

Zudem dachte er dauernd an die Vorgänge in der Maximilianstraße und hoffte inständig, die Situation dort würde sich nicht weiter zuspitzen und womöglich eskalieren; vier Hundertschaften der Bereitschaftspolizei waren im Einsatz, die Männer der privaten Wachdienste standen, mit Gummiknüppeln und Gaspistolen bewaffnet, vor den Modeboutiquen und Schmuckläden, doch die Demonstranten ließen sich nicht einschüchtern; sie warfen Schneebälle gegen die Fensterscheiben und schrien Parolen gegen die Willkür und Hartherzigkeit der Geschäftsleute.

Die Demonstranten waren ungefähr dreihundertfünfzig Obdachlose, Männer und Frauen, die sich am Abend vor der Theatinerkirche getroffen hatten, wo ihnen Helfer der Katholischen Kirche, des Paritätischen Wohlfahrtsverbandes und der Inneren Mission Suppen und Tee servierten und gebrauchte Kleidungsstücke, Pullover, Jacken, Unterhemden und Schuhe verteilten. Anschließend waren sie in einem Protestmarsch durch die Residenzstraße bis zur Maximilianstraße gezogen und hatten Schilder hochgehalten, auf denen stand: ›Auch wir sind Münchner‹, ›Bekämpft die Armut, nicht die Armen‹, ›Penner gegen Gewalt‹; einer bot den Passanten kleine Zettel an, auf die er mit rotem Kugelschreiber gekritzelt hatte: »1 Obdachlos – 1 Mark«.

In den vergangenen Wochen, in denen es nie weniger als dreizehn Grad minus hatte, engagierten einige Geschäftsleute Sicherheitsdienste, die die Bettler davon abhalten sollten, sich in den Eingangsbereichen der Läden aufzuwärmen. Dabei gingen die rotgekleideten Wachleute nicht gerade zimperlich zur Sache; vor drei Tagen erlitt ein Obdachloser, der mit seinem Freund vor einem der edlen Modeläden auf der Maximilianstraße eine nerzbehangene Kundin ansprach, einen Nasenbeinbruch, als ihn ein Wachmann mit dem Gummiknüppel niederschlug. Es gab mehrere Zeugen, die alle nichts Genaues gesehen hatten. Der Inhaber des Ladens, Linus LaMar, bedauerte den Vorfall und sagte zu einem Reporter, in einer Zeit, in der schon Taxifahrer wegen hundert Mark ermordet würden, könne man nicht vorsichtig genug sein. LaMar war ein exaltierter, stadtbekannter Modeschöpfer, von dem niemand wußte, wovon er die hohe Miete auf der Maximilianstraße eigentlich bezahlte, denn die Kunden rannten ihm nicht gerade die Bude ein; es hieß, er lasse seine Kleider von thailändischen Billignäherinnen anfertigen.

Heute nacht flogen bisher nur Schneebälle. Aber niemand konnte vorhersagen, was passierte, wenn einer der Sicherheitsleute die Nerven verlor oder einer der Obdachlosen im Vollrausch zum Angriff überging. Zum erstenmal, soweit sich Franz Paulig erinnerte, und er lebte seit einunddreißig Jahren in München, war in keinem einzigen Geschäft auf beiden Seiten des weltbekannten Boulevards die Schaufensterbeleuchtung eingeschaltet; sogar die neoklassizistische Fassade des Grand-Hotels *Vier Jahreszeiten* lag im Dunkeln. Lediglich im vierten Stock brannte hinter zwei Fenstern Licht, zu sehen war niemand.

Franz Paulig war nur kurz dort gewesen, nicht weil er mit dem Einsatz seiner Kollegen etwas zu tun hatte, sondern aus Neugier; und weil ihm plötzlich eingefallen war, daß ein ehemaliger Kollege von ihm, mit dem er ein paarmal Billard gespielt hatte, angeblich auf der Straße gelandet war. Das behaupteten zumindest die Kollegen aus der Vermißtenstelle, wo Gutjahr, so hieß er, gearbeitet hatte, bevor er sich so hoch verschuldet hatte, daß er auf die wahnwitzige Idee kam, eine Bank zu überfallen; er wurde erwischt, anschließend vom Dienst suspendiert und verurteilt. Paulig hatte ihn nie im Gefängnis besucht, es hatte sich einfach nicht ergeben. Und dann dachte er nicht mehr an ihn, bis die ersten Gerüchte auftauchten. Und vorhin hatte er wieder an ihn gedacht, als er mit seinem Kollegen Wiedemann einen Abstecher zur Maximilianstraße machte.

Doch jetzt war keine Zeit für persönliche Angelegenheiten. Und die Ereignisse bei der Oper gingen ihn im Augenblick überhaupt nichts an. Er mußte sich um vier Mordfälle kümmern, und er hatte ein nervöses Kribbeln im Bauch, als er die Frau, die schon ungeduldig auf ihn wartete, bat, Platz zu nehmen. Sie trug enge Bluejeans, einen schwarzen Rollkragenpullover, kniehohe Lederstiefel und eine schwarze Erdmannjakke, die bei jeder Bewegung knirschte. Sie hatte halblange dunkelblonde Haare, braune Augen und ein offenes Gesicht ohne Falten. Paulig schätzte sie auf höchstens fünfunddreißig, dabei war sie siebenundvierzig, wie er später erfuhr.

Wenn sie tatsächlich die Mutter des glatzköpfigen Jungen war, der mit den Mordopfern gesehen worden war, dann hatte sie möglicherweise das schlimmste Weihnachten ihres Lebens vor sich.

»Möchten Sie was trinken? Kaffee? Tee? Wasser?« fragte er.

»Meinem Sohn ist etwas passiert, das weiß ich, Sie müssen ihn finden, Herr Kommissar«, sagte sie, ohne auf seine Frage einzugehen.

»Mein Name ist Franz Paulig«, sagte er.

»Ja«, sagte sie. »Ich bin die Mutter, Frau Taube ... Herr Kommissar, mein Sohn, Benjamin ...«

Paulig hob die Hände und setzte sich ihr gegenüber an den Besuchertisch vor dem Fenster.

»Bitte, Frau Taube, beruhigen Sie sich erst mal, bitte ...«

»Ich kann mich nicht beruhigen, mein Sohn ist verschwunden, er ist einfach weggegangen und hat nichts gesagt, er ist einfach weggegangen ...«

»Wann ist er weg?«

»Wann? Gestern, gestern abend, also vorgestern, vor zwei Tagen, hat ... hat Ihnen das Ihr Kollege nicht gesagt? Ich hab doch lange mit dem gesprochen, in Murnau, er hat gesagt, ich soll mich an Sie wenden ...«

Das hatte er nicht gesagt, Paulig wußte das, aber es spielte keine Rolle.

»Gestern abend«, wiederholte er. »Wann genau?«

»Das weiß ich nicht, er ... er war ja plötzlich weg, er hat sein Zimmer im Tiefparterre, wir haben ein kleines Haus in Murnau ...«

Kleines Haus ... Das sagten sie alle, Paulig hatte noch nie mit jemandem gesprochen, der freudig gesagt hätte: Wir haben da ein großes Haus mit einem großen Garten ... Gegenüber einem Polizisten wurde der wahre Reichtum verheimlicht oder zumindest wesentlich geschmälert. Warum eigentlich? Meinten sie, reicher zu sein als andere wäre eine Art Verbrechen? Reicher als ein Polizist war sowieso fast jeder. Paulig wohnte mit seiner Frau in einer Fünfzimmerwohnung in Neuhausen, die sie für knapp zweihunderttausend Mark behindertengerecht hatten ausbauen lassen. Seit jener Katastrophe vor drei Jahren saß Jana Paulig im Rollstuhl, ihre Pläne als Mitgründerin eines neuen Shiatsu-Studios waren von einem Tag auf den anderen nichts mehr wert gewesen. Ohne die tägliche Hilfe ihrer Freundin Waltraud, einer gelernten Krankenschwester, wüßte sie nicht, wie sie über die Runden käme. Wir haben da ein kleines Haus ...

Frau Taube holte ein Päckchen Zigaretten aus ihrer Lederjacke und zündete sich eine an.

Auf dem Tisch lag haufenweise Papier, und Paulig machte sich Notizen.

»Ich hab mit meinem Kollegen in Murnau telefoniert«, sagte er, »er hat mir alles erzählt, aber es ist wichtig, daß Sie es mir auch noch einmal sagen, vielleicht finden wir doch noch einen Anhaltspunkt, wo Ihr Sohn stecken könnte.«

»Ihm ist was passiert, das weiß ich, ich weiß es ganz sicher.«

Sie inhalierte den Rauch und spielte nervös mit der Zigarette.

»Woher wollen Sie das wissen?«

Draußen im Vorzimmer und auf dem Flur waren Stimmen zu hören, Telefone klingelten, und es herrschte ein Betrieb wie normalerweise am späten Vormittag. Dabei war es jetzt halb zwei Uhr nachts.

»Ich weiß es eben!« sagte sie laut, und Paulig kniff die Augen zusammen. »Entschuldigung. Ich mach mir große Sorgen. Er ist einfach weggegangen, und er hat nur einen Zettel auf sein Bett gelegt ...«

»Er hat also doch eine Nachricht hinterlassen.«

»Das hab ich doch gesagt.«

Sie hatte es nicht gesagt. Paulig nickte.

»Auf dem Zettel stand: ›Fahr zu Rudi, komm übermorgen wieder‹. Das war alles.«

»Wer ist Rudi?«

»Ein Freund von Benjamin, er wohnt in Garmisch, sie kennen sich von früher, Rudi ist in Murnau aufgewachsen, und dann sind seine Eltern weggezogen. Benjamin und er treffen sich oft zum Billardspielen und Musikhören.«

»Haben Sie den Zettel dabei?«

»Nein«, sagte sie schnell, »den hab ich vergessen ...«

»Das macht nichts. Haben Sie mit Rudi gesprochen?«

»Natürlich, er hat doch angerufen!«

»Rudi hat Sie angerufen?«

»Ja, er wollte Benjamin sprechen, er sagte, er wollte ihn fragen, ob sie sich vor Silvester noch mal treffen.«

»Er wußte also nichts vom Verschwinden Ihres Sohnes?«

»Nein ... wieso fragen Sie das?«

Es kam nicht selten vor, daß Kinder oder Jugendliche, die abhauen wollten, mit ihrem besten Freund oder ihrer besten Freundin vorher darüber redeten. Fast immer gab es jemanden, der eingeweiht war oder sogar als eine Art Fluchthelfer fungierte, der falsche Informationen streute und die Zeitabläufe manipulierte. Das waren Spielchen, und sie waren schwer zu durchschauen, da die Solidarität unter den Kids enorm groß war, größer, als Paulig sie je bei Erwachsenen erlebt hatte.

»Wann rief dieser Rudi bei Ihnen an, Frau Taube?«

»Heute ... gestern, gestern abend, gegen sieben.«

»Ruft er oft an, um mit Ihrem Sohn zu sprechen?«

»Einmal im Monat, manchmal zweimal, warum?«

»Haben Sie mit ihm gesprochen?«

»Nein, mein Mann, er hat mit Rudi gesprochen, er war ziemlich aufgebracht nach dem Gespräch.«

»Wo ist Ihr Mann jetzt?«

»Zu Hause, für den Fall, daß Benjamin vielleicht anruft.«

Sie drückte die Zigarette aus und blickte ihn traurig an. Er überlegte, was er ihr sagen sollte. Auf keinen Fall durfte er sie noch mehr beunruhigen, erst mußte er mehr Details über Benjamin erfahren. Doch er fürchtete, Frau Taube würde nicht allzu viel wissen; es sah eher danach aus, als hätte ihr Sohn eine Menge Geheimnisse vor ihr gehabt.

»Wieso haben Sie eigentlich nicht gleich bei Rudi angerufen, nachdem Sie den Zettel gefunden hatten?«

Die Frage verwirrte sie. Sie starrte ihn an, dann biß sie sich auf die Lippen und faltete die Hände. Sie schüttelte den Kopf wie jemand, der gerade etwas ziemlich Absurdes gehört hatte.

»Wieso? Aber ... aber das hat er doch öfter gemacht. Wir kontrollieren doch unseren Sohn nicht auf Schritt und Tritt! Er hat sein eigenes Zimmer, und da kann er machen, was er will. Außerdem ...«

»Ja?«

Sie lehnte sich zurück, ihre Fingerkuppen waren weiß, so fest krallte sie die Nägel in die Hand.

»Ich hab den Zettel erst am Nachmittag gefunden. Mein Mann und ich, wir ... wir mußten noch nach München fahren, was besorgen für Weihnachten, noch ein Geschenk für Benjamin, eine Sinfonie, er spielt doch Klavier ...«

»Sie haben also gar nichts bemerkt ...«

Sie schüttelte den Kopf. Griff nach der Zigarettenschachtel, zündete sich aber keine an, sondern ließ die Hand auf der Schachtel liegen, drehte sie herum, grübelte.

»Wie meinten Sie das, Ihr Sohn habe das öfter gemacht, einen Zettel aufs Bett gelegt?«

»Na ja, er, er ging öfter einfach weg. Aber nie lange! Er wollte gern allein sein, er, er liest Bücher, Gedichte, und ... und manchmal schreibt er selber welche, aber, aber er zeigt sie nicht gern her, er ...«

Ein dünnes Lächeln huschte um ihren schmalen Mund.

»Er ist schüchtern, mein ... mein Sohn ...«

Paulig sah sie an, irgend etwas irritierte ihn an der Art, wie sie das eben gesagt hatte: Mein Sohn ...

Es klopfte.

»Entschuldigen Sie.«

Er stand auf und ging zur Tür. Sein Kollege Georg

Wiedemann wollte ihn dringend sprechen. Wiedemann war sechsunddreißig und Leiter der Mordkommission, Paulig war sein direkter Vorgesetzter, und die beiden arbeiteten bei den Ermittlungen regelmäßig eng zusammen.

»Wir haben was«, sagte Wiedemann leise.

Paulig drehte sich um.

»Einen Moment, Frau Taube, ich bin sofort wieder bei Ihnen. Wollen Sie wirklich nichts trinken?«

»Vielleicht einen Kaffee«, sagte sie abwesend.

Paulig schloß die Tür und trat ins Vorzimmer, in dem von neun Uhr morgens an seine Sekretärin arbeitete. Jetzt saßen an den beiden Schreibtischen drei Beamte und telefonierten ununterbrochen. Sie klingelten Bekannte und Verwandte der Ermordeten aus dem Schlaf und stellten ihnen erste Fragen. Routinearbeit, auch wenn es halb zwei war, und auch wenn bei einem Mordfall die Routine die Arbeit nicht leichter machte.

»Hast du was erfahren?« fragte Wiedemann.

Auf dem Tisch stand eine Kanne mit frischem Kaffee, und es duftete angenehm. Paulig holte zwei Tassen aus dem Schrank und goß sie voll.

»Nicht viel«, sagte er, »liberaler Haushalt, der Sohn wohnt im Keller, und die Eltern lassen ihm seine Freiheiten.«

»Das ist doch schön«, sagte Wiedemann und betrachtete die Din A-4-Blätter, die er in der Hand hielt.

»Was soll das heißen, Sie kennen ihn nicht? Er ist doch Ihr Sohn, oder nicht?« sagte einer der Polizisten, die am Tisch saßen, laut ins Telefon.

»Glaubst du, der Junge ist der, den die Zeugen gesehen haben?« fragte Wiedemann.

»Ich weiß es noch nicht, ich weiß nur, daß er angeblich gern allein ist und Klavier spielt.«

»Also musisch auch noch.« Wenn Wiedemann auf der Weihnachtsfeier des Polizeipräsidiums zu singen anfing, dann verbogen sich die Handschellen. Doch er *liebte* Donovan.

»Jedenfalls hatte er noch keine Glatze, bevor er sich aus dem Staub machte«, sagte Paulig.

»Dann war er beim Friseur. Hat sie die Angaben über die Kleidung und die Springerstiefel bestätigt?«

»Ich hab sie noch nicht gefragt, sie ist schon aufgeregt genug. Also, was sagen die Recherchen?« Paulig suchte nach Zucker. Während er sämtliche Schubladen aufzog, erstattete ihm sein Kollege Bericht.

»Der Tote in der Bar heißt Gero Schmid, das wußten wir ja schon. Und einer der beiden Toten in Milbertshofen ist der, den uns diese Lisa, die Wirtin, genannt hat, der Freund von Schmid. Hannes Zeitler, arbeitet in einem Fitneßstudio und gelegentlich als Bodyguard für Politiker, allerdings nicht die erste Garde.«

»Woher habt ihr das?«

»*Schillercafé*. Einer unserer Bekannten saß da rum, und er wollte nicht schon wieder in die Zelle. Also hat er uns was erzählt. Zeitler wohnt in der Hans-Sachs-Straße ...«

»Aha.« Wo hatte Johanna den verdammten Zucker versteckt? Paulig sah sogar im Kühlschrank nach.

»Hörst du mir zu?«

»Wie eine Fledermaus.«

»In der Hans-Sachs-Straße in Unterhaching. Frank war dort und hat mit einer Nachbarin gesprochen, sie sagt, Zeitler war die meiste Zeit unterwegs. Einmal will sie gesehen haben, wie er einem anderen Mann eine Pistole gegeben hat, vor seinem Auto. Den Wagen haben wir gefunden, steht in der Kolpingstraße, gleich ums Eck beim *Schillercafé*.«

»Hat jemand den Zucker gesehen?« fragte Paulig die Männer am Tisch.

Einer von ihnen hielt die Hand auf die Sprechmuschel.

»Zucker ist aus«, sagte er.

Paulig hielt inne. Der Kollege telefonierte weiter. Paulig ballte die Faust.

»Und der andere der beiden?« fragte er. Kein Wort, das Wiedemann sagte, hatte er überhört.

»Der andere heißt Knut Rosenbaum, hatte seinen Paß dabei. Ist Geschäftsführer einer Bäckerei. Bäckerei Hajek. Die mit den Superkrapfen. Ziemlich bekannter Laden. Rosenbaum saß in Hamburg im Knast, wegen Totschlags, Freiheitsberaubung, Nötigung. Dealte da oben mit allem, was auf dem Markt war. Hier in München liegt nichts gegen ihn vor, absolut nichts.«

»Rosenbaum und Zeitler waren also gestern abend im *Schillercafé*«, sagte Paulig.

»So sieht's aus. Und dieser Gero Schmid war auch dort. Sagt zumindest unser Freund Emmrich.«

»Der stumme Emmrich!«

»Genau. Der sagt, Schmid war im Café und ist dann mit dem Mädchen weg. Und dann ist das Mädchen allein zurückgekommen. Dann kam der glatzköpfige Junge, und dann sind Rosenbaum und Zeitler mit den beiden weg. Wohin, das weiß natürlich niemand.«

»Wir wissen es, sie sind nach Milbertshofen gefahren.«

»Ja, aber was sie da wollten, das wissen wir noch nicht.«

»Chef!« sagte einer der Männer, die die ganze Zeit telefoniert hatten, ein junger Oberkommissar mit schulterlangen Haaren und einem silbernen Kreuz im linken Ohr.

»Was gibt's?« fragte Paulig, der mit den beiden Kaffeetassen in der rechten Hand vor der Tür zu seinem Büro stand.

»Die Mutter von diesem Rosenbaum behauptet, ihr Sohn habe ihr jeden Monat zweitausend Mark geschenkt, einfach so. Sie hat das Geld genommen, weil sie kaum Rente kriegt, aber sie sagt, das sei schmutziges Geld gewesen. Sie scheint ihren Sohn nicht besonders gemocht zu haben. Sie hat mich sofort gefragt, ob er tot ist, und als ich sie fragte, warum sie das wissen will, sagte sie, daß die göttliche Strafe niemanden verschont.«

»Wo wohnt sie denn?«

»In Reinbek, in der Nähe von Hamburg.«

»Danke. Und der vierte Tote?« fragte Paulig in den Raum. Wie auf ein geheimes Kommando hörten auch die anderen beiden Kommissare zu telefonieren auf.

»Der heißt Matthias Lobsang und ist Fahrer bei einer Wäscherei. Möglicherweise ist er zufällig mit reingeraten. Wie es bis jetzt aussieht, gibt es keinen Zusammenhang zwischen ihm und den anderen«, sagte Wiedemann und ordnete die Blätter in seinen Händen.

»Okay. Wie weit ist die Spurensicherung?«

»Sie bemühen sich. Wir haben vier Tatorte gleichzeitig zu untersuchen. Das dauert mindestens noch fünf Stunden.«

»Sie sollen sich beeilen. Und die Kollegen draußen sollen die Augen offenhalten wegen dem Pärchen. Und kein Zugriff! Ich möchte, daß die erst hier anrufen und uns Bescheid sagen. Unauffällig observieren, mehr nicht.«

»Ich geb's weiter. Soll ich ...«

Wiedemann nickte zur Tür hin.

»Nein. Noch nicht. Sag sofort Bescheid, wenn sich die Kollegen melden.«

Er machte die Tür auf und ging in sein Büro. Wiedemann griff zum Telefon.

»Zucker ist aus«, sagte Paulig zu Elisabeth Taube, »wollen Sie Milch rein?«

»Nein danke«, sagte sie und nahm die Tasse in beide Hände.

Auf seinem Schreibtisch stand ein kleines Plastikfläschchen mit H-Milch, und Paulig goß eine ordentliche Menge davon in den Kaffee. Er trank und blieb vor dem Schreibtisch stehen.

Zum erstenmal nahm Elisabeth ihn richtig wahr: ein kleiner drahtiger Mann mit einem Schmiß auf der linken Wange. Er hatte braune wache Augen und buschige Brauen, von denen dünne Häarchen abstanden. Bekleidet war er mit einer grauen, karierten Hose, einem weißen Hemd und einem dunkelblauen Sakko. Auf Elisabeth wirkte er gleichzeitig vertrauenerweckend und unberechenbar; aus einem unbestimmten Grund fürchtete sie seine Fragen, und sie hatte den Eindruck, er glaube ihr nicht und sie müsse sich vor ihm rechtfertigen. Außerdem wurde sie den Verdacht nicht los, er verheimliche ihr etwas – etwas Unangenehmes, etwas Furchtbares.

»Herr Kommissar?« sagte sie. Sein Name war ihr entfallen.

»Bitte?« sagte er und blickte ihr direkt in die Augen.

»Was ist mit meinem Sohn? Bitte sagen Sie mir die Wahrheit, ich … ich werd's schon ertragen, bitte …«

»Es gibt keinen Grund zur Panik, Frau Taube. Möglicherweise ist Ihr Sohn gesehen worden und …«

»Von wem gesehen? Und wo?« unterbrach sie ihn, und ihre Hände umklammerten die Kaffeetasse.

»Von meinen Kollegen. Aber vielleicht war es auch jemand anderes. Ihr Sohn hat schwarze lange Haare, die zu einem Zopf geflochten sind.«

»Ja.«

Sie sah ihn an wie den Weihnachtsmann, der die frohe Kunde überbrachte.

»Und er trug Jeans, Springerstiefel und einen Parka.«

»Ja, er … er hatte manchmal diese Sachen an, so … so einen Militärparka, ich finde den schrecklich, so martialisch, und diese Stiefel, na ja, er hat sie sich selber gekauft, von seinem eigenen Geld …«

»Woher wissen Sie, daß er die Sachen anhat, wenn sie ihn nicht weggehen sahen?«

»Bitte? Ja, ich … ich hab in seinem Schrank nachgesehen …«

Sie starrte den Tisch an. Es war ihr unangenehm, das zuzugeben. Sie gehörte nicht zu den Müttern, die ihren Kindern nachschnüffeln und in deren Schränken und Verstecken stöbern. Ihren Kindern …

»Wie alt ist Ihr Sohn, Frau Taube?«

»Er … er ist siebzehn, in sechs, in sieben Monaten wird er achtzehn, er … er …«

»Ja?«

»Eigentlich ist er nicht mein richtiger Sohn, wir, also mein Mann, sein Vater, war schon einmal verheiratet, aber seine Frau starb, als Benjamin vier Jahre alt war. Gottfried, mein Mann, und ich, wir lernten uns auf einem Seminar kennen, ich bin auch Lehrerin so wie er, das heißt, er ist inzwischen Direktor, und ich arbeite nur noch halbtags, ich male sehr viel, ich brauch auch Zeit für mich, und für Benjamin, er, er ist sehr sensibel, und er … er spielt sehr viel Klavier, weil … »

Sie sah Paulig an, der unbewegt vor seinem Schreibtisch stand. Er mußte aufpassen, daß seine Gedanken nicht abschweiften und ihn nicht in die Irre führten, in die Katakomben seiner eigenen Welt, der Welt von ihm und Jana …

»Benjamin ist hochbegabt, er könnte ein großer Musiker werden, wenn ... wenn er sich mehr Mühe gäbe ...«

»Aber er hat keine Lust zu üben«, sagte Paulig, und es klang kälter, als er es beabsichtigt hatte.

»Nein, er ... er hat keine Lust. Für die Schule auch nicht, er will einfach nicht lernen, dabei ist er so begabt, und wir helfen ihm, wo wir können, mein Mann und ich. Aber es gibt Fächer, von denen will er partout nichts wissen ...«

»Welche?«

»Chemie zum Beispiel, oder Mathematik ... oder Französisch. Es ist doch so wichtig heutzutage, daß man Sprachen lernt, daß man überhaupt etwas lernt, Wissen ist Macht.«

Sie trank ihren Kaffee und zündete sich eine Zigarette an.

»Hat Ihr Sohn Freunde hier in München, oder in einer anderen Stadt?«

»Nein«, sagte sie sofort.

»Vielleicht eine Freundin?«

Sie schüttelte den Kopf.

»Benjamin hat keine Freundin. Er hatte mal eine, aber das dauerte nicht lange. Ich weiß nicht, was passiert ist.«

»Kannten Sie das Mädchen?«

»Flüchtig. Sie war ein- oder zweimal bei uns. Sehr adrett. Hübsches Gesicht, blond, die Tochter eines Ingenieurs. Sie spielte Geige, ich glaube, sie hätte gern zusammen mit Benjamin musiziert, aber er wollte nicht.«

»War es Ihre Idee, daß er Klavier lernt?«

Irgend etwas an dieser Frage gefiel ihr nicht. Sie wollte jetzt endlich wissen, warum er ihr all diese Fragen über ihr Familienleben stellte und warum er dauernd so tat, als habe sie Mitschuld am Verschwinden ihres Sohnes. Und das hatte sie nicht! Definitiv hatte sie das nicht, wieso auch? Benjamin bekam alles, was er wollte, er hatte seine Freiheit, und niemand redete ihm drein. Wieso saß sie jetzt hier wie bei einer Prüfung, wie bei einem Verhör?

»Herr ... ich habe Ihren Namen vergessen«, sagte sie, und ihr Tonfall veränderte sich. Damit hatte Paulig gerechnet. Deswegen war er stehengeblieben und hatte sich nicht wieder hingesetzt: damit sie nicht meinte, sie könne ein vertrauliches Spiel mit ihm treiben und ihm die arme verlassene Mutter vorspielen, die in ihrer Erziehung immer alles richtig machte und nun bitter enttäuscht worden war. Eines der größten Irrtümer vieler Eltern war, daß sie glaubten, ihre Kinder wären ihr Eigentum, und solange diese sich entsprechend verhielten, wären sie gute Kinder; begannen sie jedoch zu rebellieren und sich als ihr eigenes Eigentum zu begreifen, das niemandem außer ihnen selbst gehörte, reagierten die Eltern mit Unverständnis, Wut und oft mit Gewalt, manchmal getarnt als überfürsorgliche Zuneigung. In seiner Zeit als Leiter der Vermißtenstelle hatte Paulig gelernt, daß viele Kinder, die von zu Hause weglaufen, nicht aus Trotz oder Provokation handeln, sondern weil sie sich in all dem Wohlstand und der bürgerlichen Perfektion ihrer Eltern verloren und einsam fühlen; weil sie die verordneten Annehmlichkeiten, das üppige Taschengeld, die Tennisstunden, der Klavierunterricht, die Markenkleidung, die Stereoanlage überfordern und ihnen nichts bedeuten angesichts der Kommunikationslosigkeit und Lieblosigkeit um sie herum.

»Herr Paulig«, begann sie, nachdem er seinen Namen wiederholt hatte. »Ich weiß nicht, warum Sie ...«

Das Telefon klingelte.
»Einen Moment bitte.«
Paulig drehte sich zum Schreibtisch und nahm den Hörer ab.
»Ja.« Er hörte zu. »Wo? Gut, sag ihnen, sie sollen Abstand halten. Ich komm hin. Ja, ich fahr bei dir mit. Was Neues auf der Maximilianstraße? Ja ... was will der da? Wenn er meint. Also ... was denn noch? Wo? Im Englischen Garten ... habt ihr den schwarzen Mercedes untersucht ... interessant ... sehr gut. Servus.«
Er legte auf und wandte sich Elisabeth zu.
»Was ist?« fragte sie. »Haben Sie meinen Sohn gefunden?«
»Wir haben einen jungen Mann beobachtet, auf den die Beschreibung passen könnte.«
»Ja, wo denn? Jetzt sagen Sie mir endlich, was Sie wissen! Sonst ruf ich unseren Rechtsanwalt an! Ich hab schon die ganze Zeit das Gefühl, daß Sie mir nicht die Wahrheit sagen.«
»Bitte, Frau Taube, Sie tauchen hier mitten in der Nacht auf und behaupten, Ihrem Sohn wäre etwas zugestoßen. Aber es gibt keinen Anhaltspunkt dafür, keinen einzigen. Ich versuche, Ihnen zu helfen ...«
»Warum wollten Sie mich so schnell sehen? Wenn es angeblich nur um eine Vermißtensache geht? Hm? Warum, Herr Paulig?«
Eine gute Frage, und Paulig war froh, daß sie sie erst jetzt stellte. Bisher war sie davon ausgegangen, daß sie aufgrund ihres fulminanten Auftretens den Polizeiapparat in Gang gesetzt hatte. Und nun dämmerte es ihr, daß wohl noch mehr dahintersteckte und sie deshalb so bevorzugt behandelt wurde.
»Ist ... ist Benjamin was zugestoßen?«
Steif und verkrampft saß sie auf ihrem Stuhl vor dem Fenster und ließ Paulig nicht aus den Augen.

»Nein. Außerdem ist es noch nicht erwiesen, daß es sich bei dem Jungen tatsächlich um Benjamin handelt.«

»Ist der Junge tot?«

»Nein.«

Sie musterte ihn. Er wußte warum: log er sie an oder nicht?

»Ich fahr mit einem Kollegen hin, und dann wissen wir mehr«, sagte er und holte einen Schlüssel aus seiner Hose.

»Ich komm mit«, sagte Elisabeth und stand auf.

»Sie warten bitte hier auf mich«, sagte er.

Er ging zu einem Aktenschrank, schob die Holztür auf und beugte sich hinunter.

Sie konnte nicht sehen, was er tat, und kam um den Tisch herum. Blieb aber dort stehen.

Er öffnete einen Safe und holte sein Pistolenhalfter heraus. Sperrte den Safe ab, schob die Schranktür zu und steckte den Schlüssel ein. Dann zog er sein Jackett aus und schnallte sich das Halfter um, in dem seine Dienstwaffe steckte. Elisabeth schaute ihm reglos zu, und das Herz klopfte ihr bis zum Hals.

Er zog sein Jackett wieder an und kam auf sie zu.

»Ein Kollege bleibt bei Ihnen, Frau Taube. Machen Sie sich keine Sorgen, ich rufe hier an, sobald ich was Genaues weiß. Das versprech ich Ihnen.«

»Ich komm mit«, sagte sie und stellte sich ihm in den Weg.

»Bitte, Frau Taube«, sagte er.

»Ich setz mich hinten in ihr Auto und sag kein Wort. Ich muß meinen Sohn sehen, ich kann ihn doch ... doch identifizieren ...«

»Das ist zu gefährlich«, sagte er und wußte augenblicklich, daß er sich mit dieser Formulierung in die Falle manövriert hatte.

»Wieso? Wieso ist das zu gefährlich? Was geht da vor sich? Bitte sagen Sie mir jetzt, was da los ist?«

Jemand klopfte. Wiedemann öffnete die Tür. Überrascht sah er Elisabeth an und warf Paulig einen schnellen, fragenden Blick zu.

»Ich will wissen, was mit dem Jungen los ist, den Sie beobachtet haben«, sagte sie.

»Er ist möglicherweise in ein Verbrechen verwikkelt«, sagte Paulig.

»Wir müssen los«, sagte Wiedemann.

»Ich komm mit«, sagte sie wieder und drängte sich an Wiedemann vorbei ins Vorzimmer. Als sie die telefonierenden Männer und die Hektik auf dem Flur bemerkte, hielt sie inne und drehte sich um.

»Was für ein Verbrechen, Herr Paulig?« fragte sie.

»Bitte, Frau Taube ...« Ein neuer Versuch – zum Scheitern verurteilt.

»Nein!« sagte sie laut, und die Männer an den Telefonen sahen zu ihr hin.

Wiedemann sah Paulig an und schüttelte den Kopf.

»Sie müssen mich mitnehmen«, sagte sie, »ich bin die einzige, die Benjamin identifizieren kann.«

Paulig beobachtete sie – sie schien nicht bemerkt zu haben, daß sie zum zweiten Mal eine Formulierung gebraucht hatte, die man normalerweise auf dem Weg in die Gerichtsmedizin benutzte.

»Unmöglich«, sagte Wiedemann leise.

An der Tür zum Flur blieb sie stehen und blickte zu den beiden Männern vor der Zwischentür.

»Wir machen eine Ausnahme«, sagte Paulig. »Sie sehen sich den Jungen an, aber Sie werden nicht mit ihm sprechen. Wir werden ihn aus der Distanz beobachten, und ich möchte nicht, daß Sie sich irgendwie einmischen.«

»Ich möchte meinen Mann anrufen«, sagte sie plötzlich.

»Warum?« fragte Paulig.

»Ich möchte ihm sagen, daß ich zu Benjamin fahre.«

»Das werden Sie nicht tun, Sie können ihn anrufen, wenn Sie ihn gesehen haben. Falls es Ihr Sohn ist.«

Im Faxgerät stapelten sich Nachrichten, und ein junger Beamter kam ins Zimmer, nahm die weißen Blätter aus der Ablage und überflog sie.

»Große Scheiße«, brummte Wiedemann.

Paulig schloß die Tür zu seinem Büro und nahm seinen braunen Mantel vom Garderobenständer.

Im Zimmer hing eine Dunstglocke aus Zigarettenrauch, und die Schreibtische waren übersät von Stadtplänen, karierten Schreibblöcken und Filzstiften in allen Farben.

Irgendwo nebenan klingelten mehrere Telefone gleichzeitig.

»Vamos«, sagte Paulig, ging an Elisabeth vorbei und hielt ihr die Glastür zum Treppenhaus auf. Sie folgte ihm eilig, während Wiedemann erneut den Kopf schüttelte über die Entscheidung seines Chefs.

2. Kapitel

Von der Bayerstraße fuhren sie über den Stachus und den Maximiliansplatz in Richtung Oskar-von-Miller-Ring. Das Pärchen war von Streifenbeamten in der Liebigstraße im Stadtteil Lehel gesehen worden, und sie mußten einen Umweg über die Prinzregentenstraße nehmen, da der gesamte Bereich um die Maximilianstraße abgesperrt worden war. Überall standen Polizisten und leiteten den Verkehr um. Sofern überhaupt Verkehr stattfand. Die Stadt lag still im Schlaf, und es waren nur wenige Autos unterwegs.

Es fing an zu schneien. Winzige Flocken schwebten zur Erde, wie ausgestanzte Papierringe. Die Sterne waren hinter hellen Wolken verschwunden, und ein eisiger Wind wehte. Das ewige Feuer am Mahnmal der Opfer des Nationalsozialismus flackerte heftig, und der Platz rund herum war menschenleer.

Heute war Heiliger Abend, und wenn in ungefähr fünf Stunden die Redaktionen der Tageszeitungen und Radiostationen den Dienst aufnehmen würden, dann war es vorbei mit der friedlichen Stimmung; die ersten Meldungen liefen bereits über den Ticker, und wenn sich herausstellen sollte, daß in die vier Mordfälle ein junges Paar verwickelt war, würde es vor Journalisten hier nur so wimmeln. Frohe Weihnachten, Hubert, sagte sich Paulig im stillen, als sie durch die verlassene Stadt fuhren. Hubert Abendt war der Pressesprecher der Kripo, und die ruhige Zeit zwischen den Jahren war für ihn diesmal gestrichen. Wie für das gesamte Dezernat.

»Wo fahren wir hin?« fragte Elisabeth Taube. Sie

saß auf dem Rücksitz, hinter Paulig, und klammerte sich an die Lehne.

»Wir sind gleich da«, sagte Paulig.

Der altgediente grüne BMW, ein Zivilfahrzeug, sauste über die leeren Straßen, Schnee spritzte auf, und in den Kurven schlingerte er ein wenig. An den Fahrkünsten von Georg Wiedemann gab es nichts zu mäkeln, bei normalen Witterungsverhältnissen schaffte er die Strecke Hauptbahnhof–Grünwald, immerhin fünfzehn Kilometer quer durch die Stadt, in fünfzehn Minuten.

Sie fuhren ohne Blaulicht und Martinshorn.

Die Heizung funktionierte nicht richtig, aber keinem der Insassen machte das etwas aus.

Angestrengt und nervös sah Elisabeth Taube zu den Fenstern hinaus, ständig hin und her zwischen Seitenfenster und Windschutzscheibe, und Paulig konzentrierte sich auf die Straße, als wäre er selbst der Fahrer.

Von der Prinzregentenstraße bogen sie rechts in die Wagmüllerstraße ab, überquerten die Liebigstraße und hielten am Thierschplatz an.

Kein Mensch war unterwegs, kein Auto. Hinter einem Fenster brannte Licht.

»Sie warten hier«, sagte Paulig und stieg aus.

»Ich komm mit«, sagte Elisabeth und wollte die Tür öffnen. Aber Paulig hielt die Tür von außen zu.

»Bitte bleiben Sie da«, sagte Wiedemann. »Er kommt gleich zurück.«

Unwillig ließ sie den Türgriff los.

Paulig schlug den Kragen seines Mantels hoch und ging in Richtung St. Anna Kirche. Nach der Mitteilung seines Kollegen von der Streife war das junge Paar die Liebigstraße mehrmals auf und ab gegangen, offensichtlich hatten sie sich verlaufen. Der Junge hatte einen Seesack bei sich. Die beiden gingen Hand in Hand, das hatte der Kollege ausdrücklich bemerkt. Wenn sie tatsächlich den schwarzen Mercedes benutzt hatten, der im Englischen Garten verunglückt war, dann könnte es gut sein, daß sie auf ihrer Flucht die Orientierung verloren hatten und schließlich hier im Lehel gelandet waren. Aber wohin wollten sie ursprünglich? Oder wollten sie hierher? Jemanden besuchen? Wer war das Mädchen?

Hinter einer schneebedeckten Mauer hörte er ein Geräusch. Er blieb stehen und horchte. Ein leises Scharren. Vorsichtig, damit seine Schuhe auf dem Eis nicht knirschten, näherte er sich der Mauer.

Er hatte sie fast erreicht, als er ein Miauen hörte, und eine Katze sprang, weiß von Schnee, auf die Straße und rannte davon.

»Typisch«, sagte er.

Ein Auto kam hinter ihm her: der dunkelgrüne BMW. Wiedemann gab ihm hinter dem Lenkrad ein Zeichen, und er stieg ein.

»Die Kollegen haben angerufen«, sagte Wiedemann. »Die beiden drücken sich bei der Regierung von Oberbayern rum. Sie trauen sich nicht mehr raus. Da ist ja alles abgesperrt wegen der Demonstration.«

»Was für eine Demonstration?« fragte Elisabeth.

»Hören Sie keine Nachrichten?« sagte Paulig, während Wiedemann den Wagen zum östlichen Ausläufer der Maximilianstraße steuerte. »Die Obdachlosen protestieren gegen die Geschäftsleute auf der Maximilianstraße. Und gegen die Wachdienste. Und überhaupt …«

Er wußte es auch nicht. Und verstand es trotzdem. In dieser Stadt lebten sechshundert Menschen auf der Straße, denen es verboten war, sich in den Untergeschossen aufzuhalten oder vor bestimmten Läden zu betteln. Die Sozialdienste waren überfordert und bekamen immer weniger Zuschüsse, die Stadt hatte angeblich keine Wohnungen frei, und die Polizei knüppelte die Penner zusammen, wenn sie nicht parierten. So stand es in regelmäßigen Abständen in den Zeitungen, und es war genauso wahr wie unwahr. Und der strenge Winter heuer hatte dazu geführt, daß die Obdachlosen von ihren Brücken, unter denen sie normalerweise hausten, in die Innenstadt zogen, um sich dort, in den U-Bahnschächten, Unterführungen, Kaufhäusern und Bahnhöfen zu wärmen. Doch die Geschäftsleute waren die ersten, die sie verjagten, und bald fingen auch Passanten an, die Bettler zu beschimpfen, zu bespucken und von den Eingängen wegzuzerren. Es kam zu Schlägereien und Tumulten, bei denen auch Messer und Gummiknüppel benutzt wurden, und die Polizei war in jedem Fall der Buhmann.

»Da vorn sind sie!«

Wiedemann zeigte in Richtung des langgezogenen Verwaltungsgebäudes. In einer Durchfahrt waren zwei Gestalten zu erkennen, die sich eng aneinander schmiegten.

»Fahren Sie doch weiter«, drängte Elisabeth und beugte sich nach vorn.

An der Ecke Gewürzmühlstraße, direkt vor dem *Wienerwald*, schaltete Wiedemann den Motor ab und die Scheinwerfer aus.

»Was soll denn das? Ich kann überhaupt nichts sehen. Bitte ...«

Paulig holte aus dem Handschuhfach ein Fernglas und hielt es sich vor die Augen.

»Und? Was sehen Sie? Darf ich auch mal durchschauen?«

Paulig ließ sich Zeit, dann reichte er Elisabeth das Fernglas. Sie verstellte die Schärfe, bewegte es hin und her, und dann hatte sie die beiden im Blick. Sie erschrak und setzte das Fernglas ab.

»Aber ... aber ...«

Sie schaute wieder durch und konnte nicht fassen, was sie sah.

»Aber ... aber ...«, sagte sie wieder, ohne das Glas runterzunehmen, »er, er hat ja eine Glatze ...«

Paulig und Wiedemann sahen sich an.

»Ist das Ihr Sohn?« fragte Paulig.

Zuerst sagte sie nichts. Dann senkte sie die Arme und starrte vor sich hin.

»Er hat sich die Haare abgeschnitten ... er hat eine Glatze ... und ...«

»Ist das Ihr Sohn Benjamin?« fragte Paulig noch einmal.

»Ja, ja, das ist er. Wer ist das Mädchen?«

Sie sah Paulig an, und sie hatte wieder den traurigen Gesichtsausdruck, den er schon im Büro an ihr gesehen hatte.

»Sie kennen sie nicht?«

»Nein, Sie etwa?«

»Nein«, sagte er.

Dann schwiegen sie. Behielten die beiden im Auge, die in der Einfahrt standen und nicht wußten, wohin sie gehen sollten.

Aus einer Seitenstraße kam ein Taxi und überholte den BMW. Das gelbe Schild auf dem Dach leuchtete. Das Taxi fuhr zur Durchfahrt des Regierungsgebäudes.

»Ich will zu meinem Sohn«, sagte Elisabeth.

»Wir müssen noch warten.«

»Warum denn?«

»Wir ermitteln in vier Mordfällen, und wir wissen noch nicht, inwieweit Ihr Sohn und das Mädchen darin verwickelt sind.«

»Ich will sofort meinen Mann anrufen!«

Wiedemann seufzte und reichte ihr das Handy.

Sie tippte die Nummer ein und wartete. Klopfte mit der Faust auf die Rückenlehne des Fahrersitzes.

»Schatz? Ich bin's … ja, wir … wir haben Benjamin gefunden, er steht vor mir … nein, nicht direkt, ich meine, er ist … ist …« Sie hielt das Handy vom Ohr weg. »Wo sind wir hier?«

»Nähe Maximilianstraße«, sagte Wiedemann tonlos.

»Hast du gehört? Ja, ich bin in einem Polizeiauto … nein, sie lassen mich nicht zu ihm … was? Ja …«

Sie hielt Paulig das Handy hin.

»Mein Mann will Sie sprechen.«

Paulig nahm das Telefon.

»Paulig … nein, wir ermitteln noch … bitte mischen Sie sich nicht in unsere Arbeit, Herr Taube … ja, rufen Sie ihn an, wenn Sie wollen, haben Sie seine Nummer? Er dürfte schon wach sein, wir haben bereits mit ihm telefoniert, ja, Paulig ist mein Name, Franz Paulig, Kriminaloberrat, schönen Gruß an den Herrn Staatsanwalt …«

Er gab das Handy wieder nach hinten.

»Schatz? Ja, wenn du meinst … ich bleibe hier, vielleicht ruft Benjamin dich ja doch noch an, ja, bis später …«

Sie gab Wiedemann das Handy, und er schaltete es ab.

»Warum haben Sie Ihrem Mann nicht gesagt, daß sich Ihr Sohn eine Glatze schneiden ließ?« fragte Paulig.

»Das ist jetzt nicht so wichtig!« sagte sie patzig.

»Scheint mir aber nicht so«, sagte Paulig.

»Sieh dir das an«, sagte Wiedemann.

Das Taxi hatte angehalten, Bacio verhandelte mit dem Fahrer durch das offene Fenster.

»Bleiben wir dran?« fragte Wiedemann.

»Ja«, sagte Paulig.

Bacio warf den Seesack auf den Rücksitz und stieg vorne ein, während Frettchen sich nach hinten setzte. Das Taxi fuhr los.

»Um Gottes Willen, was machen die denn jetzt? Wo fahren die hin?«

Elisabeth rutschte auf der Rückbank hin und her. Allmählich schlug ihre Nervosität in Hysterie um.

»Wir fahren hinterher, und ich bitte Sie, Ruhe zu bewahren«, sagte Paulig und griff zum Telefon.

Elisabeth trommelte mit den Fäusten auf ihre Oberschenkel.

Das Taxi war verschwunden.

»Roland 1 an Zentrale«, sagte Paulig ins Telefon, »verfolgen Taxi mit der Autonummer M – EC 4324. Gesuchte Personen im Taxi. Kein Zugriff, falls einer der Kollegen das Taxi sieht. Weitere Anweisungen abwarten. Ende.«

Sie erreichten den Platz am Ende der St. Anna-Straße. Das Taxi, ein beigefarbener Audi, näherte sich zweihundert Meter entfernt der Kreuzung Thomas-Wimmer-Ring, und der BMW fuhr hinterher.

»Warum halten Sie das Auto nicht an und holen meinen Sohn da raus?«

Elisabeth sprach so nah in Pauligs Ohr, daß er zusammenzuckte.

»Seien Sie ruhig jetzt!« fuhr er sie an.

An der Kreuzung sperrten drei Streifenwagen die Maximilianstraße Richtung Oper ab. Dahinter standen die Demonstranten mit Kerzen und Fackeln in den Händen und ihnen gegenüber die rotgekleideten Wachmänner mit ihren roten Baretten sowie die Polizisten mit Helmen und in grünen Uniformen.

Seit mehr als vier Stunden standen Polizei und Wachmannschaften auf der Maximilianstraße, und niemand hatte es bislang gewagt, die Bettler zu vertreiben, die sich nicht von der Stelle bewegten, als wären sie festgefroren; einige von ihnen sahen aus, als wären sie tatsächlich vereist.

Es herrschte eine Stille, die jeden Moment zu explodieren schien.

Plötzlich ertönte eine Stimme durch ein Megaphon.

»Meine Damen und Herren, bitte hören Sie mir zu …«

Die Stimme war laut und schnarrend, und sie kam von irgendwo oberhalb der Menge. Einige erschraken dermaßen, daß sie erst mal einen kräftigen Schluck brauchten.

Und dann sahen sie es: Im ersten Stock des Hotels *Vier Jahreszeiten* waren die Fenster hell erleuchtet, und in einem stand ein Mann mit einem Megaphon: Oberbürgermeister Ludwig Neuner. Hinter ihm standen zwei weitere Männer.

»Meine Damen und Herren …«, wiederholte er, »mein Name ist Ludwig Neuner, ich bin der Oberbürgermeister von München …«

Niemand applaudierte.

»Ich weiß, Sie alle harren hier seit Stunden aus, und ich weiß auch, wie schwer das für Sie sein muß. Ich bitte Sie: beenden Sie diese Demonstration, bevor Schlimmeres passiert …«

Er hielt inne, um eine Reaktion abzuwarten. Doch nichts geschah. Absolut nichts. Niemand sagte ein Wort. Niemand machte ein Geräusch. Die Obdachlosen blickten starr zu den in gelbes Licht getauchten Fenstern hinauf; die Polizisten, die hinter den Demonstranten standen, rührten sich nicht, und die Wachmänner ließen die Bettler keine Sekunde aus den Augen. Ihnen allen hatte eine Ansprache gerade noch gefehlt.

»Ich bin gekommen, um Ihnen zu sagen, daß die Stadt München in einer Sondersitzung heute vormittag beschlossen hat, einige U-Bahnhöfe über Nacht offen zu halten, damit sich Menschen, die kein Zuhause haben, dort aufwärmen können; allerdings bitte ich Sie, bei Beginn des Fahrbetriebs die Bahnsteige wieder zu verlassen.«

»Um fünf fahrn die ersten Züge, das isja 'n Witz!« schrie einer der Männer.

»Ich denke«, sagte Neuner, »daß dies ein erster Schritt ist, weitere werden folgen, zum Beispiel werde ich noch heute mit allen Geschäftsleuten hier in dieser Straße sprechen und sie bitten, auf keinen Fall Gewalt anzuwenden, wenn es zu Störungen des Geschäftsbetriebs kommt.«

Spärlicher Beifall erklang.

»Ich verspreche Ihnen, die Stadt wird sich Ihrer Belange annehmen, und wir werden dafür sorgen, daß Sie, Sie alle diesen Winter gut überstehen. Niemand in dieser Stadt ...« Seine Stimme wurde noch lauter und schnarrender. » ...braucht zu hungern und zu frieren, es ist unsere Pflicht, dies zu garantieren, und das tue ich hiermit. Ich bitte Sie, gehen Sie nach Hause ...«

Für einen Moment stockte er, vermutlich, weil ihm klargeworden war, daß Obdachlose nicht nach Hause gehen können, weil sie kein Zuhause haben.

»... An der Theatinerkirche warten die Helfer der Sozialdienste auf Sie, es gibt zu essen und zu trinken für alle ...«

Müder Applaus, hämische Bravo-Rufe, Gelächter.

»Bitte, meine Damen und Herren, bitte lassen Sie uns diese im übrigen nicht genehmigte Demonstration in Ruhe beenden ...«

Zwei Männer bahnten sich einen Weg durch die Menge, wurden angerempelt, taumelten, hielten sich gegenseitig fest.

»He, ihr Schisser, abhauen gilt nicht, verstanden?«

Sie wollten bloß weg hier. Achteten auf niemand. Der eine von beiden, der mit der Knollennase, die rot war wie eine Tomate, bekam keine Luft. Er zitterte, daß seine Arme zuckten, und seine Augenlider flakkerten wie die Kerzen, die die Frauen hochhielten. Mit ihren Ellbogen bahnten sie sich ihren Weg, soweit das in der Enge möglich war. Es roch nach Schweiß, Eiter und Alkohol, der Boden war übersät von schmutzigen prallgefüllten Plastiktaschen und Rucksäcken, einige hatten ihren gesamten Besitz mitgeschleppt, Geschirr, Kleider, Schlafsäcke, Zeitungsbündel. Keiner machte freiwillig Platz, die Kälte hatte sie aneinander geschweißt, und sie hatten vergessen, warum sie hergekommen waren, oder es interessierte sie nicht mehr, Hauptsache, sie konnten noch ein wenig bleiben, müßten keine Kraft vergeuden durch schweres Gehen, an Ort und Stelle bleiben, vereint, obwohl sie ansonsten wenig miteinander zu schaffen hatten und die meisten ihrer Kumpane von der Straße für gefährliche Räuber und Egoisten hielten, die ihnen ans Zeug wollten und sie austricksten, wo sie nur konnten; heute war eine Ausnahme, heute gehörten alle zusammen, und das war auch nicht gerade das Schlechteste, was man sich an Weihnachten vorstellen konnte. Außerdem würde es lustig sein zu sehen, wenn die Geschäfte öffneten und die ersten Kunden in ihren Pelzmänteln kamen, und sie wären immer noch da, mitten auf der Maximilianstraße, lauter zerlumpte Figuren, das wäre ein Spaß und eine Abwechslung.

»Mach Platz!« keuchte Lama und rumpelte mit seinem Freund durch die Reihen. Kochgeschirr klapperte, Flaschen klirrten, Schuhe scharrten über den harten Schnee.

Endlich erreichten sie das Ende des Pulks, doch da blockierten die Wachmänner das Durchkommen.

»Bitte schnell schnell ...«, lallte Lallinger, und sein Gesicht glühte rot. Der Wachmann schaute ihn nicht an.

»Meinem Freund ist schlecht«, sagte Lama, »der kann nicht mehr, der muß hier raus.«

Sie wollten sich vorbeidrängen, aber die beiden Wachmänner nahmen sie in die Zange. Sie wußten, daß sie von den Polizisten beobachtet wurden und trauten sich nicht, fester zuzupacken.

»B-bitte bitte ...«, stotterte Lallinger.

Da packte Lama seinen Freund am Kragen, hielt seinen Arm waagrecht vors Gesicht, um sich zu schützen, und schob Lallinger zwischen den Posten hindurch. Wie auf ein langerwartetes Zeichen hin drehten sich drei Wachmänner gleichzeitig um, zogen ihre Gummiknüppel aus dem Gürtel und schlugen mit voller Kraft zu. Lama, der den ersten Schlag abbekam, stürzte und riß Lallinger zu Boden. Die Knüppel sausten auf sie nieder, und sie versuchten verzweifelt, ihren Kopf abzudecken.

»He, was soll'n das, lassen'S die Männer in Ruhe!« rief ein Polizist. Und als die drei Wachmänner weiter zuschlugen, griffen die Polizisten ein.

In Sekundenschnelle kam Bewegung in die Menge. Die Wachmänner trampelten jeden nieder, der sich ihnen in den Weg stellte, egal ob Männer oder Frauen. Eine Gruppe von fünf Männern in langen speckigen Mänteln stürzte sich auf die Schläger, die Lallinger und Lama in der Mangel hatten, und es gelang ihnen, sie umzustoßen und ihnen die Knüppel aus der Hand zu reißen.

Lallinger kroch über den gefrorenen Schneeboden, und Lama rutschte hinter ihm her, immer näher zur Straße hin. Lallinger mußte sich übergeben, sein Kopf kippte zur Seite, er schnappte nach Luft und zitterte wie unter Stromstößen.

Jetzt hatte die eine Hälfte der Polizisten die etwa vierzig Wachmänner eingekreist, während die andere Hälfte versuchte, die Bettler in Schach zu halten, die ihre Sachen an sich rafften und in Panik aus dem Kreis ausbrechen wollten. Frauen kreischten, Männer schlugen sich gegenseitig die Fäuste ins Gesicht, einige lagen auf dem Boden, blutverschmiert, mit gebrochenen Knöcheln, weil andere über sie hinweggetrampelt waren.

»Bitte, ich bitte Sie …«

Im allgemeinen Tumult ging die Stimme von Ludwig Neuner vollkommen unter.

Der Kordon aus Polizisten schloß sich immer enger, und die drei Wachmänner, die als erste zugeschlagen hatten, waren wieder auf den Beinen und griffen nach ihren Pistolen. Die Bettler, die sie zunächst überrumpelt hatten, lagen ohnmächtig auf dem Boden.

Als einer der Obdachlosen, der beobachtet hatte, wie seine Kumpels mißhandelt wurden, auf die drei Wachmänner zustürzte, drückte der eine ohne Vorwarnung ab. Der Schuß krachte so laut und überraschend, daß alle Stimmen schlagartig verstummten. In der Brust getroffen, blieb der Mann mitten im Schritt stehen, blinzelte heftig und kippte um.

»Die Waffe runter! Nehmen Sie die Pistole runter!« rief ein junger Polizist.

Der Wachmann reagierte nicht.

»Die Waffe runter!« Der Polizist richtete seine Pistole auf ihn.

Eine Frau mit einer abgewetzten Lederkappe auf

dem Kopf kniete sich neben das Opfer. Der Mann starrte sie an. Zitternd öffnete er den Mund. Unter seinem Mantel floß Blut heraus und versickerte im Schnee. Die Frau beugte sich zu ihm hinunter, und Tränen flossen ihr über die geröteten, aufgedunsenen Wangen.

»Wastl, hörst mich, tust du mich hören?«

Sie legte die Hände an sein Gesicht, das kalt war und fremd, verunstaltet von Flecken und Abschürfungen, die er sich immer wieder aufgekratzt hatte und die nie verheilt waren. Sie kannte ihn seit sieben Jahren, und einmal hatten sie zusammen geschlafen, auf einer Parkbank im Luitpold Park, unglaublich raffiniert auf so engem Raum, und später hatte sie in der Josefskirche eine Kerze für ihn angezündet, damit er lange bei ihr blieb und wieder einmal, irgendwann, mit ihr in den Luitpold-Park gehen würde, so ganz ohne Absicht, wie damals, vor sieben Jahren, am Anfang. Am Anfang.

»Ich hör dich, Trudi«, sagte er leise.

»Ich hol gleich die Frau Doktor«, sagte sie, denn es gab eine Ärztin in der Stadt, die sich nur um die Armen kümmerte, um die Penner und Sandler, und die keine Angst vor ihnen hatte und ihnen Medikamente gab und gute Ratschläge, die was wert waren.

»Trudi ...«

»Ja, ja ...« Sie beugte sich so tief hinunter, daß ihr der Rücken wehtat, und das Herz, und das Genick.

»Ich muß jetzt sterben ...«

»Nein ...«, sagte sie, und ihre Finger krallten sich in sein Gesicht, und das wollte sie nicht, denn sie hatte spitze Fingernägel, schmutzige, ekelhafte. Aber sie gruben sich in seine Wangen wie von selber.

»Die Frau Doktor ist gleich da, Wastl«, sagte sie. Und alle, die um sie herumstanden, hörten ihr zu. Und es schneite.

»Das ... war ... schön mit uns ...« Wie eine Feder schwebte seine Stimme in ihr Ohr. »Du ... bist immer ... dageblieben und ... und ... nie weggegangen. Wa...arum ... warum nicht?«

Ihre Tränen landeten auf seiner breiten Nase, und da gehörten sie auch hin.

Seine linke Hand rutschte vom Mantel in den Schnee und bedeckte das Blut.

»Ich ... ich muß dir was sagen, Trudi, was ... was Geheimes ...«

»Was denn?« Auf der verrunzelten, ausgetrockneten Haut ihres Gesichts, das von allen Spiegeln der Stadt verachtet wurde, erblühte ein Lächeln.

»Du ... mußt näher herkommen ...«

Und sie beugte sich noch tiefer zu seinem Mund, und seine Bartstoppeln kitzelten sie, und die anderen sahen ihr zu, hörten aber das Geheimnis nicht.

»Trudi ...«

»Ja ...«

»Ich ... bin gar kein Bäckermeister, das ... hab ich nur so erzählt, weil ... weil du so gern Süßes magst, hast ...hast du doch erzählt, du hast ... hast so gern Süßes gegessen, jeden Morgen, als ... als du noch in ... in deinem Hotel warst, bevor es abgebrannt ist, was ... was Süßes ...«

Er krümmte sich vor Schmerzen, und seine Augen blickten sie starr an, schwarz wie Kohlen ohne Feuer.

»Ich ...«

»Pss ...«

»Nein, ich ... war nie ein Bäckermeister, ich ... ich war bloß ein Hilfs... Hilfsarbeiter, ich ... ich hab saubergemacht, und ... und die Bestellungen ausgefahren, und so ... und so Sachen. Aber ... aber es hat so gut gerochen, der ... der Kuchen, Scho... Schokoladenkuchen, und die frischen Brote ... und du hast so gern Süßes gegessen, und da wollt ich ... wollt ich ...«

»Ich hab dich lieb«, sagte sie. Und als gäbe es einen Zufall, landete eine Schneeflocke auf seiner Nase und schmolz nicht gleich, sondern glitzerte noch kurz.

»Ich ... ich wollt dir eine Freude machen ...«, sagte er, und seine Stimme verschwand wie der Schnee in seinen Haaren.

»Ja, Wastl, das weiß ich doch ... Und ich ... ich, ich muß dir auch was sagen, ich ... ich hab nie ein Hotel gehabt, ich ... ich war bloß ein Zimmermädchen, da drüben, im *Vier Jahreszeiten*, lauter schöne Menschen, und schöne Zimmer mit großen Spiegeln, und saubere Laken, und das leckere Essen, und die kostbaren Teppiche, ich hab da zwölf Stunden am Tag gearbeitet, das war schon hart, aber ich hab immer davon geträumt, daß ... daß ... ich ... ich wollt immer ein Hotel haben, eine Pension, eine kleine gute Pension, das war mein Traum, aber ... aber der hat sich nicht erfüllt. Ich hab nur so getan. Aber, weißt du, das macht nichts, das macht nichts, daß sich mein Traum nicht erfüllt hat, ich hab doch dich getroffen, dich, und das ist besser als ein Traum, weil ... weil du, du bist wirklich da ...«

Sein Kopf zuckte, seine Finger schmiegten sich in den Schnee, und seine Augen hörten auf, seine Süße zu sehen.

Einer, der Wastl hieß, war tot.

Und Trudi, die Traumlose, kniete neben ihm. Und alles und alle waren Wirklichkeit. Und sie hob den Kopf und sah einen rot gekleideten Mann, der seine Pistole einem grün gekleideten Mann gab; und sie drehte den Kopf und sah ein Taxi, das stehengeblieben war, und zwei Männer, die auf die Straße krochen; und sie senkte den Kopf und sah in ein graues Gesicht wie in einen Spiegel.

Und als gäbe es einen Zufall, spürte sie plötzlich einen Stich in der Brust und bekam keine Luft mehr, und sie legte sich auf die Seite neben Wastl, in ihren ausgebeulten, wetterfesten Mantel gehüllt, und streckte die Beine aus, endlich, und vergrub ihren Kopf in der Kuhle unter seinem Kinn. Und ihr Herz hörte einfach auf zu schlagen.

Und daran war niemand schuld.

»Wir fahren sofort hin!« sagte Paulig ins Telefon. »Organisieren Sie alle Notdienste, die Sie kriegen können!«

»Hörst du das?« rief Wiedemann und kurbelte das Fenster ganz runter.

Man hörte das Klirren von Fensterscheiben, Schreie und immer lauteres Klirren und Scheppern.

»Sie fahren sofort zurück ins Präsidium!« sagte Paulig zu Elisabeth, »ein Kollege wird Sie dort hinbringen. Haben Sie verstanden?«

»Nein!« kreischte sie. »Ich will zu meinem Sohn!«

Sie wollte die Tür aufmachen, aber Paulig war schneller. Bevor sie begriff, was er tat, klickten die Handschellen um ihr und sein Handgelenk. Jetzt kam sie ihm nicht mehr aus.

»Sind Sie verrückt? Lassen Sie mich los! Sie können mich doch nicht festhalten! Loslassen!«

Sie zerrte an den Handschellen, und die Kanten schnitten ihr ins Fleisch.

»Das tut weh!«

»Dann halten Sie still!«

Der BMW rollte über die Ringstraße auf einen Streifenwagen zu.

Der Tumult wurde heftiger. Obdachlose drangen in ein Modegschäft ein und warfen die Kleider in hohem Bogen auf die Straße, Alarmanlagen schrillten durch die Nacht, jede Minute kreischte irgendwo eine neue Sirene. Immer neue Streifenwagen mit Martinshorn und Blaulicht näherten sich der Kreuzung.

»Ich warne Sie, wenn Sie versuchen, uns bei der Arbeit zu behindern, laß ich Sie einsperren, darauf können Sie wetten, Frau Taube!«

Paulig zerrte sie aus dem Auto und führte sie zu einem Kollegen.

Hundert Meter entfernt stand immer noch das Taxi.

»Paß auf, paß auf die Straße auf«, keuchte Lama, der kein Gefühl mehr im Rücken hatte. An seinem Mantel war ein Knopf abgerissen, und seine Pudelmütze rutschte ihm dauernd über die Augen.

»Paß auf die Autos auf, paß auf, Lallinger ...«, rief er heiser und betrunken, und Lallinger kroch weiter auf das Taxi zu, wie ein Verdurstender auf eine Oase.

Die hintere Tür ging auf, und Frettchen stieg aus.

»Die zwei kenn ich«, rief sie Bacio zu, der im Wagen blieb, während sie mit einem Satz bei den beiden Männern war und sich zu ihnen hinunterbeugte. Die Männer röchelten.

»Kennst du mich noch?« fragte sie, und Lama stierte sie aus rotunterlaufenen Augen an.

»Ein Engel«, krächzte er.

»Ich bin kein Engel«, sagte sie, »ich heiß Frettchen, los, ihr kommt mit uns, schnell. Los!«

Sie zerrte Lama in die Höhe, wuchtete ihn zum Auto und schob ihn auf den Rücksitz.

Ein junger Polizist beobachtete sie, ratlos, unschlüssig, ob er eingreifen sollte oder nicht. An den Ausschreitungen war er nicht beteiligt, man hatte ihm gesagt, er solle niemanden durchlassen, das war alles.

Frettchen versuchte, Lallinger auf die Beine zu bringen, aber er flutschte ihr aus den Händen. Er stank, und an seinem Mantel klebte Erbrochenes. Frettchen wischte es mit Schnee ab und packte wieder seine Arme.

»Shit, Mann!« zischte sie.

Mit Müh und Not schaffte er es, einen Schritt zu machen.

Wie einen alten Sack schleifte sie ihn hinter sich her, bog seine Arme über ihre Schultern, und er folgte ihr trippelnd. In seinem Kopf herrschte grelles Chaos, tausend hohle Stimmen, krumme Beine, die nach ihm traten, Häuser, die wackelten, Gesichter, die ihn angafften, das übliche Delirium.

Mit dem Kopf voraus verfrachtete sie ihn ebenfalls auf die Rückbank, schlug die Tür zu und setzte sich vorne neben Bacio.

»Du spinnst wohl!« brüllte der Taxifahrer. »Bist du nicht ganz dicht? Schaff die Penner hier weg!«

»Fahren Sie doch erst mal weiter, bis die Polizei uns nicht mehr sieht. Bitte, das sind doch arme Schweine, die beiden da hinten.«

»Scheiß auf die armen Schweine! Kruzifix!«

»Bitte«, sagte Frettchen mit süßer Stimme. Bacio befürchtete wieder einmal das Schlimmste.

»So eine Scheiße! Wer seid ihr denn? Bonnie und Clyde?« Er griff zum Telefon und Frettchen schlug es ihm aus der Hand. Er grübelte noch, da blickte er in den Schalldämpfer einer Pistole.

»Quatschen verboten, kapiert? Also, ich bin Frettchen, du Wichser, das ist Bacio ...«

»Hi«, sagte Bacio. Er fühlte sich ein wenig eingeengt zwischen den beiden, aber er war bereit, die Situation zu meistern.

»Und wie heißt ihr?« fragte Frettchen nach hinten. »Hab eure Namen vergessen in der Aufregung.«

»Lama«, sagte Lama.

»Also, Wichser ...«, sagte sie zum Taxifahrer, »das ist Lama.«

»Lallinger«, lallte Lallinger vor sich hin.

»Und der andere ist Lallinger, wie du hörst. Und du, wer bist du?«

Sie zielte mit der Pistole auf sein rechtes Auge.

»Obacht, die Polizei«, sagte Bacio.

»So eine Scheiße!« schrie der Taxifahrer, ein achtundzwanzigjähriger Jurastudent, der seinen Eltern versprochen hatte, pünktlich zum Festessen zu Hause zu sein. Und nun hatte er Angst, nie mehr nach Hause zu kommen.

»Fahr einfach los«, sagte Frettchen.

»Hier stinkt's!« sagte der Fahrer und machte einen Spaltbreit das Fenster auf.

Da zuckte Bacio zusammen. Spinnte er jetzt? Hatte er schon Halluzinationen?

Jemand hatte seinen Namen gerufen! Da, er hörte es genau!

»Benjaamiiin!«

Er drehte sich um – und schaute direkt in das verheerende Gesicht von Franz Lallinger, der sich nach vorn gebeugt hatte und Bacio hochprozentigen Atem entgegenblies.

Bacio erschrak, dann schob er Lallingers Kopf beiseite und blickte durch die Heckscheibe. In der Entfernung, eingekeilt zwischen Streifenwagen und Grünen Minnas, aus denen ständig Polizisten mit Maschinenpistolen heraussprangen, sah er eine Frau in einer Lederjacke, die mit Handschellen gefesselt war. Kein Zweifel: die Frau war seine Stiefmutter!

»Das gibt's ja nicht!« stieß er hervor.

»Können wir endlich losfahren?« blaffte Frettchen den Fahrer an. »Ich weiß immer noch nicht, wie du heißt!«

»Wolfgang«, hauchte er.

»Wie? Hab ich nicht verstanden! Wie war das?«

»Gibt's ja nicht!« sagte Bacio und wandte sich wieder nach vorn.

»Was ist denn mit dir los?« fragte Frettchen.

»Da hinten ist meine Mutter.«

»Echt?«

Sie drehte sich ebenfalls um – und wieder war da Lallingers Katastrophenantlitz. Aber Frettchen erschrak nicht, sie grinste und drückte den Kopf wortlos zur Seite. Sie sah, wie die Frau in der Lederjacke in ein Polizeiauto geschoben wurde.

»Die ist ja gefesselt!« sagte sie, ohne sich umzudrehen.

»Das ist das einzig Gute daran«, sagte Bacio.

»Hört mal, ihr zwei ...«, hauchte Wolfgang.

»Halt die Klappe und fahr los!« schrie Frettchen. Sie schaute immer noch nach hinten, und als Lallingers Kopf wieder auf sie zukippte, hielt sie schnell die Hand hoch wie eine Wand, und seine Stirn klatschte dagegen.

»Die nehmen sie mit, isja 'n Ding, bist du sicher, daß das deine Mutter ist?«

»Meine Stiefmutter.«

»Was ist mit deiner richtigen Mutter?«

Sie sah, wie der Streifenwagen rückwärts rangierte, wendete und dann über die Kreuzung davonfuhr.

»Die ist tot«, sagte Bacio.

Wolfgang drehte den Zündschlüssel, der Motor heulte auf und starb ab.

»Was soll'n das?« schrie Frettchen Lallinger ins Ohr. Lama lehnte in der Ecke und schaute ins Leere.

Draußen, an der Stelle, wo der Streifenwagen mit Elisabeth Taube und zwei Beamten gerade abgefahren war, bereitete sich Wiedemann auf die Vernehmung des Todesschützen vor, der sich widerstandslos festnehmen ließ. Seine Hände steckten in Handschellen, und er wartete neben zwei Polizisten auf die weitere Prozedur. Sein Gesicht war ausdruckslos, und seine Kollegen, die bei ihm waren, hatten die Hände in die Hüften gestemmt. Wie Bodyguards, die einen Prominenten abschirmten.

Die beiden Toten lagen im Schnee und wurden von den Sanitätern untersucht.

Plötzlich gab es eine Stichflamme, dann einen lauten Schrei, und Paulig und Wiedemann sahen, wie im Feuerschein Kleidungsstücke durch die Luft segelten.

Die Obdachlosen stürmten einen Haute-Couture-Laden und schleuderten alles auf die Straße, was nicht niet- und nagelfest war. Und das war wenig. Gejohle und Gekreische erfüllte die Straße, und die Polizisten stürmten hinterher und versuchten, die aufgebrachte Meute auseinander zu treiben. Ausweglos.

Die Wut, die Müdigkeit und der Alkohol entfachten ungeahnte Kräfte, und in wenigen Minuten blieben von dem sorgfältig gestylten Geschäft nur noch ein Haufen Stoffetzen, zerschlagene Möbel, kaputte Glasscheiben und Vitrinen übrig. Nicht einmal für den Flohmarkt gäbe es noch etwas zu holen, alles war nur noch eine einzige Nutzlosigkeit im Wert von Hunderttausenden.

Löschfahrzeuge rückten an, doch das Feuer breitete sich nicht weiter aus, die Masse dämmte es ein, und nach und nach sackten die älteren Männer und Frauen in sich zusammen, hockten sich auf die Stufen, lehnten sich an die Heizungen und schliefen in Sekundenschnelle ein.

Auf der anderen Seite der Straße versuchte eine Handvoll Männer, die mit Schals und Mützen vermummt waren, bis zum Eingang des Hotels vorzudringen. Doch die Polizisten schoben sie zurück, und die Männer waren zu schwach, um sich zu wehren. Überhaupt verließen die meisten jetzt die Kräfte, das lange Herumstehen in der Kälte hatte sie mürbe gemacht; es war sowieso ein Wunder, daß sie solange ausgehalten hatten.

Oben, im zweiten Stock des Hotels, stand der Oberbürgermeister noch immer am Fenster und verfolgte das Geschehen. Ein paarmal hatte er das Megaphon an den Mund gesetzt, war aber davon abgekommen, noch etwas zu sagen. Es hätte ihm niemand zugehört. Und was hätte er jetzt noch sagen sollen? Meine Damen und Herren, bitte nehmen'S Vernunft an? Er fühlte sich fehl am Platz, und er empfand auch Verantwortung für das, was da unten geschah, wußte aber keinen Ausweg. Daß zwei Menschen gestorben waren, hatte er mitbekommen, und der Vorfall bedrückte ihn. Wer war schuld? Auf jeden Fall der Wachmann, der geschossen hatte. Dabei war es diesen Leuten ausdrücklich verboten, scharfe Munition zu verwenden. Es hätte niemals so weit kommen dürfen. Schon viel früher hätte die Polizei eingreifen und die ungenehmigte Demonstration auflösen müssen. Drei Stunden lang war nichts passiert! Niemand hatte gehandelt. Er auch nicht. Er machte sich Vorwürfe. Er liebte seine Stadt. Sein größter Kindheitswunsch war immer gewesen, Oberbürgermeister von München zu werden. Und er hatte es geschafft. In einem CSU-Land regierte er als Sozialdemokrat die Hauptstadt, und er war stolz darauf, kein abgehobener Politiker zu sein, der sich um die Belange seiner Wähler nur während der Wahlzeit kümmerte; er war immer zur Stelle, das ganze Jahr über, auch wenn keine Wahlzeit war, er schwebte nicht über der Wirklichkeit, sondern fühlte sich als Teil von ihr, Gestalter, Bewahrer und Wegbereiter in einer

Person. Und den obdachlosen Menschen da unten mußte geholfen werden, es gab eine Menge freistehender Wohnungen in der Stadt, und was die Kürzungen im Sozialhaushalt anbelangte, die seine Partei beschlossen hatte, so war in dieser Sache das letzte Wort noch nicht gesprochen, da war er sich in diesem Moment sicher. Notfalls müßte die Stadt die Beerdigung bezahlen, falls die Toten keine Angehörigen hatten. Alles würde sich regeln lassen. Heute war Weihnachten. »Aber auch wenn nicht Weihnachten wär, würd ich nicht anders handeln«, sagte Ludwig Neuner leise zu sich selbst.

»Hast du den Bürgermeister irgendwo gesehen?« fragte Wiedemann.

»Mir reicht, was ich sonst hier sehe«, sagte Paulig.

»Wer übernimmt die Beschattung unseres Liebespaares?«

»Ich.«

»Was?«

»Ich mach das selber.«

»Hast du sie nicht mehr alle? Seit wann machst du wieder Observierungen? Du mußt zurück ins Dezernat, irgend jemand muß sich um die Mutter kümmern. Und um die Presse. Der Hubert schafft das nicht alleine.«

»Ich mach es diesmal selber. Ich kann's dir nicht erklären. Ich möchte, daß die Observierung so niedrig wie möglich gefahren wird.«

»Was hast du denn vor?«

»Weiß ich noch nicht.«

Wiedemann verstand überhaupt nichts mehr. Nicht, daß er ein enger Freund seines Chefs gewesen wäre, doch immerhin kannten sie sich gut und hatten schon diverse Mordfälle gemeinsam bearbeitet und aufgeklärt. Gelegentlich spielten sie zusammen Minigolf, das einzige Hobby, das Paulig hatte, oder wenigstens das einzige, das im Dezernat bekannt war. Wieso machte er an einem Tag wie diesem, an dem vier Mordfälle anlagen, eine Observation auf eigene Faust? Noch dazu, da gar nicht feststand, ob die beiden Jugendlichen etwas mit den Verbrechen zu tun hatten. Warum mußte man sie überhaupt observieren und nahm sie nicht einfach zur Vernehmung mit? Was würden die Kollegen zu dieser ungewöhnlichen, möglicherweise sogar riskanten Aktion sagen? Und was der Ermittelnde Staatsanwalt?

»Ich muß mich beeilen, das Taxi fährt los!« sagte Paulig und sprang in den BMW. Er kurbelte das Fenster runter.

»Ich halt dich auf dem laufenden. In einer Stunde bin ich zurück.«

»Ich find das nicht in Ordnung, was du machst, Franz.«

»Sag dem Staatsanwalt, er soll sich noch etwas gedulden. Und sorg dafür, daß dieser Wachmann in U-Haft bleibt.«

»Ja ...«, sagte Wiedemann, immer noch perplex und beunruhigt.

Paulig wollte gerade losfahren, als das Taxi vor ihm wieder anhielt.

»Ich glaub, es ist besser, du steigst aus«, sagte Frettchen.

»Was? Wie bitte?«

»Hau ab!«

Sie hielt ihm die Pistole vors Gesicht. Vom Rücksitz kam ein keuchendes Schnarchen.

»Spinnst du?« sagte der Taxifahrer.

»Steig aus, sonst schieß ich«, sagte sie.

Er sah sie an. Bacio machte die Sicht frei und lehnte sich so weit zurück, wie es ging.

»Du kannst mir glauben«, sagte sie.

»Glaub ihr lieber«, sagte Lama von hinten.

Der Taxifahrer schaute nach hinten, überlegte, warf einen Blick auf die Pistole und langte unter den Sitz.

»Laß das!« sagte Frettchen.

Sie nahm seine Hand weg und tastete nach etwas. Sie holte ein schwarzes Portemonnaie hervor.

»Ist das dein Geld?«

»J-ja ...«

»Nimm's mit, und verpiß dich endlich!«

Sie knallte ihm den Geldbeutel gegen die Brust, und er umklammerte ihn mit beiden Händen.

»U-und das Auto?«

»Das brauchen wir jetzt. Und wenn wir's nicht mehr brauchen, kannst du es dir abholen.«

»Wo denn?«

»Du wirst es schon finden.«

Er zögerte, rieb sich die Nase mit dem Handrücken, schaute in den Rückspiegel und öffnete die Tür.

»Na endlich!«

Frettchen schubste ihn nach draußen. Um ein Haar wäre er ausgerutscht. Er hielt sich an der Tür fest, und Frettchen schlug sie zu.

Dann gab sie Gas, und der Audi sauste los.

»Superreifen«, sagte sie.

Sie stellte den Rückspiegel ein und sah einen dunkelgrünen BMW, der sie nicht weiter interessierte.

»Is aber nett, daß du uns mitnimmst«, krächzte Lama.

»Klar, so bin ich«, sagte sie und preschte wie immer bei Rot über die Kreuzung.

3. Kapitel

Seit einer Stunde fuhren sie südwärts. Kreuz und quer durch die mühsam erwachende Stadt. Vereiste Straßen, gesperrte Durchfahrten, Rutschpartien, bei denen die beiden Männer auf dem Rücksitz kräftig durchgeschüttelt wurden, Lallinger rülpste, daß alle im Auto erschraken, sogar Lama, der sämtliche Körperlaute seines Freundes in- und auswendig kannte. Bei diesem Rülpsen fielen die Fliegen tot von der Wand.

Wie ausgestorben lagen die Häuser im ersten bleichen Licht des Tages. Der Himmel war verhangen, aber es schneite nicht mehr. An manchen Fenstern blinkten Lichterkränze. Hinter den Gardinen war es dunkel. In der Ferne ertönte ein Martinshorn, verstummte, fing wieder an, abwechselnd Feuerwehr und Rotes Kreuz. Rund um die Maximilianstraße würde es noch Stunden dauern, bis der normale Betrieb wieder hergestellt war. Den Geschäftsleuten und Gastronomen in diesem Bereich entgingen riesige Umsätze. Heiligabend fiel diesmal auf einen Samstag, und Tausende von Kunden wollten ihre Lebensmittel für die Feiertage erst heute einkaufen; und das würden sie auch tun, aber sicherlich nicht in den Läden, die sich in der abgesperrten Zone befanden, dort, wo zwei Stadtstreicher gestorben waren.

Noch nie zuvor waren in München so viele Menschen an Weihnachten eines gewaltsamen Todes gestorben. Sieben bisher. Einer war noch nicht gefunden worden und lag im Keller seines Hauses in Giesing, an eine Werkbank gefesselt, bewacht von Mäusen und Ratten.

»O Gott o Gott!« schrie Lallinger und schreckte hoch. Und hustete bombastisch.

»Ich ich ich ich hab Hahahahalluzinationen, Halluzinationen, ich hab ein Tier gesehen, ein Tier, eine Ratte! O Gott!«

Er fuchtelte wild mit den Händen herum, als müßte er einen Bienenschwarm verscheuchen.

»Geh weg! Geh weg! Geh weg! Äääahh!«

»Beruhig dich doch«, sagte Lama und wollte seinen Freund festhalten, aber der stieß ihn von sich.

»Weg weg weg!«

Er keuchte und zitterte und drückte sich ängstlich in die Ecke.

»Ich ich ich muß was trinken, schnell was trinken, Lama, gib mir was zum Trinken, schick dich!«

»Ich hab nichts«, sagte Lama trocken, beugte sich vor und streckte seinen Arm aus. »Da vorn, da links ab, ganz sicher, links, dann kommen wir wieder auf die Wolfratshausener, ganz sicher, Frettchen ...«

»Du nervst, Mann! Ich hab gesagt, ich fahr euch nach Hause, und das war's dann! Und jetzt fahr ich durch die ganze Stadt wegen euch Penner! Shit! Penner!«

In ihrem Mundwinkel hing eine brennende Camel.

»Links ist richtig, ganz sicher, links, und dann gradeaus, kann gar nichts passieren. Is wirklich nett von dir«, sagte Lama.

»Da! Da ist die Ratte wieder, o Gott!« schrie Lallinger und duckte sich und machte die Augen fest zu. Das kümmerte Jonathan wenig. Er krabbelte über Lallingers Beine und setzte sich auf seine Schulter. Lallinger traute sich nicht zu atmen.

»Ist sie weg?« fragte er zittrig.

Lama drehte sich um, denn er hatte sich an den Vordersitz gelehnt, um Frettchen die Richtung zu zeigen.

»Sie sitzt auf deiner Schulter und will mit dir reden«, sagte er und wandte sich wieder nach vorn.

»Nein, nein ...« Lallinger hielt sich die Nase mit beiden Händen zu. Es war nicht klar, warum er das tat.

»Laß bloß meinen Jonathan in Ruhe!« rief Frettchen nach hinten und warf dabei einen Blick in den Rückspiegel. Kein Auto, nirgends. Dieser dunkelgrüne BMW war ihr merkwürdig vorgekommen. *Halluzinationen. Shit, Mann! Ich muß raus aus dieser Stadt. Alles umsonst. Werd ich das Zeug eben in Helsinki verkaufen. Sonia wird sich freuen. Alles Anfänger hier. Nie wieder München, so eine Scheiße!*

»Und wohin jetzt?«

Sie hielt an einer Kreuzung, kurbelte das Fenster runter und spuckte den Stumpen aus. Ließ das Fenster offen.

Lama hielt Ausschau.

»Wo sind wir? Ja, das ist die Wolfratshausener rechts, wir fahren links. Wir sind ganz schön im Kreis gefahren. Is nicht deine Schuld, Frettchen. Mir ist kalt.«

»Mir aber nicht. Wie lang lebst du eigentlich schon hier?«

»Schon immer.«

»Davon hab ich aber nichts gemerkt. Shit! Also links oder was?«

»Ja, und dann da gleich rechts den Berg runter, da unten ist der Tierpark.«

»Is mir doch egal. Ein Lama reicht mir!«

Lama grinste. Frettchen verzog keine Miene und kurbelte das Fenster hoch.

Sie legte den Gang ein und drückte voll aufs Gas. Der Wagen schoß auf die andere Straßenseite, krachte gegen einen Zaun und rutschte zurück auf die Fahrbahn. Lama flog nach hinten und landete genau auf Lallinger. Die Ratte sprang von seiner Schulter und versteckte sich unter dem Fahrersitz.

»Mist,verflucht!« sagte Bacio.

»Halt die Klappe!«

Jedesmal, wenn er etwas sagte, spürte sie diesen Druck im Magen, diesen Wärmeschauer, der ihren ganzen Körper erfaßte, bis hoch zum Mund. Und dabei sagte er nie was anderes als blödes Zeug, *totaler Schwachsinn,* sie hörte schon gar nicht mehr hin. Und hörte jede Silbe.

»Also da runter und dann? Und was dann?« brüllte sie.

Lama rappelte sich hoch, drapierte seinen Kumpel, der sich immer noch die Nase zuhielt und die Augen geschlossen hatte, in die Ecke und beugte sich ächzend nach vorn.

»Ja, und dann fahren wir über die Brücke, da rechts ist ein guter Kiosk ...«

»Is mir egal!«

»Hat ja eh jetzt zu. Und dann rechts halten und den Berg hoch, und dann sind wir gleich da.«

»Das hoff ich, sonst schmeiß ich euch nämlich raus, ihr Stinker! Mir reicht's jetzt nämlich!«

Lama zupfte Bacio am Parka.

»Sag mal, äh, Bacio ...«

»Was gibt's?«

»Stink – stink ich aus'm Mund?«

Bacio sah ihn an.

»Das wär mir sehr peinlich«, sagte Lama.

»Ob du aus dem Mund stinkst?«

Lama nickte vorsichtig. Bacio wandte sich ab.

»Du stinkst nicht aus dem Mund«, sagte er, ohne ihn anzusehen, »du stinkst aus dem Kopf!«

»Das ist gemein von dir.«

»Find ich auch«, sagte Frettchen.

Bacio schwieg. Verschränkte die Arme und blickte aus dem Seitenfenster. Im Gehege hinter dem Zaun waren keine Tiere zu sehen. Früher hatten ihn seine Eltern sonntags oft hierher geschleppt, zu den anderen tausend Kindern und Eltern. Giraffen anglotzen, Affen, und die dämlichen Nashörner. Wen interessierten die? Es waren ätzende Sonntage. Und er durfte nicht mal Pommes essen und Cola trinken wie die anderen Kinder; seine Stiefmutter hatte Vollkornkekse für ihn dabei, und Orangensaft, den sie zu Hause extra für ihn frisch gepreßt hatte. Schmeckte alles zum Kotzen. Extra für ihn! Gefragt hatte ihn niemand. Nie hatte ihn wer gefragt!

Er spuckte auf die Gummimatte zwischen seinen Beinen.

Frettchen warf ihm einen Blick zu.

»Is was?« sagte er.

Zwei Worte, zwei Magenschwinger. *O Mann! Languste, das glaubst du nicht!*

Mit brummendem Motor schleppte sich der Audi die verschneite kurvige Straße hinauf. An den kahlen knorrigen Bäumen hingen Eiszapfen, und im Licht der Straßenlampen schimmerten milchig die Gärten und Wiesen. Je heller der Himmel wurde, desto stiller wurde es.

Abgesehen vom Krach auf der Rückbank des Taxis.

Aus Lallingers weit aufgerissenem Mund kam entweder ein markerschütternder Husten oder ein grauenerregendes Rülpsen. So wie jetzt. Ein röhrender Laut. Lama kratzte sich den Handrücken und hielt sich die Hand flach vor den Mund, hauchte sie an und preßte die Hand an die Nase und schnupperte; auch beim zweiten Versuch war er sich nicht sicher, während Lallinger in sich zusammensank und röchelte.

»Is doch Scheiße!« sagte Frettchen und fuhrwerkte mit dem Schalthebel herum.

»Lindenstraße«, sagte Bacio beim Hinausschauen.

»Shit!«

»Jetzt sind wir gleich da«, sagte Lama und stützte sich auf die Rückenlehne der beiden Vordersitze. »Ist das nicht eine lauschige Gegend?«

Links neben der Straße standen mehrstöckige Häuser in den unterschiedlichsten Formen, mit großen Grundstücken drum herum, ausladenden Terrassen und breiten Balkonen. Harlaching war kein Armenghetto.

»Hier wohnen wir«, sagte Lama.

»Wo?« sagte Frettchen.

»Jetzt rechts!«

In gewohnter Manier riß Frettchen das Lenkrad herum, der Wagen brach aus und schleuderte gegen einen Gartenzaun. Es gab ein kurzes dumpfes Geräusch, Schnee wirbelte auf, und dann hatte sie das Auto wieder im Griff.

Nach ein paar Metern war die Straße zu Ende. Oberhalb der Isar führte ein Fußweg weiter, auf dem sich im Sommer die Radfahrer gegenseitig umfuhren.

»Hier kannst du anhalten«, sagte Lama.

»Wär ich nicht drauf gekommen.«

Sie trat auf die Bremse, der Audi drehte sich im Kreis, und Lallinger schreckte hoch.

»Ha-hahallo?« krächzte er und brachte nur ein Auge auf.

Der Wagen kam zum Stehen, umsäumt von anderen Autos, die zum Teil völlig eingeschneit und zugefroren und seit Tagen oder Wochen nicht von der Stelle bewegt worden waren.

Auf den weitläufigen Grundstücken standen Tannen, Fichten und Buchen, und manche Häuser wurden von hohen Hecken verdeckt. Fast an jeder Toreinfahrt hing ein Schild: Warnung vor dem Hund!

»Wollt ihr mitkommen, was essen?« fragte Lama.

»Ne!« sagte Frettchen, die sich nach unten gebeugt hatte, um ihre Ratte zu suchen. »He, Jonathan, komm her, komm zu mir ...«

»Find ich gut, was essen«, sagte Bacio.

»Lallinger, wach auf!« Lama rüttelte an seinem Freund, der plötzlich auch das andere Auge aufklappte, drei Sekunden reglos dreinblickte und dann die Tür aufriß und nach draußen rumpelte. Kopfschüttelnd und wankend, die Hände auf den Kopf gepreßt, stand er da, und seine rote Nase glühte.

»Ich hab mein Hut verlorn«, sagte er leise. »Wo's mein Hut hin? Mein schöner Hut.«

»Wir klauen dir einen neuen«, sagte Lama. Er stieg ebenfalls aus und atmete tief durch. In der eisigen Luft erwachten seine Lebensgeister, und er dachte, und wußte nicht warum, an seine Mutter, die er seit elf Jahren nicht mehr gesehen hatte, weil sie enttäuscht von ihm war, maßlos enttäuscht und verbittert. Damals hatte sie sich für ihn geschämt, weil sie nicht begreifen wollte, wie jemand in seiner Position etwas so Dummes und Gefährliches tun konnte und damit auch noch andere Menschenleben, nicht nur sein eigenes, aufs Spiel gesetzt hatte. Ein paarmal war sie zu Besuch gekommen, dann nicht mehr, dann hatte sie nicht einmal mehr geschrieben, wenn er Geburtstag hatte. Er hatte ihr immer eine Karte zu ihrem Geburtstag geschickt. Wenn sie wüßte, wie er heute lebte, dann würde sie sich in Grund und Boden schämen, sie brächte es fertig, ihn zu verleugnen, das wußte er, sie würde behaupten, er wäre nicht ihr Sohn, falls sie ihn einmal identifizieren müßte, weil er tot war. Wenn er sich jetzt hier umsah, erinnerte er sich vage an eine Vergangenheit, die so lange zurücklag, daß er kaum glauben konnte, daß sie ein Teil von ihm war; alles war vorbei, und vielleicht war alles nur Einbildung. Nein, war es nicht, keine Einbildung, kein Wunschtraum, er war schon einmal hier gewesen, früher, lange bevor er durch einen aberwitzigen Zufall wieder hier gelandet war, dort unten an der Isar, in einer Höhle im Hang, bei den Marienbildern und dem Kreuzgang. Lange vorher war er hier gewesen, damals, in den Zeiten, als Harlaching ein einfacher Stadtteil war, wie die meisten anderen auch, vor vierzig Jahren und mehr, und jetzt wußte er auch, warum er plötzlich an seine Mutter dachte. Weil sie ihn immer mitgenommen hatte, wenn sie runter zum Fluß ging, sonntags, und mit ihm an der Marienklause innehielt und ein Gebet sprach. Seine Mutter liebte die Gottesmutter mehr als Jesus, daran dachte er jetzt wieder, und sie hatten vor dem niedrigen Gitter in der Holzkapelle gestanden, drinnen brannten Kerzen, und an den Wänden hingen Bilder, Votivtafeln, kleine nackte Engel und Gebetsketten, und seine Mutter murmelte ein Gegrüßetseistdumaria, und er murmelte auch irgend etwas, damit sie zufrieden mit ihm war, und dann machte sie ihm mit dem Finger ein Kreuz auf die Stirn. Anschließend gingen sie hinunter zur kleinen Höhle, die in den Hang hinein gebaut worden war, dort hing ein verwittertes Bild, auf dem eine Frau dem Gottessohn Wasser zu trinken gab, und davor war ein Brunnen, in dem sich das Bild spiegelte; als Kind hatte er geglaubt, da unten wäre noch ein zweites Bild, denn es war dunkel, und er konnte das Wasser nicht erkennen, dessen Grund schwarz war vom Gestein. Auch hier brannten Kerzen, und seine Mutter verneigte sich, und er beugte auch den Kopf und bekreuzigte sich. Rechts und links neben dem Eingang waren zwei Vertiefungen in den

Stein geschlagen, in denen gerahmte Marienbilder und Jesustafeln hinter einem Gitter zu sehen waren, von Wind und Regen ausgebleicht, doch auch nach all den Jahren nicht verblaßt. Überall wuchs Efeu, und wenn seine Mutter wüßte, daß er im Winter jeden Tag in der Nähe der Gottesmutter aufwachte, vielleicht würde sie ihm dann vergeben oder Mitleid haben. Er wohnte nämlich dort unten in der Höhle, unterhalb der Kapelle, das war sein Zuhause, sein Unterschlupf, sein Lebensloch. Und er hatte, auf ungefähr eineinhalb Quadratmetern, einen Untermieter: Franz Lallinger. Beide verbrachten fast jede Nacht hier draußen, geduldet vom Schleusenwärter und dem Pfarrer von St. Anna; geduldet sogar von den Harlachingern, die gelegentlich vorbeikamen und manchmal sogar was zu essen und zu trinken brachten. Er dachte an seine Mutter, die längst von hier weggezogen war, vor elf Jahren wohnte sie noch auf der anderen Seite der Isar, in Obersendling, irgendwo in der Nähe des Siemensgeländes. Er wußte ihre Adresse nicht, und sie wußte seine nicht. Im Sommer durften sie nicht in der Höhle bleiben, wegen der vielen Spaziergänger und Touristen, dann zogen sie an der Isar entlang, schliefen unter den Brücken und manchmal, heimlich, im Tierpark; denn sie kannten einen jungen Tierpfleger, der ihnen zeigte, wo ein guter Platz zum Schlafen war und wo sie niemand erwischte. Jetzt, im Winter, bemühte er sich zu beten, bevor er einschlief, aber es klappte nie. Die Texte fielen ihm nicht mehr ein, und er kramte immer noch eine Zeitlang in seinem verstaubten Gedächtnis, doch es nutzte nichts. Beten, das war nicht seins. Er schlief lieber. Und auch jetzt verspürte er auf einmal eine Müdigkeit, die ihn fast zu Boden drückte, so schwer war sie und hockte in jedem Knochen.

»W-worrn denkst du?« lallte Lallinger in sein Ohr.

Lama zuckte zusammen. Das konnte er nicht ausstehen, wenn jemand wie aus dem Nichts in seinen Gehörgang hineinplärrte.

»Ich denk an nichts«, sagte er und sah zum Auto.

Frettchen und Bacio saßen vorne und schwiegen. Sie kraulte ihre Ratte, er lehnte an der Tür und malte Kreise auf die beschlagenen Scheiben.

»Kommt doch mit, was essen«, sagte Lama und ging zu ihnen hin. »Wir haben reichlich zu essen, is nicht besonders gesund, aber gut. Und wir ham Spirituskocher, drei Stück, und es gibt Schnaps ...«

»Schschtimmt!« rief Lallinger aus der Entfernung.

»Es ist gleich da unten. Da unten!« Er zeigte in Richtung Hochufer.

»Komm«, sagte Bacio.

Sie schwieg. Kraulte ihre Ratte, gab ihr einen Kuß auf den Kopf.

»Was frißt eigentlich so eine Ratte?«

Sie schwieg.

»Ich hab Hunger, ich will was essen. Und du hast auch Hunger.«

Sie schwieg.

»Ihr braucht nur den schmalen Weg runtergehen, aber obacht! Ist vereist, sehr rutschig. Und dann seht ihr schon die Kapelle, und unterhalb, da sind wir.«

Weil niemand ihm antwortete, ging er noch näher hin und öffnete die Fahrertür. Frettchen sah ihn an.

»Okay, Alter. Ich hab keine Lust, mach dir nichts draus, mach's gut, grüß deinen Kumpel von mir. Er soll mal zum Arzt gehen. War'n Scherz.«

Sie grinste schräg und verstaute die Ratte in ihrem Anorak.

»Willst du das Ding eigentlich nicht mal ausziehen? Seit ich dich zum erstenmal gesehen hab, hast du es an, wie'n Panzer. Schwitzt du da drin nicht total?« sagte Bacio.

»Geht das wieder los!«

»Was denn?«

»Ähhm ...« Lama stand da, die Hände auf der Tür und wollte nicht stören.

»Was geht wieder los? Was denn?«

»Deine Fragerei! Die geht mir auf den Zeiger, Mann! Mach du deinen Scheiß, und ich kümmer mich um meinen! Hast du das immer noch nicht kapiert? Shit!«

»Alles Gute«, sagte Lama.

»Dir auch«, sagte Frettchen und drehte den Zündschlüssel.

»Ja, mach's gut, Lama«, sagte Bacio.

»Du auch«, sagte Lama und streckte noch einmal den Kopf in den Wagen. »Ist schon seltsam, das mit uns.«

»Ja, kann sein«, sagte Bacio.

Frettchen drehte den Zündschlüssel, und nichts passierte, der Wagen tat keinen Muckser.

»So eine Scheiße!« Sie versuchte es wieder.

»Die Polizei wird euch suchen«, sagte Lama.

»Wieso denn?« fragte Bacio.

»Ihr habt dem Taxifahrer eine Waffe unter die Nase gehalten.«

»Ich! Ich hab ihm die Pistole unter die Nase gehalten!« rief Frettchen und ackerte mit dem Zündschlüssel herum. »Wieso geht das nicht? Wieso nicht?«

»Ich würd euch gern helfen«, sagte Lama.

»Hilf lieber deinem Kumpel, sonst stürzt der noch total ab!« sagte Frettchen.

Tatsächlich! Lama sah, wie sein Freund auf den Abhang zutaumelte, mit rudernden Armen, als wollte er jeden Moment abheben und fliegen. Unaufhaltsam steuerte er auf die Absperrung zu, auf den steilen Weg nach unten.

»So ein Depp!« Lama spurtete los. Nach zwei Metern rutschte er aus, seine Arme schnellten in die Höhe, genauso wie bei seinem Freund, sein Mantel flatterte, und seine trostlosen Schuhe wirbelten Schnee auf. Er ruderte mit den Armen, und sein alkoholgetränkter Körper reagierte automatisch richtig. Trotz aller Gesetze der Schwerkraft fiel er nicht hin. Er fuchtelte sich selber wieder ins Gleichgewicht und lief weiter. Inzwischen war Lallinger dabei, über den Holzbalken neben dem Gehweg zu steigen, reichlich umständlich und den Kopf weiter im Nacken, zuerst brachte er das linke Bein auf die andere Seite, zitterte und schlotterte, und als er das rechte hob, passierte irgend etwas, das Frettchen und Bacio auf die Entfernung nicht genau erkennen konnten. Irgend etwas blockierte ihn. Er hing in der Luft, das eine Bein von sich gestreckt, den Arm senkrecht in der Luft und kam nicht mehr voran. Offensichtlich hatte er einen Krampf. Oder er hatte schlagartig vergessen, wo er hin wollte. Oder er war eingeschlafen. Da kam Lama auf ihn zu, schnurstracks und stürmisch, mit einer solchen Geschwindigkeit, daß er nicht mehr abbremsen konnte. Er schlitterte auf Lallinger zu, griff nach dessen Bein, das schräg abstand, hielt sich daran fest, als gäbe es nicht genügend Bäume ringsum zum Anklammern, und riß ihn mit sich. Sie stolperten über den Balken, drehten sich in der Luft, purzelten den Abhang hinunter, und ihre Mäntel flogen hinter ihnen her wie bei Batman.

Frettchen und Bacio kicherten. Lamas Bremsspur im Schnee war deutlich zu sehen, und von den Bäumen am Abhang schwebten blasse Schwaden.

Die Fahrertür des Wagens stand offen, und die Funzel an der Decke brannte.

Schweigen. Stille. Kälte. Dann ein Motorengeräusch weit weg. Frettchen schaute in den Rückspiegel: nichts zu sehen. Sie schlug die Tür zu und die Funzel erlosch. Frettchen wartete. Drehte den Zündschlüssel. Die Karre sprang nicht an. Sie riß am Schalthebel auf der Konsole. Drückte die Kupplung. Probierte den Anlasser. Blickte in den Rückspiegel.

»Du bringst mir Pech«, sagte sie.

»Spinnst du?«

»Gib mir ne Pille.«

»Nö.«

Sie spielte mit den Enden ihres langen grünen Schals.

»Du hast doch selber welche«, sagte er.

»Woher weißt du das?«

»Denkst du, ich bin blöd?«

»Ja.«

Er schaute sie so lange von der Seite an, bis sie ihren Kopf zu ihm drehte. Mißgelaunt grinste sie ihn an, und er sah ihre Zahnlücke. Er entblößte sein Gebiß: zwei Reihen Makellosigkeit. Sie hatte keine Lust, Beifall zu klatschen und starrte wieder nach vorn.

»Arschloch«, sagte sie.

»Mensch, wieso meldest du dich nicht?«

»Ich war unterwegs, es ist nicht gerade ein Kinderspiel, jemanden zu beschatten, wenn sonst kein Mensch auf der Straße ist.«

»Und wo steckst du?«

»In Harlaching. Lindenstraße.«

»Kenn ich. Zank bei Zenkers und so weiter. Ist Mutter Beimer schon auf?«

»Deine Laune möcht ich haben. Was ist mit dem Wachmann?«

»Er behauptet, der Schuß habe sich von selber gelöst. Das war ja klar. Sein Anwalt ist da, wie es aussieht, bleibt er auf freiem Fuß. Keine Fluchtgefahr.«

»Das gefällt mir nicht.«

»Mir auch nicht. Was gibt's bei dir Neues?«

Paulig kurbelte das Fenster einen Spaltbreit runter, denn der Wagen war voller Rauch – von einem Zigarillo, das in seinem Mund hing, während er ins Telefon sprach.

»Das Mädchen und unser junger Freund haben die beiden anderen durch die halbe Stadt kutschiert. Haben sich sauber verfahren. Die beiden Männer scheinen hier irgendwo ihre Unterkunft zu haben, gibt's hier eine Brücke, unterhalb der Hochleite?«

»Keine Ahnung, hast du keinen Stadtplan dabei?«

»Doch. Ist nicht so wichtig. Was sagt der Taxifahrer?«

»Ich hab ihn nicht vernommen, das hat Klaus besorgt. Viel ist nicht dabei rausgekommen. Der Fahrer sagt, das Mädchen hätte ihn mit einer Pistole bedroht. Der Junge habe die meiste Zeit geschwiegen, na ja, und die zwei Penner waren besoffen. Er war froh, als er draußen war, sagt er.«

»Haben sie ihn beklaut?«

»Nein, das hat ihn auch gewundert. Er hat ihnen sein Portemonnaie gezeigt, aber sie wollten es nicht. Sie haben nur gesagt, er soll abhauen.«

»Hast du die Beschreibung des Mädchens überprüfen lassen?«

»Natürlich. Fehlanzeige. Die ist noch nicht aufgetaucht. Jedenfalls nicht bei uns. Hat sie die Männer erschossen?«

»Ich weiß es nicht, Schorsch. Habt ihr schon rausgefunden, was die alle in Milbertshofen wollten? Habt ihr die umliegenden Häuser durchsucht?«

»Wir sind dabei. Schwierige Sache. Etliche Hausbewohner sind über Weihnachten verreist. Da ist noch was anderes.«

»Was?«

»Erinnerst du dich an den Fall Wieser, Doktor Wieser. Dieser Zahnarzt vom Ammersee, den wir mit einem Gummiball im Hals gefunden haben.«

»Was ist mit dem?«

»Es scheint ziemlich sicher zu sein, daß Gero Schmid der Täter war. Wir hatten ja noch Fingerabdrücke, die wir damals nicht zuordnen konnten, auch Stoffetzen, winzige Partikel. Könnte alles zu Schmid passen. Und du wirst es nicht glauben, er hatte tatsächlich so einen Gummiball in der Tasche.«

»Das glaub ich nicht.«

»Wenn du mich fragst, dann waren unsere beiden wilden Kinder in Lebensgefahr. Warum auch immer sie sich da reingebracht haben. Prostitution? Immerhin ist Zeitler Experte auf diesem Gebiet.«

»Möglich. Aber was hat dann unser Murnauer Rubinstein damit zu tun?«

»Wer?«

»Der Sohn von Elisabeth Taube.«

»Ach der. Ich denke, das wolltest du rausfinden. Oder wieso bist du ihnen durch die halbe Stadt hinterhergefahren?«

»Wenn ich dir das sage, dann hältst du mich für verrückt.«

»Sag's mir, los.«

»Nein. Schorsch, schick mir ein paar Kollegen. Die sollen nur herkommen und nichts tun, verstanden? Nur warten. Vier Mann genügen.«

»Was soll das, Franz? Was ist los mit dir? Bitte sag mir, was du vorhast, das Mädchen ist bewaffnet, und wer weiß, wozu dieser Junge fähig ist, wenn er in die Enge getrieben wird. Was ist los mit dir? Warum tust du das?«

»Ich erklär's dir später, ich ...«

»Nein, du erklärst es mir jetzt. Du bist vielleicht ein

Typ! Wir haben vier Mordfälle in einer Nacht, einen Ausreißer, der möglicherweise mit einer Verdächtigen durch die Gegend zieht und irgendwelche Taxifahrer bedroht. Und du sitzt in Harlaching und machst Dinge, die ich nicht verstehe. Ich will dich aber verstehen, langsam wird's mir mulmig bei der Angelegenheit, und dieses Gefühl kann ich nicht leiden. Also, sag mir, warum du allein durch die Gegend fährst und die Ermittlungen gefährdest.«

»Ich gefährde die Ermittlungen nicht. Ich bin mitten drin in den Ermittlungen. Sind die Kollegen alle an Bord?«

»Ja, aber …«

»Schick mir zwei Streifenwagen, Lindenstraße Ecke Isenschmid, da steht auch unser BMW. Sie sollen sich dahinter stellen und warten. Ich sag ihnen dann Bescheid, wann sie eingreifen sollen. Ich nehm das Handy mit.«

»Was? Was meinst du damit? Du nimmst das Handy mit, was soll das heißen? Wo gehst du hin, verflucht? Franz! Das ist doch nicht zu fassen. Um neun ist die erste Pressekonferenz, der Hubert hat gerade angerufen, die Presse rennt ihm die Bude ein, kein Wunder. Die Reporter wollen alle dich sprechen, und keine alte Sau weiß, wo du steckst.«

»Ich hab's dir doch gesagt: in Harlaching, in der Lindenstraße.«

»Verdammt noch mal, das ist mir wurscht! Wir brauchen dich hier! Du kannst dich doch nicht einfach abseilen! Was ist denn los mit dir? Ehrlich, ich bin hier umringt von lauter ratlosen, hektischen Kollegen, die alle wissen wollen, wo du steckst und was los ist und …«

»In spätestens zwei Stunden bin ich zurück. Kümmer dich um die Sache mit dem Kastenwagen …«

»Moment mal, Franz …«

»Was ist?«

Am anderen Ende der Leitung sprachen mehrere Männer durcheinander. Georg Wiedemann klopfte mit dem Hörer ungeduldig auf die Hand. Paulig warf sein Zigarillo aus dem Fenster, und die Glut erlosch im Schnee.

»Franz? Wir haben einen blauen VW Golf gefunden. In der Nähe des Seehauses, hat ein Loch in der Windschutzscheibe, ein Einschußloch. Nummernschilder waren keine dran. Vielleicht gibt es einen Zusammenhang mit dem ermordeten Wäschereifahrer. Das ist ja ganz in der Nähe passiert.«

»Gute Arbeit«, sagte Paulig.

»Noch was: Am Taxistand hier bei uns am Bahnhof gab's Randale, ein junges Mädchen hat ein Fahrzeug beschädigt, und die Fahrer haben sie ziemlich gut beschrieben. Paßt auf unsere Verdächtige.«

»Was hat sie denn angestellt?«

»Sag ich ja, sie hat einen Wagen beschädigt, hat dagegen getreten und ist dann abgehauen. Ein junger Kerl war auch dabei. Soll angeblich einen der Fahrer niedergeschlagen haben, die Sache ist allerdings nicht ganz klar, die Zeugenaussagen gehen da auseinander, wir ermitteln noch. Jedenfalls sind beide getürmt.«

»Hatte das Mädchen eine Waffe?«

»Davon war nicht die Rede.«

»Gut. Ich meld mich wieder ...«

»Jetzt warte doch ...«

Paulig hatte aufgelegt. Wiedemann behielt den Hörer in der Hand und schaute ihn an wie ein verstummtes Orakel. Um ihn herum tobte ein Stimmenmeer.

Alle zehn Sekunden unterbrach ein leises Scharren das doppelte Schweigen. Bewegungslos saßen Frettchen und Bacio im Auto und beobachteten das Hellwerden des Tages. Nur Jonathan war auf Trab und strampelte in seinem Versteck mit den Beinen.

Nach einer Ewigkeit fragte Bacio: »Willst du Musik hören?«

Und Frettchen schlug die Faust aufs Lenkrad.

»Shit, Mann!« kreischte sie.

»He, was is denn?« Er schüttelte den Kopf.

»Du hast ja null Ahnung! Ich hab die Kassette in dem scheißbeschissenen Mercedes vergessen! Meine Lieblingskassette, so ein Scheiß!«

Wie besessen schlug sie auf das Lenkrad ein. Bacio beugte sich zu ihr hinüber und versuchte, sie festzuhalten.

»Frettchen, he, das ist doch nicht so schlimm, ich besorg dir eine neue, ich versprech's dir, echt, ich versprech's dir.«

Sie riß sich los und ließ sich mehrere Male heftig gegen die Lehne fallen. Dann zog sie die Beine an und trat mit voller Wucht gegen das Armaturenbrett. Ein Teil des Aschenbechers zersplitterte, und als sie ein zweites Mal zutreten wollte, packte Bacio ihre Beine. Sie strampelte wütend, aber er war stärker als sie.

»Hör auf!« sagte er. »Das ist ja total kindisch, was du da machst!«

»Nimm deine Finger weg! Du sollst mich loslassen!« Sie schlug nach ihm, und er wich ihr aus. Er hatte sie fest im Griff und grinste sie an.

»Ich schlag dir die Zähne aus!« zischte sie.

»Wenn du aufhörst, laß ich dich los.«

»Nein!« Sie drehte und wand sich und ballte die Fäuste.

»Keine Chance.«

Schließlich gab sie auf. Erstarrte von einem Moment auf den anderen. Er traute ihr nicht, sah ihr in die Augen. Und ließ sie los. Sie setzte sich gerade hin, lehnte sich mit einem Ruck nach hinten, trat noch einmal gegen das Lenkrad und verschränkte die Arme. Jetzt hatte sie keine Lust mehr.

»Ich hab auch eine Kassette dabei«, sagte Bacio. Frettchen ließ ihn labern. »Warte.«

Er kramte in den Taschen seines Parkas und holte eine schwarze Kassette hervor.

»Das ist Musik«, sagte er und steckte sie in den Schlitz des Radiorecorders. Er drehte den Knopf und stellte lauter.

»Das ist meine Lieblingsmusik. Kennst du bestimmt nicht. Superband. Aus England. Alle guten Bands kommen aus England.«

Reichlich angeödet schaute sie aus dem Fenster. Im Seitenspiegel tat sich nichts.

Eine Baßgitarre erklang, im Hintergrund eine leise Geige, der Schlagzeuger spielte einen weichen schnellen Beat, und eine dünne Männerstimme hauchte unverständliche Verse; der Sound steigerte sich kakophonisch, und die dünne Stimme verblaßte immer mehr, die Geigen kreischten, dann kam eine elektrische Gitarre hinzu, und plötzlich brach das Lied ab und ein neues begann, ein Mann sang ausgesucht wenig Töne, und Geige und Piano lieferten den melodischen Teppich. Für Bacio war das die ideale Musik zu einem idealen Joint oder zu einem idealen Besäufnis nach einem niederschmetternden Tag.

Er schloß die Augen und lauschte. Frettchen lauschte zwangsweise mit, und ihr Körper krümmte sich komisch.

»Was is'n das für ein Zeug?« sagte sie vor sich hin.

»Das … das sind die Tindersticks.«

»Wer?«

»Siehst du, du kennst sie nicht.«

»Bin ich echt froh drüber.«

»Hör doch mal zu.«

»Was gibts da zu hören? Das ist ja total dröge. Das paßt zu dir. Das ist genau deine Musik. Mann!«

Sie gab sich einen Ruck und stellte die Musik ab.

Bacio stellte sie wieder an.

Wieder dieser melancholische Sänger, eine Geige, dunkler Baß, Barmusik, Easy Listening für Schwerblütler.

»Das ist Musik«, sagte Bacio leise, um den Sänger nicht zu übertönen.

»Du bist taub, so viel steht fest.«

Mann, was mach ich noch hier? Kannst du mir das mal sagen, du blöde Kuh? Wieso bist du immer noch hier bei diesem Irren? Und ich hab meine Kassette vergessen! Und jetzt haben sie die Bullen, so eine Scheiße! Wieso bin ich überhaupt hierhergekommen? Wieso?

»Wieso bist du eigentlich hergekommen, ich mein, nach München?« sagte Bacio, und sie erschrak über seine tiefe Stimme.

»Bist du das etwa, der da singt?« sagte sie.

»Nein, ich kann nicht singen.«

»Der da auch nicht.«

»Der schon. Hör doch mal hin.«

»Ich kann nichts hören, wenn du dauernd laberst.«

Augenblicklich war er still. Für die Tindersticks würde er zum Missionar werden.

»Gegen Amadeus ist das da nicht mal Krach«, sagte Frettchen.

»Amadeus! Ich mag Amadeus nicht.«

»Dann steig sofort aus!«

Blitzschnell sah sie ihn an. Vielleicht war das doch nicht einer ihrer Topsätze gewesen. Wenn er jetzt tatsächlich aussteigen und weggehen würde, dann wäre das auch wieder Mist. *Aber der Trottel tut sowieso nie das, was man ihm sagt.*

Er machte die Musik aus, zog die Kassette raus, steckte sie ein und öffnete die Beifahrertür.

Da schnellte ihre Hand auf seinen Unterarm und blieb dort kleben.

Hatte er also richtig gerechnet! Er war stolz auf sich. Frettchen sagte nichts. Ihre Hand war immer noch da.

Er zählte. Eins zwei drei vier .... fünf. Sechs. Sieben. Sieben. Acht. Achtneun. Neun. Zehn. Lässig machte er die Tür zu.

Dann drehte er sich zu ihr herum und küßte sie auf den Mund. Ihre Lippen waren trocken wie Sand, und genauso rauh. Aber er nahm seinen Mund nicht weg. Sie hielt still. Ihre Hand auf seinem Unterarm. Sie preßte ihre Lippen fest aufeinander, was ihm nichts ausmachte. Er holte kurz Luft und drückte ihr noch einen Kuß auf den Mund.

Daß sie stocksteif sitzen blieb, verwirrte ihn, denn bisher, wenn er so etwas getan hatte, hatten die Mädchen immer irgendwie reagiert; die meisten waren stinksauer, weil er sie erschreckt hatte. Doch er wußte nie, was er vorher lange reden sollte, wenn er ein Mädchen küssen wollte, dann konnte er einfach nicht widerstehen. Er mußte es dann tun. Einige fanden das lustig, und eine hatte ihm sofort ihre Zunge zwischen die Zähne geschoben; das hatte ihm gefallen, doch nach einer Weile bekam er keine Luft mehr und der Speichel rann ihm aus dem Mundwinkel, und das war ihm superpeinlich.

Frettchen tat gar nichts. Saß bloß da und preßte ihre Lippen aufeinander. Und schaute ihn an. Nicht wie die meisten, die ihre Augen sofort zumachten, wenn sie geküßt wurden. Sie nicht. Frettchen starrte ihn aus der kürzesten Distanz, die zwischen zwei Menschen möglich war, unerschütterlich an. Atmete sie noch? Er hätte Lust gehabt, nach ihrem Herz zu tasten, doch dabei hätte er logischerweise ihre Brust berühren müssen, und das fand er überstürzt. Obwohl: Bei diesem dicken Panzer, den sie anhatte, würde man sowieso nichts spüren, und sie auch nicht. Dieser rote Monsteranorak bremste jede Berührung, so fest konnte man gar nicht kneten.

Er holte Luft, und sie nutzte die Sekunde und drehte den Kopf zur Seite, so daß sein nächster Kuß auf ihrer Wange landete. Die war genauso rauh wie ihre Lippen. Für einen Moment verharrte er so, dann setzte er sich wieder hin und schaute durch die Windschutzscheibe. War es möglich, daß es auf einmal hell geworden war? Die Umgebung hatte sich vollkommen verändert, die Bäume waren nicht mehr schwarz und starr, sondern wirkten, als würden sie weiß blühen, und die schneebedeckten Häuser sahen weihnachtlich aus, und feierlich.

Doppeltes Schweigen, und ein leises Scharren.

»Ich hab auch Mozart gespielt«, sagte er leise, denn irgend etwas mußte er sagen. »Rondos und Menuette, und Bach, und sogar Beethoven und Chopin. Meine Eltern wollten, daß ich ein berühmter Pianist werde, so ein Blödsinn.«

»Das ist doch schön«, sagte sie leise.

»Jeden Tag üben, zwei Stunden, und dann Tennis und dann Hausaufgaben, und am Wochenende zum Schwimmen und immer wieder Klavierspielen, was soll'n daran schön sein? Scheiße ist das.«

»Wenn du was von Amadeus spielst, dann ist das schön.«

»Nein. Weil ich habs ja nicht freiwillig gemacht. Alles Mist. Meine Eltern wollten bloß damit angeben. Mein Vater ist Direktor am Gymnasium ...«

»Ach ja? Du hast gesagt, er is Lehrer.«

»Isser ja auch. Is doch egal. Jedenfalls hab ich schon

mit sechs öffentlich was vorspielen müssen, in der Aula, Mozart, weil das nicht so schwer war, das war furchtbar.«

»Hättst es eben sein lassen sollen.«

»Hab ich nicht gekonnt.«

»Wieso nicht? Is doch total einfach.«

»Ja, aber ... aber ich hab mich nicht getraut.«

»Haben dich deine Eltern geschlagen?«

»Nein. Das ... das hätten die nie getan, das ist ... gegen ihre Prinzipien, verstehst du, die haben andere Methoden ...«

»Da hast du aber Glück gehabt. Die meisten, die ich kenn, wurden von ihren Alten halb tot geprügelt, das ist normal.«

»Scheiße ist das. Und ich mußte immer Nachhilfestunden nehmen, das ist das letzte, Physik, Mathematik, wen soll das interessieren? Oder Chemie? Hast du eine Ahnung, was Natriumhydrogensulfat ist? Oder Brompetan? C5H11Br? Weißt du, was das ist?«

»Ich nicht, aber du anscheinend.«

»Ich weiß es auch nicht. Ich hab's nur auswendig gelernt. Wenn ich den ganzen Mist nicht auswendig gelernt hätte, dann wär ich schon längst von der Schule geflogen.«

»Na und?«

»Ich hab gedacht, ich muß das schaffen. Aber jetzt weiß ich, ich will das gar nicht schaffen, ist mir scheißegal, die Schule und das alles. Klavierüben! Tennis spielen! Warst du schon mal in Murnau? Fahr da bloß nie hin!«

»Und was willst du jetzt machen? Quizmaster werden?«

»Du bist blöd. Ich weiß nicht, jetzt bin ich erst mal abgehauen ...«

»Aber deine Mama ist schon hinter dir her.«

»Is mir doch wurscht. Die erwischt mich nicht. Ich bleib einfach bei dir.«

»Denkste. Ich brauch dich nicht.«

»Weiß ich doch. Hab ich auch nur so gesagt.«

»Das ist Scheiße, einfach nur so was zu sagen.«

»Frettchen?«

»Hm?«

»Wie ist dein richtiger Name?«

»O Mann! Ich frag dich doch auch nicht, wie du heißt!«

»Ich heiß Benjamin.«

»Herzlichen Glückwunsch.«

»Und du?«

»Maier.«

Traurig blickte er aus dem Seitenfenster. Im Außenspiegel sah er, wie auf der Hauptstraße ein grünes Auto vorüberfuhr.

»Endlich mal wieder ein Auto«, sagte er.

»Was für ein Auto?« sagte sie sofort.

»Was?«

»Was für ein Auto? Wo hast du ein Auto gesehen?«

»Da hinten, auf der Straße, von der wir abgebogen sind.«

»Wie hat das Auto ausgesehen?«

»Was ist denn mit dir los?«

»Jetzt sag schon!«

Er wandte sich zu ihr. Sie musterte ihn, und ihr Nasenring schaukelte hin und her.

»Das Auto? Grün, dunkelgrün. Ein BMW, glaub ich.«

»Shit!«

»Was ist denn?«

»Der verfolgt uns. Wir müssen hier weg. Los raus hier! Nimm meinen Seesack mit!«

Sie sprang aus dem Auto, sah sich um und klopfte mit beiden Händen aufs Autodach.

»Steig endlich aus, Mann!«

Seufzend drehte sich Bacio zum Rücksitz um, wuchtete mit einer Hand den Seesack nach vorn und stieg aus.

Weit und breit kein grüner BMW.

4. Kapitel

In vollem Tempo rutschten sie den hartgefrorenen, von einer dünnen frischen Schneeschicht bedeckten Hang hinunter, genauso wie vorher die beiden Männer. Der Seesack schlingerte von Baumstamm zu Baumstamm und landete in einem Schneehaufen vor der Holzkapelle. Frettchen schoß an Bacio vorbei, hielt sich an einem Strauch fest, dessen Zweige abknickten, bremste, indem sie die Absätze ins Eis hackte und segelte kopfüber auf ein Geländer zu. Reaktionsschnell drehte sie sich weg und fiel mit der Schulter voran auf den Gehweg, der hinunter zum Fluß führte. Noch im Rutschen kam Bacio wieder auf die Beine, und er stützte sich an den Bäumen ab, bevor er unten ein paar Meter auslief und direkt neben der Kapelle stehenblieb.

Sie husteten beide und waren reichlich außer Puste.

Von irgendwoher kam eine Stimme.

»Schsch«, machte Frettchen.

Sie horchten.

Eine brummende, krächzende Männerstimme.

»Da ist jemand«, sagte Bacio.

»Gut, daß ich dich dabei hab«, murrte Frettchen und machte ein paar Schritte auf die Kapelle zu, die aussah wie eine Blockhütte mit einem spitz zulaufenden Dach über dem Eingang und einem Glockentürmchen in der Form eines Magierhutes. Davor standen zwei Bänke, im tiefen Schnee versunken.

Unter einem Engel mit ausgebreiteten Flügeln war eine Schriftrolle aus Holz an die Wand genagelt: ›Marienklause‹. Darunter ein fünfeckiges Fenster und daneben neun Buchstaben, die Zahlen bedeuteten. Frettchen schaute hinauf: M-D-C-C-C-L-X-V-I.

Wieder die brummende Stimme.

»Ist da was?« fragte Bacio aus der Entfernung.

Auf einer Gedenktafel las Frettchen die Namen der Wasser-Aufseher, die ertrunken waren.

Die Flügeltüren der Kapelle waren verriegelt.

Frettchen wandte sich um und schaute hinunter auf einen tiefer gelegenen Weg, der von zwölf kastenartigen Tafeln mit einem Blechdach und einem Kreuz darauf gesäumt wurde.

Vorsichtig, um nicht auszurutschen, stieg sie hinunter und betrachtete die Tafeln: Es waren Bilder von Jesus.

»Was is'n das?« fragte sie Bacio, der auf sie zukam.

»Das ist ein Kreuzweg.«

»Ja und?«

»Weißt du nicht, was ein Kreuzweg ist?«

Sie zog ihre Ratte aus der Tasche und tätschelte ihren Kopf.

»Ich weiß, was ein Kreuzweg ist, Blödmann, ein Kreuzweg ist das, wo ich jeden Tag aufwach.«

Jonathan biß ihr in den Finger, und sie schrie auf.

»He, du blödes Vieh! Kann ich was dafür, daß es in dieser Stadt nichts zu essen gibt?«

»Ein Kreuzweg ist aber was anderes«, sagte Bacio und hatte etwas entdeckt. »Schau mal!«

Hinter ihnen, unterhalb des Platzes vor der Kapelle, von Schneemassen fast vollständig zugeschüttet, hing ein brauner dicker Vorhang an der Mauer. Jemand hatte ihn mit Holzkeilen im gefrorenen Schnee befestigt.

Dahinter ertönte eine dunkle, heisere Stimme.

Bacio legte den Finger an die Lippen und schlich auf den Vorhang zu. Daneben war ein vergittertes Fenster, hinter dem gerahmte Marienbilder hingen.

Einen Schritt vor dem Vorhang blieb Bacio stehen und legte den Kopf schief. Da redete jemand! Es war weniger ein Sprechen, als vielmehr ein Nuscheln, ein Brabbeln. Er winkte Frettchen zu sich.

Sie stellte sich neben ihn, und sie hörten zu.

Sie sahen sich an. Diese Stimme hatten sie schon mal gehört.

Niemand außer ihnen und dem brabbelnden Mann und seinem Zuhörer hinter dem Vorhang war um diese Zeit hier. In der Nähe floß lautlos die Isar unter der Brücke hindurch.

Daß hinter dem Vorhang, der nach Moder und undefinierbaren Stoffen roch, Lama und Lallinger wohnten, war ihnen jetzt klar. Sie traten noch näher heran, um zu verstehen, was der Alte brummte. Hinter dem Vorhang gab es keine Tür, sonst wäre nicht jedes Wort so deutlich zu verstehen gewesen.

Die Ratte hockte auf Frettchens Kopf und nagte an der Wollmütze.

»Meine Schwester«, brummte es hinter dem Vorhang, »die war nämlich Serviererin. A-aber unsere Eltern, die wollten, daß aus uns was wird. Ha-ha, haha ...«

Ein krächzendes Lachen, das aus dem Rachen nicht richtig herauskam.

»Die ha-ha-hatten sich nämlich ein Haus zusammengespart in unserer Kl-Kleinstadt, die die die ist berühmt wegen der Ha-ha-heiligen Bibiana, die hat da W-Wunder vollbracht a-an den Menschen, ist Jahrhu-hu-hunderte her, aa-aaber dem Fremdenverkehrsamt ist das egal. Egal. Die Leute lassen sich gern einsülzen, v-vor allem von Ha-ha-Heiligen ...«

Frettchen schob den Vorhang ein Stück beiseite. Es roch nach Bienenwachs, Schweiß und Schnaps. Unzählige Stumpenkerzen brannten in der engen Höhle, einige auf den hervorstehenden Steinen im Gewölbe; an der hinteren Wand prangte ein farbiges Bild von Jesus mit dem Heiligenschein und einer Frau, die ihm einen Krug Wasser reichte. Davor war eine Eisenstange zwischen der rechten und linken Wand, als Absperrung, damit man nicht in den dunklen Brunnen fiel, der sich unter dem Jesusbild befand. Auf der Stange hingen, wie auf einer Wäscheleine, ein Pullover, zwei lange graue Unterhosen und eine Decke. Lama und Lallinger, die hier hausten, hatten ein Brett auf den Brunnen gelegt und darauf ihre Habseligkeiten deponiert: zwei Spirituskocher, Blechgeschirr, ein Schweizer Messer, einen verrosteten Büchsenöffner, einen Stapel Konservendosen, drei Weinflaschen, zwei Schnapsflaschen, Nähzeug, einen Pullover, zwei Hemden. Außerdem lag da eine rote Klaviertastatur, eine Kinderorgel, deren Farbe abgeblättert und deren Tasten verdreckt waren. An der Wand lehnte ein zusammengeklappter Campingstuhl und daneben stand ein leerer Vogelkäfig aus Holz.

Die beiden Männer lagen auf dem Boden, jeder in seinem Schlafsack mit einer Isomatte darunter. Zwischen ihnen flackerten fünf rote Kerzen, wie man sie gewöhnlich auf Gräbern fand; eine Flasche Korn steckte zwischen zwei Ziegelsteinen, damit sie nicht umfiel.

»Psst«, sagte Lama leise, als er Frettchens Gesicht sah. Mehr sagte er nicht. Es schien, als habe er die beiden erwartet. Er deutete ihr an, sie solle den Vorhang wieder vorziehen, also trat sie ein. Bacio stellte den Seesack neben den Eingang, kam ebenfalls herein, und der Vorhang fiel zu. Für vier Leute war die Höhle nicht geschaffen, und Frettchen und Bacio duckten sich unter dem schiefen Gemäuer.

Lama schälte sich aus dem Schlafsack, griff zu der

Eisenstange und zog die Decke herunter. Warf sie Frettchen vor die Füße und gab ihr ein Zeichen, sich draufzusetzen. Jetzt sah sie, daß es keine Decke war, sondern ein Teppich, und sie kniete sich hin. Bacio zögerte, dann kniete er sich neben sie.

Die ganze Zeit über hatte Lallinger weiter vor sich hingebrabbelt. Anscheinend hatte er nicht bemerkt, daß Gäste gekommen waren. Auf dem Rücken liegend starrte er mit glasigen Augen an die Decke, den Schlafsack bis zum Kinn hochgezogen, am ganzen Körper zitternd, und redete zu den rauhen uralten Steinen da oben.

»... und i-ich ha-ha-hab Salamitransport gemacht ... Dr-drrr-Debreziner, ha-hast du noch eine Dr-Debreziner, Lama?«

»Nein«, sagte Lama. Er hatte sich wieder in den Schlafsack gepackt und rieb sich die Hände. Er trug keine Handschuhe.

»Und meine Schwester, Luisa, Luisa, sie war Ser-Serviererin, a-aber eigentlich Klofrau, ha-hahaha. Vormittags Klodeckel, n-nachmittags Bierdeckel, hahaha, aus ihr ist nichts geworden. A-aus mir auch nicht. Sch-scheiß auf die Ha-ha-Heilige Bibiana.«

Er hustete in die Luft, und die Bazillen tröpfelten in seine Augen.

»S-sie ist a-abgehauen, für immer. M-macht nichts, mein Bruder ist ... aus meinem Br-Bruder ist ja was geworden, a-also ha-ha-haben unsere Eltern ihr Ha-Haus nicht umsonst gebaut. E-Er ist Experte, mein Bruder, Experte ...«

Er drehte den Kopf und sah Lama an.

»Experte.«

»Und was für ein Experte ist dein Bruder?« fragte Lama, und es war ungefähr das zweihundertsiebzigste Mal, daß er diese Frage stellte.

»Gynäkologe«, stieß Lallinger hervor, zum ungefähr zweihundertsiebzigsten Mal.

»Klasse«, sagte Lama. »Und du bist Plattier.«

»G-genau. A-aber ein begabter Pl-Plattier!« Er versuchte zu kichern, doch in seiner Kehle braute sich ein neuer Husten zusammen, und als er den Mund aufmachte, krachte es aus ihm heraus, Spucke, Schleim und gelbe Essensreste spritzten in die Luft, und er hatte Glück: das Gemisch landete nur auf seinem Schlafsack.

»Ha-hast du gewußt, daß ich einen einen einen Sohn ha-ha? Einen Sohn? Paul. Wie wie der A-Apostel. Paulus. Paul. Mein Sohn.«

»Und was macht der so, dein Sohn?« fragte Lama. Solange Lallinger redete, war er nicht tot, und das war das Wichtigste; deswegen hatte Lama ihn auch hier wohnen lassen: weil er dann nicht allein war und nicht nur mit sich selber reden mußte. Wer konnte schon ahnen, daß Lallinger derjenige war, der dauernd Monologe hielt? Inzwischen hatte es Lama aufgegeben, eigene Geschichten zu erzählen, es hörte ihm sowieso niemand zu. Zudem konnte sich Lallinger nichts merken, man mußte ihm alles zehnmal erzählen. Tragisch war, daß er sich auch nichts von dem merken konnte, was er selber den ganzen Tag verzapfte, also fing er immer wieder von vorn an, tagaus tagein. Falls es mit seiner Karriere als Penner auf die Dauer nicht klappen sollte, so hatte sich Lama schon überlegt, Schriftsteller zu werden. Genügend zu erzählen hatte er mittlerweile.

»Musik ist sein ein, sein ein und alles. Paul. Er, er sammelt Schallplatten, ich weiß nicht, wo er ist, wo ist er? Wo ist Paul, Lama?«

»Frag mich doch nicht, ich kenn deinen Sohn nicht. Vielleicht ist er auf Tournee.« Er griff nach der

Schnapsflasche, schraubte sie auf und nahm einen guten Schluck. Hielt Frettchen die Flasche hin, und sie schüttelte den Kopf. Bacio nahm sie und trank. Im ersten Moment dachte er, sein Magen würde in Flammen aufgehen. Zittrig gab er Lama die Flasche zurück.

»Du? Wieso wieso soll soll der auf auf Tournee sein? Wieso denn?«

»Er ist doch Musiker, und Musiker gehen auf Tournee, die spielen da vor Leuten und ...«

»Ich weiß, was Tournee ist«, sagte Lallinger.

Dann verstummte er. Fummelte im Schlafsack herum.

Frettchen drückte Bacio an die Wand und kletterte über seine Beine. Sie schob den Vorhang beiseite und spähte hinaus. Ihr ging der grüne BMW nicht aus dem Kopf. Sie war sich sicher, daß er ihnen gefolgt war, aber was wollte er von ihnen? Der Typ, der auf dem See auf sie geschossen hatte? Unwahrscheinlich. Wie hätte der ihre Spur finden sollen? Ein Bulle? Das war möglich. Doch Bullen fahren nie allein durch die Gegend, und schon gar nicht verfolgten sie einen ohne eine Mannschaft im Schlepptau. In St.Georg kannte sie keinen einzigen Polizisten, der sich allein auf die Straße traute, geschweige denn, daß einer allein eine Verfolgung aufnahm. *Okay, Wichser, wer immer du bist, du hast keine Chance, zeig dich, und ich mach dich fertig. Denkst du, ich merk nicht, wenn jemand hinter mir her ist? Wenn du mich austricksen willst, das kannst du vergessen, kapiert?*

Sie zog die Pistole heraus und zielte auf eine der Kreuzwegtafeln.

»Mach den Vorhang zu«, sagte Lama, »hier zieht's.«

»Shit.«

Sie setzte sich wieder hin, die Pistole in der Hand.

»Was ist los?« fragte Lama.

»Wir werden verfolgt, das ist los. Wo kommt man hin, wenn man über die Brücke da vorn geht?«

»Auf die andere Seite der Isar«, sagte Lama.

»Das ist antilustig, also, wo komm ich da hin?«

»Zum Kanal.«

»Shit!«

Plötzlich ertönten Vogelstimmen, ein fröhliches Zwitschern wie im Frühjahr, das immer lauter wurde. Statt einem kehligen Brummen gab Lallinger ein zufriedenes, beinah heiteres Summen von sich, sein Arm glitt langsam aus dem Schlafsack und hob sich, bis er ausgestreckt an die gewölbte nasse Decke zeigte. In der Hand hielt er seinen Walkman, den er auf volle Lautstärke gestellt hatte.

»Ich hab nur die Vögel aufgenommen«, sagte er andächtig. »ICH HABE DER NATUR GELAUSCHT.« Seine Stimme hallte in der engen Höhle wider, und der Walkman rutschte ihm aus der Hand, knallte auf seine rote runde Nase und landete neben seinem Kopf. Er schien nichts gespürt zu haben. Hielt seinen Arm hoch und glotzte ihn an.

Frettchen nahm den Walkman und betrachtete ihn.

»Und ich hab meinen Amadeus in dem Scheißauto vergessen! Und du bist schuld!« Blitzartig verpaßte sie Bacio einen Ohrfeige. Er starrte sie an, und Lallinger versteckte schnell seinen Arm im Schlafsack. Lama grinste.

»He ...«, sagte Bacio.

»Du hättst da dran denken müssen, an meine Musik, Blödmann!«

»Tschuldigung«, sagte er.

»Na und?«

»Wir können ja meine Kassette einlegen, die Tin...«

»Bloß nicht! So eine Scheiße!«

Sie öffnete die Klappe des Recorders und zog die Kassette heraus, ein schwarzes abgeschabtes Ding.

»Das ist sein bestes Stück«, sagte Lama.

»Meiner ist kaputt«, sagte sie.

»Ich kauf dir einen neuen«, sagte Bacio.

»Halt die Klappe. Du, äh … wie heißt du gleich wieder?«

»Das ist Lallinger, ich bin Lama«, sagte Lama.

»Ich weiß, wer du bist! He, Lallinger, verkaufst du mir den Walkman? Ich geb dir fünfzig Mark dafür. Ich brauch dringend einen. Fünfzig Mark, das ist bescheuert, aber ich würd dir soviel geben.«

»Nein«, sagte Lallinger, den Blick an die Decke geheftet.

»Fünfzig Mäuse, Mann. Für das alte Ding! Ich könnt's dir auch klauen und einfach abhauen, aber sowas mach ich nicht. Ich beklau keine alten Männer.«

»Ich bin dreiundvierzig«, krächzte Lallinger.

»Sag ich ja, ich beklau keine alten Männer. Also was ist? Hier, warte …«

Sie griff in ihren unendlichen Anorak und holte einen Fünfzigmarkschein hervor.

»Fünfzig Mark.«

Sie hielt ihm den Schein vor die Nase.

»Nein«, sagte er wieder.

»Er braucht dieses Ding, das ist lebenswichtig für ihn, ohne das Ding geht er ein, ich schwör's dir.«

»Scheiße, Mann! Fünfzig Mark. Davon kannst du eine Woche locker leben. He, hörst du mich? Fünf-zig Mark!«

»Isses nicht wert«, krächzte er.

»Selber schuld. Okay, dann eben nicht. Shit! Ich hätt so gern Musik gehört.«

Sie steckte den Geldschein ein, legte den Walkman

neben Lallinger auf den Boden, beugte sich zum Eingang und schob erneut den Vorhang beiseite. Ihr Seesack stand immer noch an derselben Stelle, und auch sonst hatte sich nichts verändert. *Was mach ich bloß hier? Ich muß weg, und jetzt häng ich an diesem Typen dran, wieso redest du nicht mehr mit mir, Languste, wo steckst du? Mann, ich glaub, ich werd schizo, muß aufhören, so rumzureden, ich fang schon an zu glauben, jemand hört mir zu. Da hockt einer in meinem Kopf und hört zu, Shit, Mann! Okay, war eben Scheiße, Scheißidee, nach München zu fahren. Wenigstens hab ich sie fertiggemacht, diese Wichser, und fünftausend sind besser als nichts. Und du hast noch zwei volle Beutel, du blöde Kuh, damit kommst du in Helsinki groß raus. He, Sonia, ich komme. Endlich. Mann, bin ich alle!*

Was war das? Was waren das für Geräusche? Sie fuhr herum.

Bacio saß in der Hocke und hatte die rote Klaviertastatur auf den Knien. Und er spielte ein Lied. Nur mit der rechten Hand, weil für zwei Hände kein Platz war. Er spielte die Töne eines Liedes, das sie kannte.

»Kennst du das?« fragte er sie.

»Ne. Was für'n Krach soll'n das sein?«

»Das ist Mozart. Rondo alla Turka.«

Natürlich kannte sie das Stück.

»Klingt beschissen. Sowas hätte Amadeus nie komponiert.«

Blechern kam der Sound aus einem winzigen Lautsprecher an der Schmalseite der Tastatur, alle Töne waren verstimmt, und die Tasten quietschten, wenn man sie drückte.

Trotzdem brachte Bacio eine Melodie zustande.

»Alla Turka«, sagte er, und Frettchen betrachtete fasziniert seine flinken schlanken Finger.

»Meine Schwester hat das besser gespielt«, sagte sie.

Er sah zu ihr hoch und spielte weiter, ohne auf die Tasten zu achten.

»Hab gar nicht gewußt, daß du eine Schwester hast.«

»Die ist tot. Außerdem geht dich das einen Scheiß an!«

»D-da ist ist eine Ba-ba-batterie drin«, krächzte Lallinger, »hä-hä-hält ewig.«

»Sei mal still!« Frettchen schlug Bacio auf die Hand, und er hörte zu spielen auf.

»Weiterspielen«, brummte Lallinger.

Draußen waren Schritte zu hören. Knirschender Schnee.

Alle vier hielten den Atem an, sogar Lallinger, dessen Gesicht sofort eine noch dunklere Färbung annahm.

Frettchen hob die Pistole, legte die Hand an den Vorhang – und riß ihn beiseite.

Vor ihr stand ein klein gewachsener Mann in einem braunen Mantel mit einer Narbe auf der linken Wange.

»Tag«, sagte er.

Frettchen richtete die Waffe auf ihn.

»Die Hände hintern Kopf!« befahl sie. So machte sie es immer, wenn sie jemanden filzen wollte, der ihr nicht paßte.

Er sah sie an und reagierte nicht.

Lama richtete sich in seinem Schlafsack auf, und Lallinger holte keuchend Luft.

»Bist du taub?« Jetzt berührte der Schalldämpfer der Pistole fast seine Nase.

»Nein«, sagte er. »Ich möchte mit euch reden.«

»Keine Chance«, sagte sie.

»Wer sind Sie?« fragte Lama, erhob sich und drückte sich neben Frettchen an die Wand, um hinausschauen zu können. Und er stutzte. Kratzte sich den Handrücken. Schob seine Pudelmütze hin und her.

Franz Paulig betrachtete ihn. Sekunden verstrichen. Frettchen wurde ungeduldig.

»Wenn du nicht sofort ...«

»Servus, Gutjahr«, sagte Paulig.

»Paulig«, sagte Lama tonlos. »Franz. Was ... Franz ...« Er sah ihn an, erschrocken, überrascht, verwirrt. Starrte den Boten aus der Vergangenheit an – und erkannte ihn wieder. Und empfand gleichzeitig Freude und Furcht, Scham und Neugier.

»Franz ...«, sagte er noch einmal, leise, unsicher.

Paulig lächelte. Freundlich, und auch verlegen.

»Was geht'n hier ab?« sagte Frettchen und schaute von einem zum andern. »Is das 'n Klassentreffen oder was? Mann!«

»So was Ähnliches«, sagte Paulig.

Und Lama nahm die Mütze ab und trat nach draußen. Er gab Paulig die Hand. Und sie ließen beide nicht los.

Die Wolkendecke zerriß, ein verwaschener Fetzen blauer Himmel erschien, und der Atem der Sonne belebte die vereiste Isarlandschaft. Auf einmal schrien überall Krähen. In schwarzen Bahnen flogen sie über das Ufer und versammelten sich auf einem Baum, schaukelten auf den dürren Ästen, krächzten und segelten hinunter auf den harten Boden, wo sie entlang watschelten und ab und zu im Schnee pickten; im hellen Licht glänzte ihr Gefieder schwarzblau.

Von weit her kamen die Geräusche des Straßenverkehrs, auch Stimmen und Hundegebell. Hinter den Bäumen auf der anderen Seite des Flusses stieg Rauch auf, der nach einer Weile wie Watte ausfranste und sich auflöste.

Grau und klar kam der Fluß aus den Bergen und umspülte mit leisem Plätschern die Eisinseln, die sich an den Rändern gebildet hatten. Von Norden blies ein rauher Wind übers Wasser und erzeugte funkelnde Wellen.

In der Nähe, oberhalb des steilen Hanges, schlug eine Kirchenglocke viermal. Und eine Katze miaute laut. Oder ein heiserer Kater.

In Wirklichkeit war es Franz Lallinger, der in seinem Schlafsack eingenickt war und nun mit einem langgezogenen, hohen Laut erwachte, der klang, als hätte er eine Katze verschluckt. Dann schnellte er in die Höhe, schlug sich den Kopf an der schrägen Wand an und sackte wieder nach unten.

»Is was passiert?« fragte Bacio und rutschte auf den Knien zu ihm hin. Er war nicht aufgestanden, sondern hatte die Begegnung der beiden Männer von der Höhle aus verfolgt.

Lallinger preßte die Faust gegen sein Ohr, denn eine Million Hummeln wollten aus seinem Kopf ausbrechen, und das mußte er verhindern, indem er die Ausgänge zuhielt.

»Hab mein Hut verloren«, lallte er leise.

»Was is?« sagte Bacio. Er beugte sich hinunter, und seine Nase versank in einer Bierwolke. »Uuaag«, stöhnte er.

Draußen zielte Frettchen mit der Pistole auf Pauligs Gesicht.

Die beiden Männer standen sich gegenüber und sahen sich noch immer überrascht an.

»Sind Sie'n Bulle?« fragte sie.

»Ja«, sagte Paulig.

»Geben Sie mir Ihre Waffe!«

»Ich hab keine. Wie heißt du?«

»Hab ich Ihnen erlaubt, mich zu duzen?«

»Wie heißen Sie?« fragte Paulig und musterte sie. Abgesehen von ihrer Aufmachung, dem roten, speckigen Anorak, dem grünen fusseligen Schal, der abgewetzten Jeans, dem Nasenring und ihren gelben Haaren, die unter ihrer bunten Wollmütze hervorlugten, fiel ihm sofort ihr Blick auf, ihre grünen flackernden Augen. Sie war kein Kind mehr, sie war eine kleine Erwachsene. In ihrem Blick lagen die Enttäuschungen, der Zorn und die Erschöpfung eines Lebens, das schon lange dauerte. Wie alt mochte sie sein? Vierzehn, fünfzehn? Und seit wann war sie nicht mehr zu Hause gewesen? Denn es war nicht zu übersehen, daß sie keine feste Bleibe hatte, sie schleppte ihren Seesack mit sich herum, den Paulig als erstes bemerkt hatte, als er den Hang heruntergekommen und auf die Höhle zugegangen war. Natürlich war es nicht der Seesack des Jungen, er hatte ihn nur getragen; seine Mutter hatte nichts von einem Seesack erzählt. Dieses Mädchen war eine Streunerin, so wie Paulig sie aus Berlin kannte, wo er ein halbes Jahr in der Vermißtenstelle gearbeitet hatte und jede Nacht am Bahnhof Zoo oder rund um den Alexanderplatz unterwegs war, um nach Ausreißerinnen zu suchen. An einer der zahlreichen besprühten Häuserwände hatte er ein Graffiti gelesen, das er nicht vergessen hatte: ›Ihr habt mich nicht gefragt, ob ich geboren werden will, also sagt mir jetzt auch nicht, wie ich leben soll‹. Also lebten sie, wie sie wollten, draußen, unkontrolliert, arm, kriminell. Straßenkinder. Offiziell gab es sie nicht. Dem Gesetz nach hatte jedes Kind ein Recht auf Unterbringung, also nannte man sie ›weggelaufene Kinder‹. Und dieses Mädchen vor ihm, das hatte Paulig sofort begriffen, war ein weggelaufenes Kind, und noch dazu eines, das sich verlaufen hatte – und darüber in Wut geraten war und um sich schlug. Und um sich schoß.

»Bacio!« schrie sie, ohne den Kopf zu drehen. »Komm raus! Wo steckst du denn? Hey!«

Bacio wußte mal wieder nicht, was er tun sollte. Er kniete neben dem betrunkenen Lallinger, klopfte sachte auf den Schlafsack und schaute ihn an.

»Mein Hu-Huuut ...«, krächzte Lallinger.

»Ja«, sagte Bacio ratlos.

»Bacio, du Blödmann, komm raus!« hörte er Frettchen schreien, und er griff in seine Tasche und kroch aus der Höhle.

Als er sich aufrichtete, hatte er die schwarze Sonnenbrille auf.

»Filz diesen Bullen!« befahl ihm Frettchen.

»Okay.« Er ging zu Paulig und tastete ihn ab. In der Innentasche des Jacketts entdeckte er einen Ausweis und ein Handy, und er zog beides heraus.

»Das ist ein WIP!« sagte er.

»Was?«

»Ein wichtiger Pimpf.« Er schlug den Ausweis auf. »Franz Paulig. Kriminaloberrat. Sag ich ja, ein WIP.«

»Okay, du WIP, hast du Kohle dabei?«

»Keinen Pfennig«, sagte er.

»Ich schau mal nach«, sagte Bacio und tastete Pauligs Hosentaschen ab.

»Alles leer.«

»Blödmann, halt mal die Pistole. Na los!«

Sie griff nach seiner Hand, drückte ihm die Waffe in den Ballen und knetete seine Finger um. »Festhalten, kapiert? Und erst abdrücken, wenn ich's dir sage!«

Dann grabschte sie mit beiden Händen an Paulig herum, klopfte ihm auf die Brust und den Hintern, langte in die Innentaschen seines Mantels und seines Jacketts, und fuhr dann mit den Händen seine Hosenbeine runter.

»Gibt's doch gar nicht. Wieso hast du keine Kohle

dabei, Mann! So ein Scheiß! Und eine Knarre hat er auch keine! Moment mal!«

Plötzlich hatte sie einen Verdacht. Sie schubste ihn weg und kletterte die kleine Anhöhe zum Gehweg hoch, der zum Fluß führte. Sie blickte nach oben, durch die Bäume und Sträucher hinter der Kapelle, und da entdeckte sie sie: Oben am Abhang standen vier Streifenpolizisten, einer von ihnen beobachtete sie mit einem Fernglas, das konnte sie sogar von hier aus sehen.

»Ich weiß, wieso der Typ keine Pistole hat!« rief sie hinunter.

Pauligs Dienstpistole lag im Handschuhfach des BMW. Ohne sie fühlte er sich sicherer.

»Wieso?« rief Bacio.

»Weil er einen Haufen Bullen mitgebracht hat!«

Sie sprang den Abhang hinunter, rutschte aus, stützte sich mit den Händen ab und schlitterte auf die Männer zu. Sie riß Bacio die Pistole aus der Hand und richtete sie auf Paulig.

»Sie haben gedacht, Sie können uns verarschen! Sie nicht! Sie am allerwenigsten, das steht fest!«

Sie zielte auf ihn, und er rührte sich nicht von der Stelle.

Unschlüssig spielte Bacio mit dem Ausweis und dem Handy.

»Wie heißen Sie?« Paulig ließ Frettchen nicht aus den Augen.

»Klappe halten!« Sie überlegte. Tüftelte eine Strategie aus. Fühlte sich beschissen. Total antilustig. Brauchte einen Schub. Irgendeinen Push. *Wichser! Ich bring dich auch noch um, wenn du uns hier nicht heile rausbringst, kapiert? Wieso uns? Ich nehm doch diesen Blödmann nicht mit, ich bin doch nicht bescheuert!*

»Ich will mit Ihnen reden«, sagte Paulig. »Und mit

diesem Herrn neben Ihnen. Wir kennen uns nämlich von früher.«

Bacio warf den Ausweis in den Schnee und hielt sich das Handy ans Ohr.

»Ja …«, sagte Lama. Kratzte sich den Handrücken, nahm umständlich seine Pudelmütze ab, als wäre sie ein kostbares Teil. Seine Haare klebten am Kopf, und er strich sie mit den Fingern nach hinten.

»So … eine Überraschung«, sagte er.

»Wie geht's dir?« fragte Paulig. Wenn er ehrlich war, mußte er langsam mal ernsthaft darüber nachdenken, wieso er sich in diese irrwitzige Situation gebracht hatte. Was genau hatte er eigentlich vor? Er wollte das Mädchen zum Sprechen bringen und herausfinden, was in dieser Nacht wirklich geschehen war. Aber das hätte er auch anders erreichen können. Auf die übliche Weise. Nachdem sie sie gefunden hatten, hätten sie sie mitnehmen und vernehmen müssen; statt dessen hatte er beschlossen, sie laufen zu lassen und zu verfolgen. Allein! An einem Tag mit vier Mordfällen! Und dann hatte er auch noch seinen ehemaligen Kollegen Kaspar Gutjahr wiedergesehen, nach fast zehn Jahren! Trotz der großen Entfernung hatte er ihn an der Maximilianstraße sofort erkannt. Seltsame Welt. Ausgerechnet heute, ausgerechnet während der Fahndung nach einem Mörder, bei dem es sich möglicherweise um einen Teenager handelte, der mit einem WEGGELAUFENEN Jungen aus gutem Hause durch die Stadt zog. Kaspar Gutjahr! Erst wenige Stunden vorher hatte er an ihn denken müssen, fest wie schon lange nicht mehr, und dann sah er ihn in einem Taxi verschwinden, und nun stand er vor ihm, er, der arrivierte, und sein Ex-Kollege, der gescheiterte Polizist.

»Es geht mir gut«, sagte Gutjahr.

Paulig nickte.

»Ich muß dir was erzählen, Frettchen …«, sagte Lama.

Sie schaute ihn böse an, weil er ihren Namen verraten hatte.

»Frettchen?« sagte Paulig.

»Geht dich einen Scheiß an!«

»Entschuldige«, sagte Lama, »er … wir waren Freunde, Franz und ich … ich war mal Polizist …«

»Shit, Mann!« Frettchen wandte sich an Bacio. »Nimm meinen Seesack, Blödmann, wir hauen ab!«

»He, soll ich jemanden für dich anrufen? Los, sag mir ne Nummer, mach schon, heut ist Weihnachten, da warten die Leute drauf, daß man sie anruft.«

»Bei mir wartet niemand.«

»Glaub ich nicht. Los, sag mir ne Nummer. Ne Nummer, Frettchen!«

Wieder zielte sie mit wildem Blick auf Paulig.

»Also, jetzt wissen Sie Bescheid. Mein Name ist Frettchen. Soll ich's buchstabieren.«

»Sag mir ne Nummer!«

»Du nervst, Blödmann!« Doch dann kratzte sie sich an der Nase und überlegte.

»Ja, null vier null drei acht …«

»Nicht so schnell …«

»Vergiß es!«

»Nein, warte doch, ich hab's ja schon.« Er drückte den grünen Knopf, und das Freizeichen ertönte. »Also, null vier null, wo is'n das? Wie weiter?«

»Drei acht sieben fünf null zwei null.«

»… fünf null zwei null … Alles klar. Einen Moment!«

Er drückte das Telefon ans Ohr und wartete. Es klingelte viermal, fünfmal, sechsmal …

»Niemand zu Hause …«

… siebenmal, achtmal …

»Hallo?« sagte eine dünne Stimme.

»Ja hallo?« plärrte Bacio, und seine tiefe Stimme fuhr Frettchen wie ein Blitz in den Magen.

»Wer ist da? Was … aha, ja, also, hier spricht Bacio, was?«

»Gib her, Blödmann!«

Frettchen riß ihm das Telefon aus der Hand.

»Hallo? Bist du's, Languste? He! Ja! Isja geil! Was, ich hör dich nicht … Scheißtelefon … was? Is das Telefon von nem Bullen, kann ja nichts taugen … hab ich dich aufgeweckt? Ja … cool … heut abend bin ich wieder da … was? Nein, aber es is okay, lauter Wichser hier in der Stadt, ja … okay, ich bring dir was mit, hab ich extra für dich geklaut … kann ich nicht, is doch ne Überraschung, okay. Ciao, Languste, grüß mir die Bande, was? Der Typ? Kenn ich nicht, läuft mir die ganze Zeit nach, was? Hör bloß auf … *Jetzt fängt die auch noch mit seiner Stimme an, Shit, Mann! Weiß ich selber, wie die klingt* … Ja, okay, bis gleich, Alte!«

Irgendwo nicht weit vom Hans-Albers-Platz im Hamburger Stadtteil St. Georg entfernt stöhnte die fünfzehnjährige Languste laut auf, weil ihr der Rücken wehtat, hängte den Hörer ein und kuschelte sich wieder in ihren Schlafsack; wenn es kalt war, verbrachte sie jede Nacht in dieser Telefonzelle.

Frettchen nahm das Telefon vom Ohr weg, warf einen Blick drauf und schleuderte es zwischen die Kreuzwegtafeln.

»Scheißtelefon, hab nur die Hälfte verstanden! So, und jetzt geh ich, mir reicht's nämlich …«

»Warum haben Sie drei Menschen getötet?« fragte Paulig abrupt, und sie starrte ihn an. Ein Ruck ging durch sie hindurch, und ihre Augen wurden größer, noch grüner. Sie öffnete leicht den Mund, und dann machte sie einen halben Schritt auf Paulig zu. Er roch das Metall des Schalldämpfers. Bacio kratzte nervös seinen kahlen Kopf. Was hatte sie jetzt schon wieder vor? Lama spielte mit seiner Pudelmütze, setzte sie auf, nahm sie wieder ab, er hatte einen Höllendurst und brauchte dringend Nachschub.

Vor Frettchens Blick erschrak Paulig, und sie registrierte es und glaubte, er fürchte sich vor ihr, aber sie irrte sich; dieser Blick erinnerte ihn an den schlimmsten Tag seines bisherigen Lebens, an jenen Tag, als sein Beruf aufhörte, nur ein Beruf zu sein und zu einem Teil seiner Alpträume wurde; als seine schlimmste Befürchtung sich bewahrheitete und er nichts dagegen tun konnte. An jenem Tag im Oktober wachte seine Frau aus ihrer Bewußtlosigkeit auf, und sie sah ihn an, denn er saß auf einem Stuhl neben ihrem Krankenbett, und ihr Blick sagte: Warum? Warum? Warum? So viel Resignation, Hoffnungslosigkeit und Verzweiflung hatte er noch nie zuvor bei einem Menschen gesehen. Damals, gestern, vor drei Jahren, hatte er den Blick seiner Frau im Herzen verstanden, und er würde niemals aufhören zu fragen, warum Menschen so handeln, wie sie handeln, warum sie töten, warum sie das Leid suchen. Seit dem Unglück, das seiner Frau widerfahren war, dachte er keinen Augenblick mehr daran, sich dem Fatalismus zu ergeben, so tragisch die Fälle, die er bearbeitete, auch sein mochten. Fester denn je glaubte er daran, daß es lohnte, auch die abseitigsten und abwegigsten Spuren zu verfolgen, um dadurch vielleicht etwas Licht in das Verlies zu bringen, in das die Menschen eingeschlossen waren.

»Warum haben Sie drei Menschen getötet?« fragte er noch einmal, und Frettchen betrachtete die Pistole mit dem Schalldämpfer und berührte damit seine Nase.

»Weil es Wichser waren!« sagte sie. »Und wenn du

nicht sofort aus'm Bild rutscht, passiert dir dasselbe! Hast du den Seesack, Blödmann?«

»Ich heiß Bacio«, sagte er, den Seesack über der Schulter.

»Ich dachte, Sie heißen Benjamin«, sagte Paulig.

»Äh, Entschuldigung«, brummte Lama, »wollen wir uns nicht reinsetzen und was zusammen trinken, wir alle? Oder was essen. Wir haben gute Sachen, Schinkenwurst, Corned Beef, Gurken, alles haltbar bis zum Jahr zweitausendzwei, ganz frische Ware. Ehrlich ... Komm doch, Franz.«

Weil niemand mit ihm redete, setzte er seine Pudelmütze auf, kratzte sich den Handrücken und schaute kurz nach hinten, in Richtung Höhle. Hinter dem Vorhang war alles ruhig.

»Äh ... was, was haben die beiden denn ausgefressen, Franz? Die sind sehr nett, zu ... zu uns waren die sehr freundlich und ... hilfsbereit. Ja, hilfsbereit.«

»Is gut, Lama«, sagte Frettchen, »war'n Zufall, mach dir nichts draus. Also, wo komm ich hin, wenn ich über die Brücke da vorn geh? Beeil dich, Mann!«

»Äh ... ja ... da kommst du ...«

»Du nennst dich Lama?« sagte Paulig und knöpfte sich den Mantel zu. Sein Ausweis lag immer noch im Schnee. »Darf ich mal?« Er ging einfach an Frettchen vorbei, hob den Ausweis auf, klopfte ihn ab und steckte ihn ein.

»Bleib stehen, Bulle!« kreischte Frettchen und fuchtelte mit der Pistole herum.

»Was bedeutet das? Lama?«

»Nichts«, sagte er.

»Lama ist sowas wie ein Kamel«, sagte Bacio.

»Mann, bist du bescheuert!« sagte Frettchen.

»Lama ...«, begann Gutjahr, da ihn Paulig nicht aus den Augen ließ.

»Was ist damit?«

»Ist lange her, drei vier Jahre, war ganz am Anfang, als ... na ja, als ich die Wohnung verloren hab und das alles war eben alles Scheiße ...«

»Was soll'n das jetzt werden? Ne Beichte? Shit, Mann! Sag mir endlich ...«

»Sei doch mal kurz still«, sagte Lama.

Und Frettchen blieb tatsächlich der Mund offenstehen.

»Na ja«, brummte er, und Paulig neigte den Kopf vor, damit er besser hören konnte. »Ich ich hab dann halt draußen geschlafen, war in Ordnung, ich hab's ja selber vermasselt, alles, erst der blöde Banküberfall ...«

»Du hast ne Bank geknackt, Alter?« stieß Frettchen hervor.

»Ja, ich ich hab Geld gebraucht und ...«

»Isja grell!«

»Aber aber es hat nicht richtig geklappt, sie haben mich bald geschnappt, meine Kollegen. Ich war Polizist, Frettchen, ich war mit ihm im selben Dezernat, ich war Kommissar in der Vermißtenstelle.«

»Gib ihm eine Pille, Bacio, bevor er noch total durchknallt.«

»Nein, das ist wahr, Frettchen, und dann hab ich Schulden gehabt, na ja, die hat jeder, aber ich hab's nicht gepackt. Na ja, war eine Schnapsidee ...«

Seine Hände zitterten, und er bewegte sie hin und her, drehte sie, knetete sie.

»Ein Banküberfall! Das war was für die Presse. Ja, und dann hat uns der Oberbürgermeister besucht, uns, unter der Brücke, Lallinger war auch dabei, Lallinger ist mein Freund, der heißt auch Franz, so wie du. Ich hab nur Freunde, die Franz heißen.«

Verlegen sah er seinen ehemaligen Kollegen an.

»Und was ist da passiert?« fragte Paulig.

»Na ja, er hat uns besucht und gefragt, wie's so geht, es war ja kurz vor Weihnachten, da waren noch andere Leute dabei, Leibwächter wahrscheinlich, und natürlich zwei von der Presse, ich hab mich aber nicht fotografieren lassen. Ich hab nicht verstanden, was er eigentlich wollte, hat uns was zu essen geschenkt, und Decken, sehr sozial, ist ja ein Sozialdemokrat. Na ja, als er mir die Hand geben wollte, hab ich ihm ins Gesicht gespuckt, dem Herrn Oberbürgermeister Neuner, das hat der nicht erwartet. Die reinste Undankbarkeit. War mir wurscht. Mein Speichel hing ihm auf der Backe, war eine ordentliche Portion. Einer seiner Leibwächter hat ihn abgewischt, mit einem Papiertaschentuch, das haben sie dann in unseren Papierkorb geschmissen. Die anderen haben gelacht, und seitdem heiß ich Lama bei denen, und jetzt nenn ich mich selber so. Ist doch wurscht, wie man heißt, wenn man nirgends hingehört.«

»Ich hab dich gleich erkannt, an der Maximilianstraße«, sagte Paulig, »aber ich hab nichts zu meinem Kollegen gesagt. Ich weiß nicht, warum. Ich wollte unbedingt mit dir reden, aber ...«

»Aber jetzt weißt du nicht, worüber.«

»Ja.«

»Du bist immer noch genauso wie früher. Immer graderaus. Ich glaube, du bist der einzige Mensch, der noch niemals in seinem Leben gelogen hat. Stimmt's?«

»Doch«, sagte er. »Ich hab gelogen, nicht als Kind, vor drei Jahren, da hab ich gelogen, und ich lüge immer noch.«

»Das glaub ich nicht. Komm, jetzt trinken wir was.« Lama schlotterte und schlug unaufhörlich seine Finger gegeneinander.

»Los, Bacio, genug gequatscht!«

»Ich möchte, daß Sie mit ins Präsidium kommen und eine Aussage machen«, sagte Paulig.

»Is gut, Alter. Darauf kannst du warten, bis du grau und runzelig im Rollstuhl sitzt!«

Im Rollstuhl. Warum hatte sie das gesagt? Im Rollstuhl. Er dachte an seine Frau und daran, was er ihr an diesem Weihnachtsfest sagen wollte. Denn er hatte beschlossen, endlich Schluß zu machen mit der Lügerei. Mit der Lüge, die er seit drei Jahren mit sich herumschleppte wie einen riesigen Stein. Und dieser Stein drückte ihm die Luft ab. Erdrückte ihn jeden Tag ein wenig mehr. Er konnte nicht mehr. Er mußte endlich sprechen. Und er würde es tun, vielleicht sogar noch heute abend. Ja, noch heute abend würde er ihr sagen, was damals wirklich passiert war, und er wäre endlich erleichtert, wenigstens für einen Augenblick.

Ein Klingeln ertönte. Irgendwo zwischen den Kreuzwegtafeln.

Paulig wollte hingehen, aber Frettchen kam auf ihn zu und hielt ihm die Pistole an die Stirn.

»Du gehst nirgends hin! Niemand geht hier irgendwohin. Außer mir und Bacio. Habt ihr das kapiert?«

Das Handy klingelte.

Mit zwei Sätzen sprang Frettchen die kleine Anhöhe zum Gehweg hinauf und blickte zum Hügel. Inzwischen waren es acht Polizisten, die dort oben standen.

Sie blickte in die andere Richtung. Auf der Brücke kamen ungefähr zwanzig Polizisten näher, ein Mann ging vorneweg, er war der einzige, der keine Uniform trug. Er hielt ein Telefon ans Ohr.

»Scheiße Scheiße Scheiße!« schrie sie nach unten. Ihr habt mich absichtlich vollgelabert! Aber das will ich sehen, ob die schießen, wenn ich ihren Oberboß als Geisel nehm, ihr Wichser!«

Wütend wirbelte sie herum und schoß in Richtung

Abhang. In die Phalanx der Polizisten kam Bewegung, doch die Kugel landete in einem Baum. Es gab ein spitzes Knacken, und die Krähen flatterten erschreckt auf. Dann war es still.

Nur das Telefon klingelte im Schnee.

Ein monotones helles Klingeln.

Niemand bewegte sich. Mit der Pistole im Anschlag drehte sich Frettchen im Kreis. Unten standen Bacio und die beiden Männer wie festgefroren vor der Höhle; auf der Brücke blieb alles ruhig, und oben am Hügel hielt sich einer der Männer stoisch das Fernglas vor die Augen.

Shit, Mann! Wenn die wüßten, daß ich zwei Päckchen mit Superpillen in meiner Tasche hab, für 200 Mille! Okay, selber schuld, blöde Kuh. Hättst du diesen Blödmann nicht getroffen, wärst du längst weg hier. Isja toll, diese Ansammlung von grünen Männchen. He, Jungs, fliegt zurück auf den Mars, hier habt ihr nichts verloren! Das ist mein Planet. Okay, zeig, was du kannst, Blödmann. Los geht's!

»He, Blödmann! Hast du'n Messer dabei?«

»Klar«, sagte Bacio.

Manchmal kapiert er echt schnell was.

»Dann hol's raus und halt den Bullen in Schach. Und du, Lama, verziehst dich in dein Loch, is gesünder. Und tschüß!«

Bacio holte sein Schweizer Messer aus dem Parka und klappte es auf. Die Klinge war gut scharf, er fuhr mit dem Finger drüber und blickte zu Frettchen, die sich nicht von der Stelle rührte.

»Na, geh hin zu ihm oder traust du dich nicht?«

Er traute sich nicht richtig. Was sollte er denn mit dem Messer, wenn Frettchen eine Pistole hatte?

»Mann, der Typ ist einen Kopf kleiner als du. Wenn er eine falsche Bewegung macht, schneidst du ihm die Kehle durch, kapiert?«

»Das mag ich nicht! Das ist blöd. Außerdem ist das gefährlich! Nö!«

Er klappte das Messer wieder zu, steckte es ein, kramte sein Plastikschälchen hervor, nahm sich eine Pille und schluckte sie. Eee-ner-gy! Er wackelte mit dem Kopf und summte vor sich hin. Eee-ner-gy! Duduffduffduff-Duduffduffduff.

Vor sich hinduffend ging er auf Paulig zu, holte aus und schlug ihm mit der Faust gegen die Stirn. Paulig wankte, stolperte über einen gefrorenen Schneehügel und fiel hin.

»Duduffduffduff«, machte Bacio und tänzelte wie ein Boxer, warf den Kopf hin und her und teilte imaginäre Schläge aus.

»Duduffduffduff!«

Im Schnee klingelte das Telefon.

»Hast du sie nicht mehr alle?« schrie Frettchen und drehte den Kopf abwechselnd nach rechts und links, um das Geschehen auf beiden Seiten im Auge zu behalten.

Auf einmal bewegte sich der Vorhang vor der Höhle. Beulte sich im unteren Teil aus, immer mehr, die Verankerung rutschte heraus, der Vorhang fiel runter – und bewegte sich über den Schnee. Darunter waren zwei Beine und zwei Hände zu sehen.

Wie ein müder Mantelbär kroch Lallinger auf den Kreuzweg zu.

Lama war zu Paulig gegangen und half ihm, aufzustehen.

»Wer ist das?« fragte Paulig.

»Das ist Franz Lallinger, mein Mitbewohner. Lallinger! He Lallinger, was machst du denn da?« rief er, aber Lallinger schleppte den Vorhang weiter mit sich. Tappste auf allen Vieren durch den Schnee.

»Was ist'n das jetzt wieder?« rief Frettchen, die das Geschehen von oben beobachtete.

Paulig klopfte den Schnee von seinem Mantel und rieb sich die Stirn. Bacio tänzelte immer noch auf der Stelle, summte vor sich hin und schien seine Attacke gegen Paulig schon vergessen zu haben.

»Tut mir leid«, sagte Lama zu Paulig.

»Ich halt was aus.«

Jetzt warf Lallinger den Vorhang von sich, beugte sich nach hinten, hustete laut, spuckte aus und langte in den Schnee. Er tastete nach etwas, keuchte, kroch noch ein Stück weiter, knickte ein, sein Gesicht berührte den Boden und kam weiß verziert wieder hoch. Endlich hatte er das Handy gefunden, und er drehte sich um, als wollte er den anderen seinen Fund zeigen. Ihm schien, als hätte es mehrere Stunden geklingelt, es klingelte überall, in jedem Winkel seiner Birne.

Er starrte das Handy an wie ein außerirdisches Insekt, preßte seinen Daumen auf die Knöpfe, schüttelte den Kopf, drückte und drückte.

»Leg das hin!« schrie Frettchen und zielte mit der Pistole auf ihn.

Ebensogut hätte sie einen Baum anschreien können. Ungerührt fummelte Lallinger weiter an dem Ding herum, kniend, und seine Knollennase leuchtete rot.

Dann hatte er eine Verbindung.

»Wer ist da?« rief jemand am anderen Ende.

»I-ich ...«, krächzte Lallinger.

»Wer ich, verdammt!«

»Franz Lallinger«, sagte er einwandfrei.

»Wer sind Sie?«

Darauf wußte Lallinger nichts zu sagen.

»Hallo? Sind Sie noch da? Wo ist mein Kollege? Franz Paulig. Hallo!«

»I-ich heiß auch Franz«, krächzte er und hustete krachend ins Telefon.

Dann legte er das Telefon neben sich, schaute zur Höhle, vor der sein Freund Lama, der andere Mann und der junge Glatzkopf standen, rappelte sich hoch, wankte und keuchte. Sein Mund klappte auf und blieb so. Das Mädchen oben am Weg bemerkte er zwar, schaffte es aber nicht, seinen Kopf zu drehen. Langsam beugte er sich nach rechts, sein Arm hing senkrecht herunter, noch ein Stück tiefer, er ächzte, streckte seine Finger aus, wollte unbedingt das Handy zu fassen kriegen. Jeden Moment würde er umkippen, so sehr beugte er sich nach rechts. Er streckte den linken Arm aus, hielt die Balance, und schließlich kriegte er das Telefon zu fassen. In Zeitlupe kam er wieder hoch.

»Hallo! Hallo! Hören Sie mich?« rief die Stimme am anderen Ende.

Wackelnd, als wäre er von einem Sturm umtost, hielt sich Lallinger das Telefon ans Ohr.

»Ei-einen A-Augenblick, b-bitte ...«

Er wußte nicht wohin mit dem Ding.

Paulig ging zu ihm und nahm es ihm aus der Hand.

»Hallo, ich bin's.«

»Franz? Georg hier. Was treibst du da unten? Wir kommen jetzt zu dir.«

»Ich hab dir gesagt, ich will keine Kavallerie, wieviel Mann hast du mitgebracht?«

»Insgesamt fünfzig. Ich bin hier auf der Brücke mit einigen Kollegen, die anderen warten oben auf dem Hügel. Ist alles in Ordnung?«

»Ja, das Mädchen hat eine Waffe. Ich weiß nicht, was sie vorhat. Sie hat zugegeben, die drei Männer erschossen zu haben.«

»Es waren vier.«

»Mit dem Vierten hat sie nichts zu tun. Ich möchte nicht, daß ihr eingreift, das ist gefährlich. Ich will nicht, daß jemandem was passiert.«

»Ehrlich, Franz, ich versteh dich nicht. Was ist denn los mit dir? Die Kleine hat drei Menschen erschossen, oder vier, das wissen wir noch nicht. Was ist mit dem Jungen?«

»Der hat mir eine verpaßt.«

»Der hat was?«

»Ein ungezogener Bengel, der sich endlich mal austobt. Sowas ist strafrechtlich im grünen Bereich. Ist seine Mutter noch im Dezernat?«

»Die Mutter, der Vater und der Anwalt. Und alle schreien rum und führen sich auf, als hätten wir ihren Sohn gekidnappt.«

»Laß sie schreien.«

»Was quatscht du da, du Bulle? Hör sofort auf!« schrie Frettchen aus der Entfernung.

»War sie das?« fragte Wiedemann, der von der Brücke aus nicht sehen konnte, was hinter dem Hügel vor sich ging.

»Ja, sie schreit auch gern. Bitte, Georg, bleib, wo du bist. Ich will nicht, daß einer der Kollegen auf das Mädchen oder auf den Jungen schießt. Hast du mich verstanden?«

»Ja.«

»Niemand wird schießen, verstanden?«

»Ja. Hast du eine Waffe?«

»Nein.«

»Haben sie sie dir abgenommen?«

»Sie liegt im Auto.«

»Bitte?«

»Niemand schießt.«

»Ich hab's kapiert, Franz.«

»Niemand schießt. Ich meld mich wieder.«

»Das wär wirklich nett.«

Paulig schaltete das Handy ab und steckte es ein.

Wiedemann gab seinen Leuten ein Zeichen, sich zu entspannen. Er wußte, warum sein Chef derart betont hatte, keiner der Kollegen dürfe auch nur einen Schuß abgeben. Er wußte es genau, und das beunruhigte ihn. Der Gedanke machte ihm Angst, Paulig könnte von den Schatten seiner Vergangenheit eingeholt werden und einen Fehler begehen und womöglich eine lebensgefährliche Dummheit machen.

5. Kapitel

Frettchen war von ihrem Aussichtspunkt auf dem Gehweg wieder nach unten gekommen und stand jetzt direkt vor Paulig. Sie war nur unwesentlich kleiner als er.

»Sag deinen Freunden, daß sie sich verpissen sollen. Ich will jetzt gehen. Endgültig.«

»Sie werden auf dich schießen«, sagte Paulig.

»Glaub ich nicht, glaub ich überhaupt nicht. Ich hab doch dich, du bist meine Geisel. Und jetzt ruf uns 'n Taxi, los jetzt!«

»Mach doch keinen Quatsch, Frettchen«, sagte Lama und kam näher.

»Bleib bloß stehen!« fauchte sie ihn an. Er blieb stehen. Und schaute zu Lallinger, der mit offenem Mantel zwischen zwei Kreuzwegtafeln hin und her schwankte. Seine Augen waren zu, und die Hände hatte er hinter dem Rücken gefaltet. Aus seiner puterroten Nase tropfte gelber Rotz.

»Nimmst du Drogen?« fragte Paulig. »So wie dein Freund hier?« Er nickte Bacio zu. Der streckte sich und grinste, trommelte auf den Seesack, amüsierte sich über irgend etwas, das ihm durch den Kopf ging.

»Ich ernähr mich davon«, sagte Frettchen. »Sonst ertrag ich nämlich die ganze Scheiße nicht. Was dagegen? Außerdem ist dieser Blödmann nicht mein Freund, ich kenn ihn überhaupt nicht. Is 'n Spinner, hat null Ahnung, was abgeht.«

»Woher kommst du?«

»Aus St. Georg, wenn du's genau wissen willst. Nie gehört, was? St. Georg, das ist meine Heimat. Aber ich geh bald weg da, ich zieh um, raus aus der Scheiße. Und du, Oberbulle, du wirst mich nicht daran hindern, du am allerwenigsten.«

Einmal, vor vielen Jahren, war Franz Paulig in Hamburg gewesen, bei einer Tagung über das Organisierte Verbrechen. Drei Tage hatte die Veranstaltung gedauert, und er hatte eine Menge Kollegen kennengelernt, auch auf dem Kiez und in St. Georg, wo minderjährige Fixerinnen auf Freier warteten und minderjährige Straßenkinder Autos zu Schrott fuhren und sich von Gleichaltrigen ausnehmen und verprügeln ließen, wenn es um Drogen ging, um Geld und Ansehen. Einer seiner Kollegen, der seit fünfzehn Jahren in diesem Stadtteil am Hauptbahnhof Dienst tat, hatte damals zu ihm gesagt, St. Georg komme ihm vor wie ein unaufgeräumtes Kinderzimmer. Diese Bemerkung fand Paulig zuerst zynisch, aber je länger er darüber nachdachte, desto mehr begriff er, daß diese Kinder ja dort zuhause waren, daß sie dort, auf den Straßen und Plätzen und dunklen Ecken voller benutzter Spritzen, blutiger Taschentücher und glibbriger Kondome aufgewachsen waren und daß die meisten von ihnen immer dort bleiben würden, ohne Aussicht auf ein anderes, lebendigeres Leben, ohne Chance, erwachsen zu werden und diesem tödlichen Kinderzimmer zu entkommen. Wie ausgesetzte Babys krochen sie jeden Tag von neuem durch die einzigen Gänge, die sie kannten, hungrig und dreckig, ruhelos und in sich hineinschreiend, hilflos, bettelnd, verachtet und verlacht von ihresgleichen, so jung und schon uralt, aus der Wiege gefallen und vergessen.

Und nun stand eines dieser Kinder vor ihm und hatte sich in einer fremden Stadt verirrt, bewaffnet mit einer Pistole, Hab und Gut in einem Seesack verpackt, voller Wut und Angst und Gleichgültigkeit. Und doch, und das sah er in ihrem Blick, voller trotziger Zuversicht für den nächsten Tag; denn der nächste Tag war alles, was bei diesen Kindern zählte und woran sie gerade noch glaubten.

»Mach deine Aussage, dann sehen wir weiter«, sagte er.

Sie traute ihm nicht im geringsten. *Bullenschweine sind Lügner, und du bist der Oberlügner, das seh ich dir an, du bist das Oberlügenschwein.*

Sie verzog den Mund und blies ihm ins Gesicht. Ihr Atem hatte keinen Geruch, da war kein Hauch von irgend etwas Süßem, Saurem oder Bitterem. Ein reiner Atem, wie der eines Kindes.

»Was denn sehen, Alter? Ich hab drei Wichser erschossen, so sieht's aus.«

»Ich weiß. Aber du hast sie nicht erschossen, weil du die Absicht hattest, sie zu ermorden. Du hast aus Notwehr geschossen. Aus reiner Notwehr.«

»Woher willst'n du das wissen?«

»Mein Name ist Paulig.«

»Riesiger Name.«

»Du kannst auch Franz zu mir sagen.«

»Fr-Franz ...«, krächzte eine Stimme von hinten. Das war Lallinger, der sich dunkel an seinen Vornamen erinnerte und eine Silbe lang seine Sprache wiedergefunden hatte.

»Isja noch riesiger. Wie nennt dich denn deine Alte?«

»Meine Frau?«

»Denkst du, ich mein deine Mutter? Shit, Mann!«

»Crocker«, sagte er. Es war ihm ein wenig peinlich.

»Crocker? Klingt ja grell. Was soll 'n das heißen?«

»Das ist der Name eines Polizisten aus einer alten Fernsehserie. Meine ...« Er räusperte sich, denn er hatte noch nie jemandem davon erzählt. »... meine Frau meinte, ich säh ihm ähnlich, damals, nicht heute. Der hieß eben Crocker.«

»Shit, Mann. Du hast es aber auch nicht leicht. Crokker! Klingt wie Cracker.«

Sie grinste ihn an, und er sah ihre imposante Zahnlücke.

»Glotz mir nicht in den Mund!« fauchte sie und machte ihren Mund zu. Dann drehte sie sich um. »He, bring mir meinen Seesack, ich geh jetzt.«

In sich versunken, einen Song der Tindersticks auf den Lippen, die schwarze Sonnenbrille vor den Augen, trommelte Bacio auf den Seesack.

»Bist du taub?«

»Was is? Nein, was ... was meinst du damit, du gehst jetzt? Wir gehen beide, ich komm mit, ich bleib bei dir, das ham wir ausgemacht.«

»Du spinnst.«

»Erst das Geständnis«, sagte Paulig. »Und nimm die Waffe runter. Bitte. Nimm sie weg. Ich tu dir nichts. Niemand tut dir was.«

»Lüg mich nicht an, Crocker! Du willst mein Geständnis? Ja? Okay. Paß auf!«

Sie wandte sich um und verschwand in der Höhle. Paulig sah, wie sie in einem der beiden Schlafsäcke wühlte, einen kleinen Kassettenrecorder hervorholte und eine Taste drückte. Vogelgezwitscher erklang.

»Shit, Mann!«

Sie stellte den Recorder ab, kam wieder nach draußen und baute sich vor Paulig auf, den Recorder in der linken, die Pistole in der rechten Hand.

»Hee ...«, krächzte Lallinger hinten.

»Du willst mein Geständnis, Crocker? Hier ist es!«

Als sie die Aufnahmetaste drücken wollte, fiel ihr der Walkman aus der Hand, und sie fluchte. Bevor sie sich bücken konnte, griff Paulig nach dem Gerät und hielt es ihr hin.

Sie zögerte. Beäugte ihn mißtrauisch, verärgert über ihr Mißgeschick. Dann wollte sie hinlangen, aber Paulig hatte die Aufnahmetaste schon gedrückt.

»Fang an«, sagte er.

»Mach ich«, sagte sie, überlegte kurz, und dann sprudelte sie los. »Ich hab die drei Wichser erschossen, sie wollten mich fertigmachen, und den Blödmann von Bacio auch, also uns beide, und da hab ich ihnen gezeigt, mit wem sie es zu tun haben …«

»Sag deinen Namen.«

»Meinen Namen? Na klar, mein Name ist Maier, a-i, e-i, wie ihr wollt …«

»Du heißt Frettchen«, sagte Paulig.

»Was geht dich das an. Ja, Frettchen. Du hast überhaupt kein Recht, meinen Namen auszusprechen, weißt du das? Reicht das?«

»Wo hast du sie erschossen?«

»Wo? Das wißt ihr doch! Oder sind die toten Wichser weggeflogen?«

»Wo hast du sie erschossen?«

»Weiß ich doch nicht, wo. Ich war noch nie in dieser beschissenen Stadt. Den einen hab ich in der Badewanne fertiggemacht, und die anderen beiden irgendwo in der Stadt, da war 'n blaues Haus, reicht das? Im Auto, ich hab sie im Auto fertiggemacht, und dann war da noch 'n Typ, den ich nicht erwischt hab …«

»Was für ein Typ?«

»Weiß ich doch nich! Hat 'n blaues Auto. Der hat 'n anderen Typ erschossen, hat den einfach abgeknallt …«

»Was für ein blaues Auto?«

»'n blaues.«

»Ein Golf!« sagte Bacio.

»Halt die Klappe!« sagte Frettchen.

»Und wo hat er den anderen abgeknallt?«

»Auf irgend 'ner Straße, bei diesem Park, was weiß ich. Der hat versucht, mich abzuknallen, aber dazu war er zu blöd.«

»Der Park, das ist der Englische Garten.«

»Klar, warum nicht?«

»Und da habt ihr auch den Bus gerammt.«

»Was für'n Bus?«

»Einen Linienbus.«

»Ich weiß nichts von einem Bus. Reicht das jetzt?«

»Wo wohnst du, Frettchen?«

»Hä? Bist du'n Witzemacher? Wo ich wohn? Das kann ich dir sagen, Hans-Albers-Platz, St. Georg. Wenn du mir ne Postkarte schicken willst, schick sie dahin, kommt garantiert an.«

»Gib mir die Pistole.«

»Träum schön weiter, Crocker!«

Sie riß die Kassette aus dem Recorder und knallte sie ihm gegen die Brust. Er steckte sie sofort ein.

Frettchen ließ ihn stehen und ging zu Lallinger, der jetzt nicht mehr schwankte, sondern zum Stillstand gekommen war. Er wollte etwas sagen, aber die Worte waren weg.

»Hmp … Hmp …«

»He Lallinger, tut mir leid wegen deiner Kassette. Hier, kauf dir ne neue.«

Sie holte den Fünfzigmarkschein, den sie ihm vorhin gezeigt hatte, aus der Tasche und stopfte ihn in seinen Mantel.

»Hmp … mein Hut … mein Hut …«, lallte er und legte beide Hände flach auf den Kopf.

Sie betrachtete ihn – eine rotzende, schlotternde, keuchende Vogelscheuche, voller Schnee, eingetrockneten Essensresten und Blut.

Frettchen nahm ihre Mütze ab, die ihr ihre beste Freundin Languste geschenkt hatte und wegen der sie noch einmal in dieses verdammte Zimmer über der Nachtbar zurückgegangen war, beulte sie mit der Faust aus, rieb an einem Fleck, der nicht wegging, und setzte sie Lallinger auf den kalten Schädel. Zog sie ihm bis über die Ohren.

»Schenk ich dir. Ist besser als 'n Hut. Sieht echt grell aus. He!«

Sie boxte ihm gegen die Brust, und er starrte sie ausdruckslos an. Der Sabber rann ihm aus dem Mund, und sämtliche Adern in seinem Gesicht schienen jeden Moment zu zerplatzen. Er hatte eine dunkle Beule auf der Stirn und weiße Flecken auf den Wangen.

Frettchen steckte ihm den Walkman in die Manteltasche. Da zuckte er zusammen, und mit enormer Geschwindigkeit tauchte seine Hand in die Tasche und zog den Recorder heraus.

»Sch-schenk ich dir ...«, sagte er müde, ohne Regung, ohne den Mund zu bewegen.

»Nein, den brauch ich nicht, behalt ihn, ist doch dein bestes Stück.«

»Sch-schenk ich dir ... für dich, ich ... ich hab deinen N-namen vergessen ...« Möglicherweise weinten seine Augen von selber, denn eine Träne lief ihm übers Gesicht.

»Das macht nichts, Lallinger, das geht jedem so.«

Sie nahm seine Hand und verfrachtete sie in der Manteltasche.

»Halt deinen Walkman fest, sonst klaut ihn dir noch jemand. Die klauen einem alles, wenn man nicht total aufpaßt. Ich kenn mich aus.«

»Ich ... ich auch ...«, krächzte er.

Langsam wurde er geradezu gesprächig.

Aber Frettchen war schon wieder weg. Sie richtete

die Pistole auf Paulig und nahm Bacio den Seesack aus der Hand.

»Nimm die dämliche Brille ab!«

Er zögerte, wippte auf und ab, dann nahm er die Brille ab und steckte sie ein, immer noch wippend.

»Wo is jetzt mein Taxi?« fragte Frettchen.

»Einen Moment«, sagte Paulig.

»Keine Tricks! Sonst bist du fällig. Crocker!«

»Und was is mit mir?« fragte Bacio.

»Halt endlich die Klappe!«

Paulig tippte eine Nummer in sein Handy.

»Taxizentrale? Kriminalpolizei, Paulig. Bitte einen Wagen zur Marienklause, Harlaching ... Ich weiß, daß man da nicht direkt hinfahren kann. Sie kriegen eine Sondergenehmigung. Fahren Sie den Weg nach der Thalkirchener Brücke rechts rein ... ja, das weiß ich! Fahren Sie da rein und dann bis zur Marienklause. Ja danke!«

Er tippte eine andere Nummer.

»Tag, Paulig hier, Kripo, schickt mir bitte einen Sanka zur Marienklause, dringend, ein Obdachloser, sieht schlimm aus, Erfrierungen. Nehmt den Weg nach der Thalkirchener Brücke, das ist ein Fahrradweg ... das weiß ich, was ist denn los heute? Sonst fahrt ihr doch auch immer, wo ihr wollt! Und Beeilung bitte.«

Dann wählte er die Nummer von seinem Kollegen Wiedemann.

»Georg? Ich bin's. Da kommen jetzt gleich ein Taxi und ein Sanka, du kannst die Kollegen nach Hause schicken, es ist alles in Ordnung.«

»Hast du das Mädchen festgenommen?« fragte Wiedemann.

»Nein«, sagte er, »aber ich hab ihre Aussage auf Band.«

»Sehr gut. Und?«

»Sie hat in Notwehr geschossen.«

»Kann ja sein, aber das entscheiden nicht wir.«

»Was willst du denn mit ihr machen? Sie einsperren?«

»Was denn sonst? Ich beantrage sofort einen Haftbefehl.«

»Sie ist ein Straßenkind aus Hamburg. Höchstens vierzehn Jahre alt ...«

»Ich bin sechzehn!« rief Frettchen dazwischen.

»Sie ist sechzehn. Sie läuft uns schon nicht weg.«

Wart's ab, du Penner! Mich findet niemand, das steht fest, kapiert?

In ihrer Anoraktasche raschelte es, und sie beförderte Jonathan ans Tageslicht. Neugierig schaute Paulig die Ratte an.

»Is was? Das ist mein Freund. Jonathan.« Sie streichelte das Tier, gab ihm einen Kuß auf den Kopf.

»Was hast du gesagt?« fragte Wiedemann.

»Nichts. Frettchen hat ein Haustier, eine ...«

»Was? Wer? Frettchen? Sie heißt Frettchen? Wie ein Iltis?«

»Ja, Frettchen wie Iltis. Aber ihr Haustier ist eine Ratte.«

»Sag mal, Franz, ist irgendwas mit dir? Hast du getrunken? Was redest du denn da? Was soll das Gerede mit Frettchen und Ratte ...«

»Sie heißt Jonathan.«

»Wer heißt Jonathan? Ich hab's jetzt satt ...«

»Beruhig dich, Georg. Die Ratte heißt Jonathan.«

»Ist gut. Franz, es ist mir egal, was du dazu sagst oder was sonst mit dir los ist. Wir und die Kollegen waren die ganze Nacht auf den Beinen, wir haben vier Mordfälle aufzuklären, und so wie's aussieht, haben wir endlich eine Tatverdächtige. Die steht genau vor dir. Also nimm sie fest. Ich komm jetzt mit den Kollegen zu dir. Hier auf der Brücke friert uns nämlich der Arsch ab. Bis gleich.«

Er steckte sein Handy ein, und die Truppe setzte sich in Bewegung.

»Scheiße«, sagte Paulig. »Sie kommen her.«

»Okay, dann bist du jetzt eben meine Geisel. Mach dir keine Sorgen, wir kriegen das schon hin.«

»Mach das nicht, Frettchen«, sagte Lama.

»Ja ...«, sagte Bacio. »Laß uns lieber was anderes machen ...«

Während der ganzen Zeit hatte Frettchen die Pistole auf Paulig gerichtet, jetzt wirbelte sie herum und zielte auf Bacio.

»Laß mich endlich in Frieden«, sagte sie leise und drohend. »Du bringst mir kein Glück, merkst du das nicht?«

»He, ich hab dir geholfen, schon vergessen? Und ich bleib bei dir, ich bleib auf jeden Fall bei dir, egal, was passiert. Is mir egal, was passiert, von mir aus nimmst du ihn als Geisel, dann bleib ich trotzdem bei dir.«

»Wieso? Wieso? Willst du mit mir nach St. Georg gehen, ja?«

»Warum nicht?«

Einige Sekunden sahen sie sich an. Nicht weit entfernt hupte ein Auto.

»Vergiß es, Blödmann. Du hast null Ahnung, was abgeht, da, wo ich leb. Glaubst du, das ist ein Spaß, auf der Straße zu leben? Glaubst du das, Blödmann? Wo jeder jeden Tag Scheiße drauf ist und dich ausnimmt, wo's nur geht? Glaubst du, das ist lustig. Das ist antilustig, Blödmann! Nichts zu essen und die Leute anschnorren, die dich anstarren wie einen Aussätzigen. Und du kommst da nicht raus, weil die lassen dich nicht weg, die halten dich fest, und du mußt scheißhart sein, wenn du da überleben willst. Jeden Morgen denkst du, das is'n Scheißalptraum, is aber keiner! Is die Wirklichkeit. Shit, Mann! Hör zu, geh zurück zu deinem Klavier, Klavierspielen ist okay, deine Mama paßt bestimmt gut auf dich auf, bleib da, wo du herkommst, macht doch nichts. Aber laß mich in Ruhe, laß mich ... *Hör doch auf, du blöde Kuh, was soll'n das jetzt? Hör doch ...*

Schritte waren zu hören, ein langgezogenes Hupen und ein Martinshorn, das näherkam.

Auf der Anhöhe oberhalb des Kreuzwegs, auf dem Lallinger noch immer steif und mit geschlossenen Augen dastand, verteilten sich die Polizisten und riegelten das Areal ab. Sie hatten ihre Pistolen in der Hand.

»Legen Sie die Waffe nieder und nehmen Sie die Hände hinter den Kopf!« rief Georg Wiedemann, der auf der verschneiten Treppe auftauchte, die hinter Lallinger nach oben führte.

»Fick dich!« schrie Frettchen und zielte auf Pauligs Kopf.

»Sie kommen hier nicht raus. Legen Sie die Waffe weg, ich weiß, daß Sie heute nacht in Notwehr gehandelt haben. Aber jetzt legen Sie die Waffe bitte aus der Hand! Bitte!«

»Verpiß dich, Wichser!« schrie Frettchen.

Lama verzog sich hinter einen Baum, und Bacio lief der Schweiß von der Stirn.

»Wenn du die Pistole runternimmst, bring ich dich hier weg«, sagte Paulig.

»Du lügst!«

»Nein. Ich bring dich zum Bahnhof. Im Taxi. Wenn du die Pistole nicht runternimmst, bist du wegen Geiselnahme dran, und sie werden auf dich schießen. Sie werden auf dich schießen, obwohl du ein Kind bist.«

»Halt die Klappe!«

»Nimm die Waffe runter!« rief Wiedemann.

Frettchen blickte hinauf, wo mehrere Pistolen auf sie gerichtet waren. Lediglich Wiedemann hatte keine Waffe, er hielt die Hände trichterförmig an den Mund.

»Schießen deine Leute in Bayern gern auf Kinder?« fragte Frettchen, und es war ein trauriges Lächeln, das ihre Zahnlücke freigab.

»Nein«, sagte Paulig.

»Aber sie würden es tun, stimmt's?«

»Wenn sie bedroht werden ...«

»Aber ich bedroh sie ja gar nicht, ich bedroh doch dich.«

»Vertraust du mir?« fragte er.

»Nein«, sagte sie sofort.

Auf dem zugeschneiten und vereisten Fahrradweg, der in die Stadt führte, rollte ein Taxi heran. Der Fahrer hupte und blinkte mit der Lichthupe. Hinter dem Taxi tauchte ein roter Sanitätswagen mit Blaulicht auf, hielt an, und zwei junge Männer in weißen Kitteln sprangen heraus.

»Gib mir die Pistole, und ich bring dich hier weg. Versprochen.«

Paulig streckte die Hand aus.

Wiedemann gab den Sanitätern ein Zeichen stehenzubleiben. Der Taxifahrer saß im Auto und kurbelte das Fenster bis zur Hälfte runter.

Shit, Mann! Gib mir nen Tip, Languste. Wer kann denn wissen, daß die in München gleich rudelweise anrücken? Die sperren mich ein, aber wenn die mich einsperren, bring ich mich um. Ich bring mich um! He, Languste ...

»Ist das wahr, daß du ne Bank überfallen hast?« fragte sie plötzlich und drehte den Kopf in Richtung Lama, der sich krampfhaft an einem Baumstamm festhielt. Er war nahe am Verdursten, und der Anblick der Schnapsflasche in der Höhle machte ihn kribbelig.

»Was? Ja … äh, hab ich, warum?«

»Grell«, sagte sie und sah Paulig in die Augen. *Schade, daß Amadeus jetzt nicht spielt, wär echt ne Nummer. Shit, Mann. Is sowieso alles egal. Du wirst dich selber um dich kümmern müssen, Jonathan, tut mir echt leid, ich hab's versucht, hat nicht geklappt, is normal. Vielleicht kommst du bei Languste unter. Hüte dich vor Pluto, der ist zu allem zu blöd, der weiß nicht mal, wie man eine Ratte streichelt. He, oder du wanderst nach Finnland aus, Sonia nimmt dich bestimmt, das macht die, die ist okay, ich hab alle ihre Briefe aufgehoben, sind alle in meinem Seesack. Was soll's? Krepier ich eben in München, is vielleicht sowieso besser. Wenn die andern zusehen, wie man krepiert, das ist auch Scheiße. Obwohl ich heut abend schon gern bei Languste gewesen wär und mit ihr geraucht hätte. Hätt ich schon gern getan, bleib cool, Alte, laß dich nicht einsülzen von den Wichsern, zeig's ihnen. Und tschüß.*

Und dann rannte sie los. Schubste Lama zur Seite, der ausrutschte und hinfiel. Kletterte über den Maschendrahtzaun zum Nachbargrundstück, blieb mit einem Fuß hängen, stürzte kopfüber in einen Schneehaufen, zog ihren Schuh mit so großer Wucht aus dem Zaun, daß sie das Gleichgewicht verlor und auf den Rücken plumpste. Wendig wie eine Katze sprang sie auf die Beine und rannte weiter, zwischen Bäumen und Sträuchern hindurch auf den Weg zu, auf dem das Taxi und der Sanka hergekommen waren. Dabei wandte sie sich immer wieder um und hob die Pistole.

»Niemand verfolgt sie!« rief Paulig, als einige seiner Kollegen ihr hinterherlaufen wollten. »Sie rennt uns schon nicht weg! Gib eine Meldung an die Kollegen in den Streifenwagen raus, Schorsch: Sie sollen sie im Auge behalten, aber nichts tun! Auf keinen Fall von der Schußwaffe Gebrauch machen!«

»Ja«, sagte Wiedemann, schüttelte den Kopf und griff nach seinem Telefon.

Und dann rannte noch jemand los, an Paulig und Lallinger vorbei, hoch zu den Sanitätern und dem Mädchen hinterher.

Bacio! Mit angewinkelten Armen und den Blick starr nach vorn gerichtet, lief er, so schnell er konnte. Die kalte Luft kratzte ihn im Hals, und seine Stiefel schlitterten über den harten Schnee. Zum Rufen fehlte ihm die Luft. Trotz ihrer kürzeren Beine kam Frettchen schneller voran als er, und ihre gelben Haare wehten im Wind.

Niemand würde sie aufhalten können, das stand für sie fest, niemand würde sie einsperren und niemand würde sie jemals wieder zu etwas zwingen. Sie war frei, total frei, und sie hatte schon ganz andere abgehängt als diese bayerischen Bullen, sie war nicht zum erstenmal auf der Flucht, und bisher war sie noch jedesmal entkommen. Weil sie cleverer war, *Shit, Mann!,* und weil sie wußte, wo's langging, auch wenn's brenzelig wurde. Ihre Beine spürte sie nicht mehr, und ihre Gedanken rasten durch ihren Kopf wie leuchtende Meteoriten. *He, Languste, laß den Griechen vom Supermarkt sausen, der bringt's nicht, der verarscht dich, und du merkst es nicht mal, ich werd dich vermissen und das Schlittenfahren auf der Alster und den Pennern eine verpassen, die uns dumm kommen, und die bunten Glückspillen, he, wir sind reich, ich weiß einen großen Platz, auf dem sich die Leute treffen, die gut drauf sind, da sitzen wir dann und sind gut drauf, und ausgerechnet du bist nicht da, Languste, meine beste Freundin, weil du in diesen Typen aus dem Supermarkt verknallt bist, der's null bringt, und wegen dem Arsch willst du nicht wegfahren, superblöde, selber schuld. He, ich bin echt in Form!*

In Sekundenschnelle verblaßten die Erinnerungen an den vergangenen Tag, an die Nacht, an die Leute.

Passierte von selber. Nur noch Bruchstücke. Die Höhle, der Glatzkopf, der Fluß, die Bullenarmee. Als wäre ein Stück weggesprengt worden. War nicht das erstemal, manchmal wachte sie morgens auf, und der vorige Tag war weg, ausradiert, nie gewesen. Vielleicht lag's daran, daß alle Tage gleich waren, oder daß das Dope nichts getaugt hatte. Oder es war einfach nur ein Trick ihres Gehirns.

Sie lief mit weit geöffnetem Mund, und sie sah schon die Brücke und die Straße da vorne. Und was hinter ihr lag, interessierte sie nicht mehr.

Irgendwo hatte sie mal gelesen, daß Erinnerungen wie schwarze Hunde waren, die nachts über einen herfielen und einen quälten. Das brauchte sie wirklich nicht. Ihr reichten die Typen, die nachts versuchten, über sie herzufallen, bloß weil sie rumhing und einen schwachen Eindruck machte. *Totaler Irrtum, ihr Wichser.*

Die Bäume flogen an ihr vorbei, und das rote Rascheln ihres Anoraks trieb sie voran, immer noch schneller, und der Wind brannte ihr in den Augen, und sie ballte die Fäuste und hatte immer noch genügend Puste, um einen Zahn zuzulegen.

Daß Bacio hinter ihr herkam, bemerkte sie nicht, obwohl sie das Knirschen seiner Stiefel hörte. Bis zur Brücke waren es höchstens noch dreißig Meter, und dann wollte sie in einem U-Bahnschacht untertauchen und den kürzesten Weg zum Bahnhof nehmen und dann verschwinden. *Shit, hätt ich nicht gedacht, daß ich hier noch mal rauskomm, aus dieser Depristadt, die mir meinen Amadeus geklaut hat!*

Sie erreichte die Brücke, hustete, holte tief Luft, verschluckte sich und brach zusammen. Zog verzweifelt am Reißverschluß ihres Anoraks, brachte ihn nicht auf, japste, keuchte in kurzen Stößen, und ihre Hände und Füße zitterten.

Sie wälzte sich auf der Straße, und ein Autofahrer konnte gerade noch abbremsen. Fußgänger blieben stehen und sahen dem Mädchen zu, das sich krümmte und verzweifelt nach Luft schnappte.

Außer Atem erreichte Bacio die Brücke. Panisch kniete er sich hin, wußte aber nicht, was er tun sollte. Nahm ihren Kopf in seine Hände, und ihre Augen starrten ihn an. Mit einemmal hatte er rote Flecken im Gesicht und an den Händen, und es juckte ihn am ganzen Körper, und er wußte, das war wieder diese Allergie, die er immer kriegte, wenn er Streß hatte und nicht wußte, wie er sich wehren sollte.

In seiner Not hatte er die Idee, den Reißverschluß ihres Anoraks aufzuziehen. Ihr Oberkörper zuckte, und sie schlug mit dem Hinterkopf auf dem harten Boden auf.

»Frettchen, was hast du denn? Frettchen, sag doch was! Bitte!«

Er dachte an seine Stiefmutter, als sie den Zusammenbruch hatte und er nicht wußte, wie er helfen sollte.

So wie jetzt. Ihre Lider flackerten, und er hielt seine Hand hinter ihren Kopf, damit er nicht wieder aufschlug.

»Was soll ich denn machen?« rief Bacio, aber niemand gab ihm einen Rat. Der Autofahrer stand neben seinem Auto, die Hand auf der Fahrertür, und die Fußgänger gafften ihn stumm an, die Hand vor ihrem Mund.

Und als er wieder nach unten zu ihr schaute, bewegte sie sich nicht mehr. *Wenn, wenn, wenn ihr Freunde vergeßt, wenn ihr die Euern all, die Euern all, o ihr Dankbaren, sie, sie, eure, eure Dichter* .. Sie lag vor ihm, gekrümmt, mit weißem Gesicht, den Kopf zur Seite gedreht ... *Gott vergeb es, doch, doch ehret, ehret nur die Seele der, der Liebenden …* und ihre Faust öffnete sich langsam, und ihre Finger in dem bunten dünnen Wollhandschuh zuckten unmerklich … *a-ach, der, der Menge gefällt, was, was auf den Marktplatz taugt und und …*

»Nein! Bitte nicht!« rief Bacio. »Bitte nicht sterben! Bitte bitte bitte!«

Er strampelte mit den Armen wie ein zorniges, hilfloses Kind, schüttelte heftig den Kopf, starrte sie an … *und, und es ehret der Knecht, der Knecht nur den Gewaltsamen, an, an das Göttliche …* dachte tausend Dinge, die er nicht verstand … *glauben, glauben die allein, allein, die, die es selber, selber sind …*

Und plötzlich hielt er inne. Und erstarrte. Und mit einem Schlag erloschen alle seine wirren Gedanken, und er beugte sich hinunter und preßte seine Hände auf ihre Brust, dahin, wo das Herz war, drückte und preßte, knetete ihren von zwei Pullovern und zwei Sweatshirts bedeckten Körper, drückte, so fest er konnte. Das hatte er mal gesehen, bei einem Unfall, und er drückte und wuchtete sein ganzes Gewicht auf sie nieder, und schräg hinter ihm blieb ein rotes Auto stehen, das er in den Augenwinkeln bemerkte, aber er hatte keine Zeit, woanders hinzusehen. Keine Zeit, keine Sekunde Zeit. Beide Hände übereinander, drückte er auf ihr Herz, beugte sich noch tiefer, machte sich noch schwerer und summte ein Lied *Saw Bellies red and yellow kissed ruby tears in alleys,* summte lauter, traute sich erst nicht, denn alle sagten, als Sänger sei er Minus-drei-Cobain, traute sich dann aber doch, sang lauter *Saw bellies red and yellow ….* drückte, quetschte ihren Brustkorb beinah zusammen, denn stark sein konnte er, das hatten schon andere zu spüren gekriegt, *saw bellies red and yellow … saw bellies red and yellow …*

Und da schlug sie die Augen auf … *ruby tears in alleys …* und sie sah ihn an, grün und lebendig, und er hielt in der Bewegung inne, die Hände übereinander vor sich, schaute sie an, verstummt, erschreckt und erstaunt und vielleicht zum erstenmal glücklich.

»He«, sagte sie leise.

»Ja«, sagte er leise. »Nicht sprechen, Frettchen. Nicht sprechen.«

Er schaute sie an, und dann nahm er ihr Gesicht in seine Hände, und es war eisigkalt und schön.

Mühsam hob sie den Kopf.

»Hast … hast du gesungen?« hauchte sie, und ihr Kopf sank zur Seite, und er hielt ihn fest.

»Besser kann ich's nicht«, sagte er und lächelte.

Und sie lächelte mit.

Und dann wurde er von zwei Männern sanft beiseite geschoben. Einer der Sanitäter fühlte ihren Puls, und dann sagte jemand hinter Bacio:

»Du hast ihr das Leben gerettet, Benjamin.«

Er drehte sich um. Paulig stand hinter ihm.

Die Sanitäter legten Frettchen auf eine Bahre und schoben sie in den roten Wagen, in dem Lallinger auf einem Stuhl saß, eingewickelt in eine dicke braune Decke, und vor sich hinstierte.

Als Bacio aufschaute, winkte Frettchen ihm zu. Er sprang auf und lief zu ihr hin.

»Sie können nicht mitfahren«, sagte der Sanitäter, der gerade die beiden hinteren Türen schließen wollte.

»Einen Moment bitte«, sagte Bacio, kletterte in den Wagen und stützte sich auf der Bahre ab.

»Was … ist los?« fragte Frettchen leise. »Ich bin … umgefallen …«

»Ja, aber jetzt ist alles in Ordnung … ich besuch dich gleich, mach dir keine Sorgen, Frettchen …«

»Du?«

»Hm?«

»Komm mal her …«

Er beugte sich zu ihr hinunter, und sie küßte ihn auf den Mund. Das hatte sie noch niemals getan, das war das erste Mal, daß sie einen Kerl freiwillig küßte. Freiwillig und sanft.

»Das kratzt«, sagte sie.

»Tschuldigung.«

»Du siehst echt beknackt aus mit diesem Haarschnitt, aber ...«

»Nicht sprechen ...«

»... aber du kannst super ... super Klavierspielen, echt super ...«

Er freute sich wie ein Schneekönig, und seine weißen Zähnen blitzten.

»Ich, ich verrat dir was, aber du mußt mir was versprechen ...«, flüsterte sie.

»Klar.«

»Aber echt, Blödmann ...« Sie lächelte wieder.

»Ich versprech's dir.«

»Mein Vorname ist Sandra«, flüsterte sie, »aber wenn du ihn jemals aussprichst, bring ich dich um!«

»Is okay«, sagte er.

»Bitte steigen Sie jetzt aus«, sagte der Sanitäter.

Jetzt war es Bacio, der ihr einen Kuß auf den Mund gab, und sie schloß die Augen. *Weitermachen, immer weitermachen ...* In ihrem Bauch trieben es die Schmetterlinge kunterbunt, und sie hörte ihr Herz, wie es schlug, wie es übermütig trommelte. *Weitermachen, immer weitermachen ...* Der Schlitten sauste über die Alster, und ihre Haare wehten im Wind, und dann drehte sich alles, alles flog an ihr vorbei, im Kreis im Kreis und schneller und schneller ...

Und weil sie nichts mehr spürte, öffnete sie die Augen, und da gingen die beiden roten Türen zu, und der Motor sprang an. Und der Wagen setzte sich in Bewegung. Und sie fror nicht mehr.

Von neugierigen Blicken verfolgt, fuhr der Sanka über die Brücke und verschwand an der nächsten Kreuzung.

Überall standen Polizisten in Uniform, tuschelten miteinander oder beantworteten die Fragen der Spaziergänger. Einige zeigten mit dem Finger auf den jungen Mann mit der Glatze und den Springerstiefeln, aber Bacio sah niemanden. Nur eine Brücke voller Schnee, Straßenlaternen mit gelben Lichtern und ein weißes Gesicht mit grünen Augen und blassen Lippen. Er sah es in seinen Händen, und er hielt sie hoch in den Wind. Gelbe Rosen wollte er ihr ins Krankenhaus bringen, siebzehn gelbe Rosen, eine für jedes ihrer Lebensjahre und eine extra für den Anfang ihrer Freundschaft. Endlich war er nicht mehr allein.

6. Kapitel

Gegen siebzehn Uhr an diesem vierundzwanzigsten Dezember verließen Kriminaloberrat Franz Paulig und der Murnauer Gymnasiast Benjamin Taube das Dezernat 11 in der Münchner Bayerstraße und machten sich auf den Weg ins Schwabinger Krankenhaus. Es hatte wieder angefangen zu schneien, die Temperaturen waren leicht gestiegen, von minus achtzehn auf minus sechzehn Grad, und die Straßen leerten sich. Kirchenglocken läuteten den Heiligen Abend ein, und die blauen Straßenbahnen schnurrten ohne Fahrgäste durch die Stadt.

Fünf Stunden lang hatte Bacio seine Aussage gemacht, hatte alles erzählt, was er wußte – wie er Frettchen kennengelernt und wie er sie am Hauptbahnhof wiedergetroffen hatte, wie sie in dem Haus mit der Nachtbar und anschließend in dem Café waren, wie die beiden Männer sie gezwungen hatten, mitzufahren und sie umbringen wollten, und wie Frettchen sich und ihn gerettet hatte. Mehrmals mußte Bacio seine Schilderungen wiederholen, und am Ende hatte keiner der Kripobeamten Zweifel am Wahrheitsgehalt seiner Erklärungen. Seine Eltern hatten die ganze Zeit im Nebenzimmer auf ihn gewartet, und als seine Mutter ihn fragte, wo er gewesen sei, schwieg er einfach. Sagte kein Wort. Sein Vater beschimpfte ihn vor allen Leuten, aber Paulig wies ihn zurecht. Bacio sagte, er würde nicht wieder nach Hause zurückkehren, er sei nur mitgekommen, um mit seiner Aussage Frettchen zu entlasten. Wenn sie nicht geschossen hätte, wären sie jetzt nicht mehr am Leben. Alles, was er sagte, wurde auf

Tonband aufgenommen, und er rechnete damit, daß man ihm seine Pillen abknöpfen würde. Doch Paulig hielt dicht, obwohl er ihn dabei beobachtet hatte, wie er eine eingeschmissen hatte. Außer Paulig nahmen an der Vernehmung noch Georg Wiedemann und ein weiterer Beamter teil, und sie boten ihm Tee und Wurstsemmeln an, und er aß und trank, ohne darauf zu achten. Nachdem er fertig war, wollten ihn seine Eltern mit nach Hause nehmen, aber er weigerte sich. Paulig redete auf ihn ein, und er hörte sich den Sermon an und meinte, er würde mitkommen, aber erst nach seinem Besuch bei Frettchen im Krankenhaus. Also fuhren sie los, und seine Eltern im Auto hinter ihnen her. Er war fest entschlossen, mit Frettchen abzuhauen, egal wohin, und wenn sie ihm hundertmal erklärte, daß das Leben auf der Straße beschissen war; verglichen mit seinem Leben in Murnau bedeutete es auf jeden Fall Freiheit und hundertmal Freiheit. Und wenn sie noch heute abend los wollte, dann wäre er dabei; er war davon überzeugt, sie würde ihn mitnehmen, nach allem, was passiert war, vor allem im Krankenwagen. Sie hatte es genauso gewollt wie er, und das war ein sicheres Zeichen. Okay, sie war jünger als er und sie hatte eine dämliche Ratte, aber dafür war sie das stärkste Mädchen, dem er je begegnet war; sie war die Queen, und sie hatte ihn erwählt, und diese Chance wollte er sich nicht entgehen lassen. Lange genug war er der Loser gewesen, die Zeiten waren vorbei, und zwar für immer!

»Woran denkst du?«

Paulig sah ihn von der Seite an und steuerte den BMW durch Schwabing.

»Nur so«, sagte er.

»Danke noch mal für alles«, sagte Paulig. Für ihn stand fest, daß das Mädchen in Notwehr gehandelt hatte, und er wußte inzwischen, daß sie mit Ecstasy dealte, denn ihr Anorak war sichergestellt und labortechnisch untersucht worden, wie ihre übrigen Kleidungsstücke auch; im Moment hatte sie nichts zum Anziehen, und Paulig hoffte, daß er im Krankenhaus etwas für sie finden würde. Luger vom Rauschgift schätzte den Wert der Pillen auf etwa eine halbe Million, und daß ein kleines Mädchen damit herumlief, war geradezu lebensmüde von ihr. Sie hatte vor, den Stoff zu verkaufen, und dann war etwas passiert, womit sie nicht gerechnet hatte. Bacio wußte von den Drogen offensichtlich nichts. Jedenfalls hatte er nichts dazu gesagt. Er hatte seine eigene Ration. Wofür dankte er ihm so überschwenglich? Für seine Aussage, für seine Kooperationsbereitschaft, dafür, daß er die Wahrheit gesagt hatte und dafür, daß er dem Mädchen das Leben gerettet hatte. Dafür dankte er ihm am meisten, obwohl er dieses Kind nie zuvor gesehen hatte und obwohl es wahrlich nicht sicher war, daß sie das Leben, das sie bisher geführt hatte, tatsächlich wiederhaben wollte. Das waren zynische Gedanken, und er verscheuchte sie. In Wahrheit dachte er während dieser Fahrt an nichts anderes als an das, was er seiner Frau in zwei oder drei Stunden sagen würde. Daß nämlich nicht der durchgeknallte neunzehnjährige Geiselnehmer es gewesen war, der vor drei Jahren auf sie geschossen hatte, sondern ein Polizist, ein Kollege von ihm, ein guter Bekannter sogar. Nein, es klappte nicht. Er würde es nicht schaffen. Das konnte er seiner Frau nicht zumuten, ihr, die immer Angst um ihn hatte und sich im Grunde nie damit abgefunden hatte, daß er Polizist geworden war, Kommissar im Morddezernat, und noch dazu einer, der die Verantwortung trug und sich nicht zu schade dafür war, mit einzugreifen, wenn es die Situation erforderte. So wie vor drei Jahren, als der Verrückte die Fahrgäste eines Busses als Geiseln nahm, und eine von ihnen war seine Frau, die auf dem

Weg zu ihm ins Dezernat war, zu einer Weihnachtsfeier. Die halbe Nacht war der Irre mit dem Bus durch die Stadt gefahren und hatte um sich geschossen. Dann griff das Sondereinsatzkommando ein, es fielen Schüsse, der Verrückte schoß wild um sich, tötete einen Mann und verletzte mehrere Menschen schwer. Auch Jana lag blutüberströmt am Boden, es hatte nichts genutzt, daß er persönlich mit dem Geiselnehmer verhandelt hatte; der junge Mann hatte keinerlei Forderungen, nur Haß auf alles und jeden, Haß, weil Weihnachten war, weil er kein Geld hatte und weil seine Freundin ihn verlassen hatte, wie sich später herausstellte. Und Jana lag da, ohnmächtig und blutüberströmt, und dann stellte sich heraus, daß sie von einer Kugel aus der Maschinenpistole eines SEK-Mannes getroffen worden war; der Beamte wurde bei dem Schußwechsel tödlich verletzt. Und er hatte es nicht fertiggebracht, ihr die Wahrheit zu sagen; er hatte es nicht einmal fertiggebracht, ihr zu sagen, daß er regelmäßig zum Polizeipsychologen ging, weil er sich verantwortlich fühlte für das Scheitern der Verhandlungen mit dem Geiselnehmer. Er war nicht verantwortlich, niemand machte ihm Vorwürfe, niemand außer ihm selbst. Wer weiß, was passiert wäre, wenn er ihr gestanden hätte, daß nicht der junge Mann, sondern einer seiner Kollegen daran schuld war, daß sie Zeit ihres Lebens im Rollstuhl sitzen mußte und keine Kinder haben konnte, was sie sich immer so sehr gewünscht hatte. Und er ebenso. Er hatte es nicht geschafft, ihr die Wahrheit zu sagen, am Anfang nicht, und später nicht, und vielleicht hätte er es nie getan, wenn er nicht den Blick dieses Mädchens gesehen hätte, diesen Blick, den er zum erstenmal sah, als seine Frau die Augen aufschlug und sofort wußte, was mit ihr los war. Warum? fragten diese Augen, und es war keine Anklage in diesem Blick, keine Anklage, nur Ergebenheit. Aber er wollte sich nicht ergeben! Und deshalb mußte er ihr endlich alles sagen, er mußte endlich aufhören mit dieser gottverdammten Lüge. Heute noch, heute abend! Und diesem Mädchen mit den gelben Haaren hatte er seinen Mut zu verdanken, und deshalb brachte er ihr Blumen mit, keine gelben Rosen wie Bacio, sondern Lilien, die seine Frau so liebte. Zum Glück hatte der Blumenladen im Hauptbahnhof, der sich direkt gegenüber dem Dezernat 11 befand, noch geöffnet gehabt.

»Also dann!« sagte Paulig, zog den Zündschlüssel ab, und sie stiegen aus, bepackt mit ihren Blumensträußen. Neben ihnen auf dem Parkplatz vor dem Schwabinger Krankenhaus hielt ein weißer Mercedes, in dem Bacios Eltern saßen.

»Du zuerst«, sagte Paulig, nachdem sie Zimmer 14 gefunden hatten und er angeklopft hatte. Bacio öffnete die Tür, und sie traten ein.

Das Bett war leer. Es war kalt im Zimmer, das Fenster war angelehnt und schlug gegen den Rahmen.

»Frettchen?« sagte Bacio.

Paulig hatte bereits kehrtgemacht und stürzte ins Schwesternzimmer.

Leise, als wollte er niemanden aufwecken, ging Bacio auf eines der drei leeren Betten zu, auf das einzige mit einer Zudecke. Er blieb stehen, zögerte einen Moment – und hob die Decke hoch. Kein Frettchen. Doch auf dem Kopfkissen lag etwas – eine Art Puppe und ein weißer Zettel.

Bacio legte die Blumen aufs Bett und nahm die Puppe. Es war eine Kasperlefigur aus dem Puppentheater, die er nie zuvor gesehen hatte; sie roch leicht modrig und war schon ziemlich abgeschabt. Auf dem Zettel stand mit roter, kindlicher Schrift: BATSCHO!

Und neben das Wort hatte sie ein Herz mit einem Pfeil gemalt.

Also hatte sie ihn doch verlassen! Und er war wieder drauf reingefallen! Hatte geglaubt, sie meinte es ernst! Und dabei hatte sie ihn beschissen und ausgetrickst und mit ihm gespielt. Hatte ihn genauso behandelt wie alle anderen ihn behandelten, wie eine Marionette!

Verächtlich betrachtete er den Kasper und dachte daran, daß er längst in Berlin sein könnte, allein und frei, wenn er diese Göre nicht getroffen hätte. Nur mit Mühe unterdrückte er seine Tränen.

Zusammen mit einer Schwester kam Paulig ins Zimmer, und er war wütend.

»Wie ist das möglich, daß sie abhaut? Können Sie mir das sagen?«

»Nein, ich … ich weiß auch nicht … Sie muß aus dem Fenster geklettert und durch den Hof gelaufen sein.« Sie ging zum Fenster und schaute hinunter in den weitläufigen Park.

»Woher hatte sie denn neue Kleidung? Und Schuhe?« fragte Paulig laut.

»Das weiß ich doch nicht. So ein Mist. Sie sah so schwach aus, wer kann denn ahnen, daß die aus dem Fenster springt!«

Geld besaß sie auch keines mehr, denn Pauligs Kollegen hatten ihr die fünftausend Mark und einige Scheine, die sie aus Hamburg mitgebracht hatte, abgenommen. Das einzige, was sie ihr außer ihrer Unterwäsche dagelassen hatten, war die Ratte, weil sie die partout nicht aus der Hand geben wollte und die um ein Haar einen der Beamten in den Finger gebissen hätte. Die Ratte war auch verschwunden. Natürlich. Ohne Jonathan ging Frettchen nirgendwohin.

»Sie hat uns angeschmiert«, sagte Paulig zu Bacio.

»Das hat sie mir dagelassen, eine Puppe!«

Paulig betrachtete sie und den Zettel und schüttelte den Kopf.

»Ich informiere die Kollegen in Hamburg, die werden sie schon auftreiben, so groß ist St. Georg auch wieder nicht. Du solltest jetzt zu deinen Eltern gehen und morgen erst mal lange schlafen. Am besten bis übermorgen.«

Sein Lächeln gelang ihm nicht richtig, sie gaben sich die Hand, und Bacio schlich auf den Flur hinaus.

»Deine Blumen!« rief Paulig.

Bacio winkte ab, streifte die Puppe über die Hand und stieg mit gesenktem Kopf die Treppe hinunter.

Auf der letzten Stufe spürten seine Finger, die im Kopf des Kaspers steckten, etwas Rauhes. Er fummelte darin herum und bekam es zu fassen. Er zog es heraus: ein zusammengefaltetes Stück Papier.

In der Eingangshalle blieb er stehen und sah sich um. Als er niemanden bemerkte, faltete er das Papier auseinander: eine Reihe von Zahlen, eng aneinandergereiht, in roter Schrift geschrieben, genauso wie das BATSCHO auf dem anderen Zettel, den er zusammengeknüllt in der Hosentasche trug.

Was bedeutete das? Ein Code? Warum konnte sie nicht was Vernünftiges hinschreiben? Aufgeregt kratzte er sich den kahlen Kopf. Offensichtlich hatte sie ihn also doch noch nicht vergessen! Und anscheinend wollte sie, daß niemand den Zettel fand, nur er. Raffiniertes Versteck!

Vor dem Krankenhaus befand sich auf der anderen Straßenseite eine Telefonzelle, und er steuerte darauf zu. Den Versuch war es auf jeden Fall wert. Wenn es nicht klappte, würde er auf andere Weise hinter das Geheimnis kommen.

Seine Mutter stieg aus dem Mercedes und rief ihm etwas zu. Er hörte nicht hin. Stellte sich in der Zelle mit dem Rücken zu ihr, warf ein Fünfmarkstück ein und tippte die Zahlen, die auf dem Zettel standen.

Es dauerte eine Weile, dann meldete sich eine Frau. Glaubte er wenigstens. Sie sagte etwas, aber er verstand kein Wort.

»Hallo?« sagte er. »Hallo? Wer ist da? Frettchen? Hallo, ich bin's, Bacio!«

Die Frau hatte aufgelegt. Immerhin war klar, daß es sich tatsächlich um eine Telefonnummer handelte. Oder war das nur ein Zufall? Wie oft hatte er selber schon die absurdesten Nummern gewählt, und dann meldete sich das Wirtschaftsministerium, oder die Innung der Beerdigungsunternehmer!

Er wählte die Nummer der Auskunft.

Seine Mutter kam auf die Telefonzelle zu, und als er ihr kurz den Kopf zuwandte, blieb sie stehen. Sie weinte.

»Hallo? Ja, ich hab hier eine Nummer, können Sie mir bitte sagen, wo das ist? Es ist sehr dringend ... ja ...« Er las die Nummer vor und wartete.

Seine Mutter beobachtete ihn, und sein Vater saß reglos im Auto.

Bacio hängte ein, verstaute den Zettel in seiner Hosentasche, kratzte den Kasper an der Nase und verließ die Telefonzelle.

Dann setzte er sich die schwarze Sonnenbrille auf, legte den Kasper auf seine Schulter, so wie Frettchen es mit ihrer Ratte getan hatte, und verschränkte die Arme vor der Brust.

Jetzt wußte er, wo er Frettchen erreichen konnte. Und wo er hingehen würde, noch bevor dieses Jahr vorüber war.

Helsinki!

»Wenn ihr Freunde vergeßt …«: Aus dem Gedicht ›Die Liebe‹ von Friedrich Hölderlin.

»Ach! der Menge gefällt …«: Aus dem Gedicht ›Menschenbeifall‹ von Friedrich Hölderlin.